O VESTIDO

O VESTIDO

Fabiana Botrel

1ª edição / Porto Alegre-RS / 2018

Agradecimentos

Aos professores, orientadores e colegas do Norwegian Institute for Children's Books, onde tudo começou. À equipe da BesouroBox que me acolheu e, com muito carinho e profissionalismo, tornou essa publicação possível. À Mikaël Sorter, Tania Wolffrom e Vera Micaelsen, pelas leituras e comentários. À todas as pedras no caminho. Elas foram necessárias.

Para a minha mãe.

SUMÁRIO

PARTE 1

PARTE 2

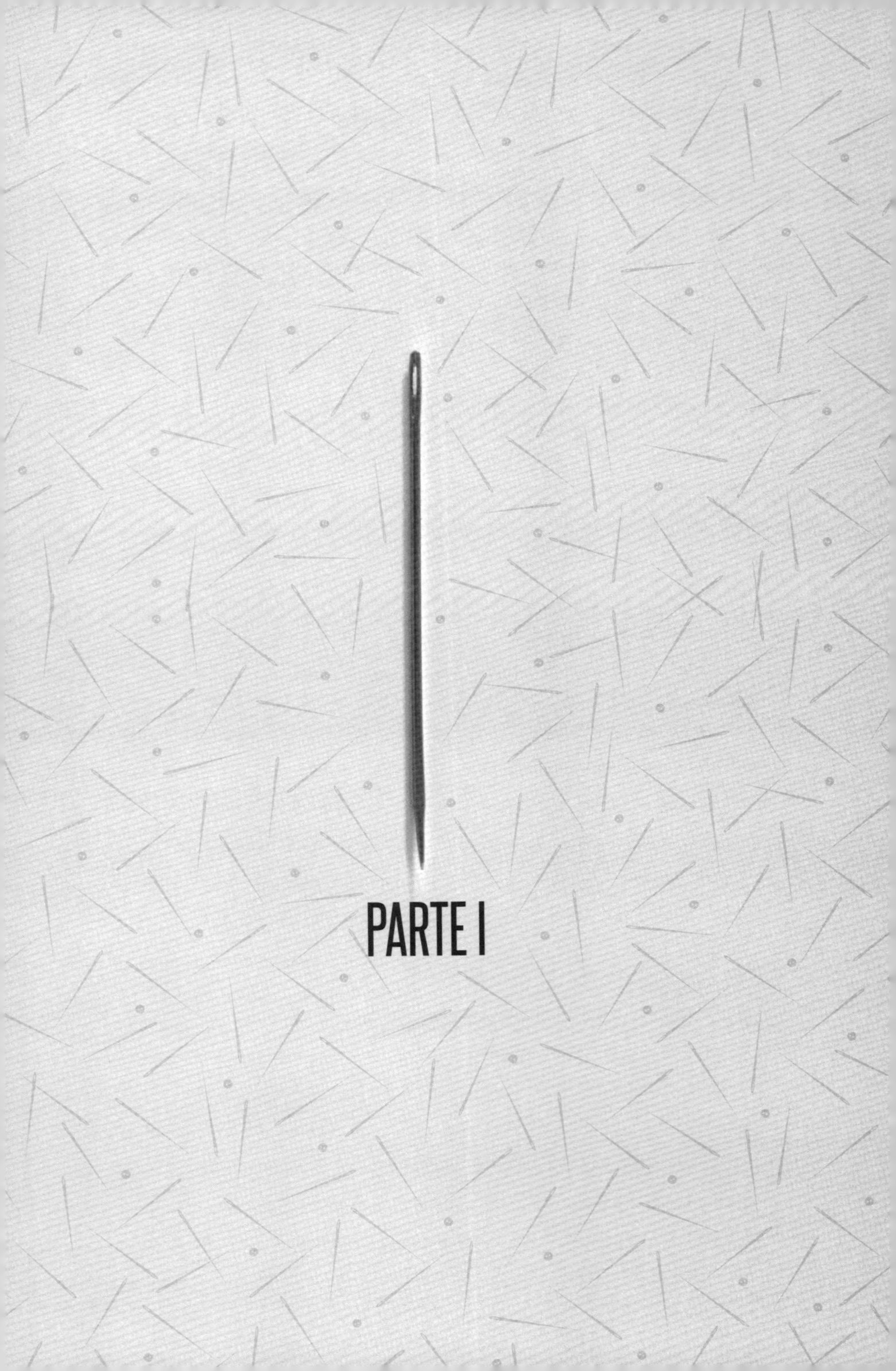

PARTE I

A ponte sobre o Rio das Mortes

O cheiro de café invade o quarto. Estou na cama quentinha da vovó e tenho aquela sensação boa de que nada de mal, jamais, vai me acontecer.

O sol entra pelas frestas da janela. Capturo com a palma da mão uma pista de partículas luminosas que atravessa bem na minha frente. Uma mãozinha gordinha, com covinhas. Não posso ter mais do que uns três anos.

Vou decidida para a cozinha, os pés descalços em contato com o piso frio. A porta está aberta e vovó está de pé em frente à bancada, de costas para mim. Tenho essas imagens nítidas na cabeça. O avental amarrado com um laço nas costas da vovó. O sorriso dela quando me vê parada na porta. Sua mão cheia de massa de pão queijo. A minha cadeira já a postos, a seu lado. O punho fechado da vovó trabalhando a massa.

— Mais um pouquinho de queijo, Ana.

•••

A ponte sobre o Rio das Mortes está próxima. Chove forte. O limpador do para-brisa está no máximo, mas, mesmo assim, a visibilidade é péssima. Gotas enormes de chuva batem no para-brisa, no capô, no teto, fazendo estrondo. O carro balança com as rajadas de vento. A estrada de terra é estreita, cheia de curvas, esburacada. Em alguns trechos não dá para passar dois carros em direções opostas. Mamãe reduz a velocidade, tira os sapatos de salto alto e os arremessa para o banco de trás. Em situações como essa, prefere dirigir descalça. Um dos sapatos pousa no meu colo. Como é que ela escolhe um sapato desses para vir para a Fazenda? Ainda por cima debaixo de chuva!

Papai não diz uma palavra. Seus olhos estão grudados no para-brisa. O corpo é chacoalhado para todos os lados. Não há nada a fazer a não ser confiar nas habilidades da ex-esposa, que dirige nessas estradas desde adolescente. Habilidades que nunca nos deixaram na mão.

Mamãe aprendeu a dirigir com a vovó. Entre discussões, gritos e insultos, iam em frente, e, bem antes de alcançar a idade de tirar carteira, mamãe já conduzia *pickups*, tratores, tudo com roda. Aos dezesseis, porém, mudou-se para a cidade para não voltar mais. Nunca escondeu sua aversão a tudo que tinha a ver com a Fazenda, e era muito a contragosto que me levava para passar as férias com a vovó e comparecia às festas da família. Mas, mesmo com a pouca convivência, as discussões e os gritos entre as duas nunca cessaram. Sempre gostei de ver a mamãe indo embora, me deixando em paz com a vovó.

A ponte sobre o Rio das Mortes divide meus dois mundos. De um lado, minha vida chata e artificial da cidade. Sou um peixe fora d'água. Não gosto de morar em apartamento nem do caos da cidade. Meus pais se separaram quando eu era pequena e sempre foram ausentes, fico muito sozinha. A escola é ok, mas tenho apenas colegas, não amigos, e não me interesso pelas conversas das meninas. Minha única amiga é Julia, minha prima.

Do outro lado da ponte, a Fazenda Iaguara, único lugar onde eu realmente estou em casa. Praticamente morei com a vovó antes de começar na escola. Meus pais só pensavam em trabalho, viagens e noitadas. Vovó não aceitava que eu fosse criada por babás e, depois de muitas discussões com a mamãe, é claro, me levava para a Fazenda sempre que podia. Quando comecei no primeiro ano, ficava com a vovó nas férias e feriados. E, quando meus pais passaram a me deixar ir de ônibus sozinha, comecei a ir toda sexta-feira depois da aula. A vovó ou o Pedro me buscavam na vila mais próxima.

A ponte é perigosa, sem proteção lateral. Na verdade é um milagre que nenhum carro nem charrete nunca tenha caído lá embaixo. É curta, uns poucos metros, mas mesmo assim. O nome do rio não é por acaso. Ainda fico arrepiada toda vez que vejo aquela água enlameada levando consigo, de forma violenta, tudo o que encontra pela frente. Não é fundo naquele trecho, mas é pedregoso e sempre revoltoso. O Preto Velho contou que muitos perderam a vida lá, à procura de ouro, ou durante tentativas de fuga, na época da escravidão.

E não é somente a ponte e o rio que dão arrepios. Logo depois da saída da ponte vem uma curva, seguida de uma ladeira íngreme. Na época de chuva, pode acontecer de um carro sem tração nas quatro rodas não conseguir subir. Pelo menos não com passageiros e bagagem.

O carro da mamãe não tem tração nas quatro rodas.

•••

O carro passa sobre as tábuas de madeira da ponte. Mamãe muda de marcha e se prepara para a subida. Pela primeira vez, desejo intensamente que o carro não suba. Desejo intensamente parar tudo, voltar a Belo Horizonte, nunca chegar à Fazenda Iaguara.

Mas, ao som da chuva, dos palavrões da mamãe e dos suspiros mal contidos do papai, o carro sobe. Passamos em frente à carpintaria. Está vazia em uma manhã de terça-feira. Onde está o Preto Velho com seus estagiários? A pergunta passa pela minha cabeça, mas desaparece logo em seguida. Sei a resposta.

O pátio da Fazenda está lotado. Alguns seguram sombrinhas, outros estão na chuva, uns tentam se proteger debaixo do jacarandá. As pessoas nos cumprimentam com movimentos discretos de cabeça quando passamos devagar com o carro. Olho para todas as direções, tento discernir entre toda aquela gente o rosto do Carlos, mas é uma multidão. Não o acho, fico um pouco zonza, com o estômago embrulhado. O carro cruza o pátio, dá a volta na casa grande e é estacionado nos fundos.

— Aqui estamos — diz papai, resignado.

Ele olha primeiro para a mamãe ao seu lado, depois se vira para mim no banco de trás. Eu fico olhando para a porta branca dos fundos, que dá direto na cozinha. Quantas vezes não entrei correndo por essa porta, chamando a vovó, carregando um balde de leite, uma cesta cheia de ovos ou as mãos em forma de cuia trazendo as primeiras jabuticabas maduras?

Mamãe se vira sem me olhar, pega os sapatos ao meu lado, os coloca, sai do carro de maneira brusca e bate a porta. Não fala nada, não espera pela gente, não olha para trás nem se importa com a chuva. Vai direto para a casa, com passos firmes. As costas dela me dizem que temos que passar por isso, então vamos lá.

Mas fico sentada no banco de trás, vendo as costas da mamãe desaparecerem dentro da cozinha. Toco na pulseira de couro amarrada ao redor do meu pulso esquerdo. Fecho os olhos e sinto de novo os dedos do Carlos raspando de leve minha pele quando ele amarra a pulseira em mim.

Papai sai do carro e começa a conversar com uns familiares que se aproximam. Não tenho a mínima vontade de cumprimentar ninguém. Então, sem hesitar nem mais um segundo, faço como a mamãe, saio rápido do carro e entro na casa. Paro no meio da cozinha e tenho a sensação de que tudo não passa de um desentendimento.

Sinto o cheiro de pão de queijo fresquinho e de café recém-coado. Respiro fundo. Esse aroma tão familiar me dá força, mas não dura muito. Assim que vejo o rosto das pessoas reunidas na sala de jantar, vestidas de preto, percebo que hoje não são os deliciosos pães de queijo da vovó que estão sendo levados em grandes travessas para a mesa. E ninguém faz pão de queijo como a vovó. Ninguém.

O queijo minas feito na Fazenda tem que estar curado o suficiente; ovos frescos esperam na bancada. O polvilho é bem sovado. O leite e o óleo são cuidadosamente levados a ponto de fervura, o polvilho é escaldado, e aí chega a hora de amassar. Vejo o punho fechado da vovó pressionando a massa dura para baixo, em movimentos lentos e rítmicos. Até a massa ficar lisa e na consistência ideal.

Não tive tempo de aprender a amassar pão de queijo como a vovó. Não como a vovó.

O baú

O quarto da vovó tem um cheiro gostoso. Fragrância de flores de laranjeira. Fecho a porta e busco a grande chave de ferro na última gaveta da cômoda da vovó, debaixo dos seus lenços de seda. Ninguém sabe onde essa chave fica guardada. Só eu e ela.

Costumávamos colher flores de laranjeira, deixá-las secar, pressioná-las de leve e costurar pequenos sachês a mão. Nem a vovó nem eu sabíamos costurar, mas os pequenos sachês até que ficavam bonitinhos. A vovó me contou que sachê é uma palavra francesa. Ela estudou na França quando era jovem. Lá usam lavanda.

Os sachês eram colocados nas gavetas, entre as roupas, debaixo das almofadas, para que tudo ficasse assim, com esse cheirinho gostoso. Sempre levei alguns para a cidade, mas meu quarto lá nunca cheira como aqui. Deve ser o ar fresco da Fazenda.

O quarto é arejado e claro. Tem duas janelas grandes com vista para o pátio. A cor quente e romântica da madeira dos móveis combina bem com o bege das cortinas, com a colcha bordada, com as almofadas.

O baú e todos os outros móveis do quarto foram fabricados de maneira artesanal pelo Preto Velho aqui na Fazenda, quando a vovó e o vovô se casaram. Tudo feito da madeira favorita da vovó, jacarandá. Vovó tinha muito orgulho de seus móveis e conservou tudo, até a cama de casal, mesmo depois de tantos anos da morte do vovô.

Primeiro, o baú foi usado para guardar o seu enxoval, com todas as lindas roupas de cama de linho. Depois que as roupas de cama começaram a ser usadas, vovó encontrou outro lugar para elas. O baú ela deixou para tudo que amava, mas que não era de uso diário, como vestidos antigos e laços, joias, cartas e fotos. Eu adorava examinar, usar e conversar sobre esses objetos com a vovó. Sempre foi meu baú de tesouros.

O resto da família mais íntima está reunido na sala. Escuto choro e riso. As pessoas falam sobre a vovó, fazem brindes para a vovó. Tios, primos de todos os graus, amigos da família, todos conversam intensamente, e, entre todas as vozes, a da mamãe se sobressai.

Ela não está falando alto, somente forte o suficiente para impor sua presença. Minha mãe. Isabel. Acho que nunca vou entendê-la. Ela fica lá, de pé, em seus elegantes sapatos de salto, firme como uma árvore, um carvalho grande e forte. Inabalável. Dá atenção aos presentes, faz pequenos movimentos com a cabeça para concordar, cumprimenta todos que chegam, checa se comida e bebida suficientes são servidos. Oh, meu Deus, isso eu não aguento! Por isso vim me fechar aqui no quarto da vovó. Preciso ficar sozinha.

Papai sim está visivelmente comovido. Ele nunca consegue esconder o que sente. O rosto dele é transparente.

Do coração direto para o rosto. Mas mamãe? Impossível saber como ela se sente atrás dos seus caros óculos escuros.

Julia pergunta se pode ficar comigo, mas não aguento olhar para a tristeza dela. Ela, que sempre é tão alegre. Digo que preciso ficar sozinha. Ela entende. Me conhece tão bem.

•••

Já escureceu. Ainda chove forte. Olho para a chave que seguro firme e vou até o baú. Quero abrir, brincar como uma criança com os vestidos da vovó, pegar nas coisas dela, respirar seu cheiro, ficar perto dela. Coloco a chave na fechadura e destranco o baú. Minhas mãos, tremendo, tocam de leve a madeira maciça e polida da tampa. Mas não consigo ir mais longe. Não consigo abrir.

É aí que ouço. Um berrante. Seu som profundo me faz arrepiar e flamejar ao mesmo tempo. O berrante me desperta. Sinto meu pulso, o coração batendo. Estou alerta, viva.

É sempre Pedro quem puxa o toque do berrante. A sala fica silenciosa. Todos querem ouvir. E o meu coração aguarda, esperançoso.

Um tom grave e curto é seguido por um som um pouco mais agudo que se prolonga, prolonga, prolonga até acharmos que nunca mais vai parar. Mas, de forma inesperada, o berrante se cala e o último toque se mistura com a chuva, só para ser retomado depois de uma pequena pausa, mais forte, com mais intensidade e autoridade.

Me perco nesse som que a vovó tanto gostava e espero, antecipo o chamado do segundo berrante. Aquele que é um pouco mais cuidadoso, de certa forma um pouco mais tímido, mas tão profundo e hipnotizante quanto o primeiro que sempre acompanha. Mas o chamado do segundo berrante não vem.

•••

Hoje, Pedro está sozinho.

•••

E o rugido do seu berrante solitário não é para juntar as vacas.

O vestido branco

É uma manhã ensolarada. Nem sinal da chuva forte de ontem. Todos os outros já foram embora. Só a mamãe e o tio Toni ficaram para arrumar os papéis da Fazenda. E eu.

A primeira coisa que vejo quando abro o baú é o vestido branco, dobrado e colocado de forma elegante em cima de tudo o mais que está lá dentro. Pego o vestido com entusiasmo e o levanto na minha frente. O aperto contra o peito, cheiro. Como fui feliz no dia em que usei esse vestido.

Um dia antes da grande festa de São João, a vovó chegou com o vestido branco nas mãos e falou que tinha quase certeza de que ele finalmente me serviria. Ela tinha a minha idade quando o vestido foi costurado para ela. E ela já tinha me contado várias vezes a história dele.

•••

A costureira da família estava atarefada. Não era só o vestido da vovó, que seria a noiva da quadrilha, que precisava ficar pronto. Os vestidos da minha bisavó e da irmã da vovó ainda não passavam de peças cortadas e empilhadas sobre a bancada.

Com o vestido branco já quase pronto nas mãos, a costureira espetou a agulha na almofada de alfinetes e contemplou os pedaços de pano que tinha que transformar em outros dois vestidos. Balançou a cabeça de leve para sair do transe momentâneo e foi chamar a Dora. A cozinheira tinha mãos boas para costura e podia ir alinhavando a barra e as mangas do vestido de Inês para ela poder começar o trabalho com os outros.

Dora pegou o vestido, linha e agulha e foi para o quarto de Inês, onde a menina estava terminando suas lições. Dora não gostava de trabalhar sozinha e nem Inês gostava de ficar isolada no quarto. Sempre que escapava dos olhares atentos e bravos da minha bisavó, levava seus livros e cadernos para a cozinha, onde fazia suas lições sentada em um canto, escutando a cozinheira cantarolar na frente do fogão a lenha.

A barra do vestido estava já quase toda alinhavada quando Dora se distraiu e furou o dedo na agulha. Com um grito de susto e dor, enfiou o dedo na boca, mas não conseguiu evitar que uma gota de sangue caísse no vestido.

— Ai, Jesus de Nazaré, me socorra!

— Que foi, Dora?

— Ai, fia, sujei o vestido, me ajuda!

Inês pegou um jarro de água, sabonete e uma toalha. As duas lavaram a ponta do vestido às pressas, secaram com a toalha, dobraram e fizeram a bainha por cima da mancha, que não saiu completamente. Mas a costureira não notou nada, e a paz da família Vasconcelos não foi perturbada até o dia da festa.

A bisa queria que a vovó escolhesse o filho do fazendeiro vizinho como noivo. Na Fazenda Iaguara sempre foi assim. A noiva da quadrilha escolhia o noivo um pouco antes da dança começar. Vovó sabia que os pais estavam à procura de um pretendente para ela agora que o noivado de sua irmã mais velha com um moço de uma família mineira renomada já estava consumado. Vovó abominava a ideia de seus pais escolherem um marido para ela. Então, para contrariar a família, escolheu como noivo da quadrilha Pretinho, um rapaz que trabalhava na Fazenda e tinha sido um amiguinho de infância.

— Você precisava ter visto a cara da minha mãe! — contou a vovó, com aquele olhar de menina sapeca que ela tinha.

•••

O vestido era feito de renda com forro branco. Nas mangas curtas, a renda deixava transparecer a pele do braço. O vestido tinha linhas retas da cintura para cima e gola quadrada. A saia era levemente rodada e ia até o joelho. A cintura era marcada por uma fita de seda branca com bordas prateadas presa por um laço nas costas. Vovó disse que, naquela época do ano, costumava usar o vestido com meia-calça de lã e um xale nos ombros.

As noites de junho eram frias e transparentes, com um céu sem nuvens e cheio de estrelas. O São João da Fazenda Iaguara era conhecido em toda a região, e ia gente de todos os cantos para participar. Uma festa para todos; proprietários e trabalhadores. Desde pequena, eu esperava ansiosamente por essa festa.

O vestido branco me caiu muito bem, como se tivesse sido feito para mim. Vovó ficou em pé me olhando e notei um brilho diferente, uma tristeza que passou de relance pelos seus olhos quando ela me viu com o vestido. Ela descansou um momento nessa tristeza, como se estivesse em outro lugar, em outro tempo, mas logo voltou de lá e disse, com seu costumeiro olhar alegre, que o vestido agora era meu.

•••

Olhei para a parede das fotos, a parede atrás do baú, onde a vovó pendurava fotografias antigas da família, da época em que ela era criança. E lá estava ela, a vovó, com o vestido branco, junto com sua irmã, ao lado do meu bisavô e da minha bisavó. A família estava reunida em frente à casa grande.

•••

Luzia lavou o vestido e o deixou quarando no sol em um vasilhame com água e sabão de coco, assim como todas as mulheres da Fazenda faziam para clarear suas roupas brancas. Depois de passado a ferro, ficou como novo.

Mais tarde, chegou o tio Toni com meus primos, Julia e Gustavo. Julia comentou que, com esse vestido, eu daria uma bela noiva na quadrilha. Não gostei muito da ideia. Ser o centro das atenções nunca foi o meu forte. Além disso, tinha essa tradição na Fazenda Iaguara de a noiva escolher o noivo lá, na hora, enquanto todo mundo na festa esperava ansiosamente.

Julia disse que eu pensava demais. Que era só pegar o primeiro garoto que aparecesse na frente e pronto. Era só uma dança, uma brincadeira. A menos que eu estivesse interessada em alguém. Ela adorava caçoar de mim nesse ponto. Julia já tinha tido vários namorados, e muitos garotos esperavam na fila. Ela tinha certo poder sobre os meninos que sabia usar muito bem. Era fácil para ela falar dessas coisas. Mas, para mim, não. Meninos não se interessavam por mim. E eu não perdia meu tempo tentando me fazer interessante para eles.

Mas agora, olhando para o vestido, para os sorrisos da vovó e da Julia, falei que sim, meio sem pensar. Queria tanto usar o vestido, e só a noiva usava branco em uma festa junina. Resolvi seguir o conselho da Julia, parar de pensar. Era minha noite preferida do ano e, com esse vestido, não sei, tinha algo de mágico no ar.

•••

No dia da festa, Julia e eu levantamos bem cedo e passamos a maior parte do tempo fazendo bandeirolas coloridas e correntes de papel para enfeitar o pátio.

A fachada da casa grande era virada para o pátio, uma grande área de terra batida com um lindo jacarandá no centro. O pátio era a entrada da Fazenda e um ponto de encontro. Todo mundo que chegava tinha que passar por lá, e os trabalhadores o cruzavam várias vezes por dia a caminho das plantações, do curral, estábulo, chiqueiro, galinheiro e da carpintaria. Da grande varanda que cobria toda a fachada da casa no segundo andar, a vovó – e, antes dela, meu bisavô – podia acompanhar tudo que se passava na Fazenda.

Olhando da varanda, o pomar ficava à direita e, um pouco mais à frente, a casa onde Pedro morava com sua família. Pedro era neto do Preto Velho. Ele tinha nascido e crescido na Fazenda e, com exceção dos dois anos que trabalhou no sul do país, sempre morou lá. Ele era o caseiro e sabia tudo sobre trabalho de fazenda. Sua mulher, Cida, trabalhava um pouco na casa grande, um pouco no pomar, onde tivesse necessidade. E Carlos, o filho mais novo, trabalhava com o Preto Velho na carpintaria. Ele tinha herdado do bisavô o talento para trabalhos manuais. A especialidade deles era a confecção de selas. As selas da Fazenda Iaguara eram conhecidas em todo o estado.

Do outro lado do pátio, de frente para a casa do Pedro, ficava a capela. Eu costumava imaginar que, se algum dia eu me casasse, a cerimônia seria lá. Era uma capela pequena e charmosa. Ficava tão linda durante o pôr do sol, quando fachos fortes de luz alaranjada entravam direto pelas largas janelas.

Além das bandeirolas e correntes, Julia e eu penduramos lanternas no jacarandá e na frente da capela. Tio Toni, Gustavo, Pedro e Carlos fizeram uma fogueira de quase dois metros de altura. As laranjeiras estavam floridas, enfeitando o ar com seu perfume suave. Uma mesa longa foi montada no pátio e, quando a tarde caiu, as mulheres que tinham trabalhado duro na cozinha durante vários dias começaram a trazer todo tipo de comida e bebida. Estava na hora de trocar de roupa.

Julia colocou uma meia-calça azul e um vestido amarelo com estampa de flores vermelhas e renda branca nas mangas e na gola. Trancei seu cabelo. Duas tranças, uma de cada lado, com laços cor-de-rosa nas pontas. Aí fiz umas sardinhas falsas com lápis de olho no nariz e nas bochechas. Ela ficou linda. Mesmo com as roupas atrapalhadas.

Gustavo vestiu uma camisa xadrez e uma calça jeans velha remendada com retalhos de cores diferentes. Pintou um dos dentes da frente de preto e fazia questão de sorrir o tempo inteiro. Parecia mesmo que tinha perdido o dente. Não perguntamos como tinha conseguido a façanha. Gustavo sempre teve seus próprios métodos. Para completar o *look,* seu lindo chapéu de *cowboy*. Um chapéu caro que o tio Toni tinha comprado para ele nos Estados Unidos e que fazia sucesso nos churrascos da turma da escola. Um contraste que, junto com o dente faltando, ficou engraçadíssimo. Tenho que admitir que não conseguia parar de rir toda vez que ele vinha com aquele sorriso. Mas eu ria com dor no coração, porque o Gustavo, vestido assim, com essa roupa, banguela, com seu chapéu exclusivo, era um exemplo gritante da enorme diferença entre nós e os trabalhadores da Fazenda.

Eu coloquei o vestido branco. Julia deu um sorriso, aprovando. Mas e meu cabelo? O que eu iria fazer com o meu cabelo? Grosso demais, crespo demais, selvagem demais. Fiz um rabo de cavalo, como sempre.

— Não! — disse a Julia, decidida.

Nunca gostei que ninguém pegasse no meu cabelo, mas, afinal, era a Julia. Ela soltou minha longa cabeleira, pediu que eu segurasse alguns cachos que caíam na frente e trançou o resto do cabelo junto com uma fina fita prateada que achou nas coisas da vovó. A fita prateada brilhava em ondas no meio da trança, que caía sobre meu peito. Julia virou as costas para mim, pegou algo que não consegui ver, mirou-me novamente e, de repente, lá se ia para o chão metade do comprimento dos cachos que tinham ficado soltos. Soltei um grito vendo Julia segurando, triunfante, a tesoura e os cachos caídos aos meus pés. Mas, assim que olhei para o espelho, vi que Julia sabia o que estava fazendo. Fiquei quase bonita com o cabelo assim. Os cachos mais curtos, soltos na frente, emolduravam meu rosto e, de certa forma, direcionavam a atenção para os meus olhos. Antes, com todo o cabelo preso para trás, só se via testa e orelha.

Vovó chegou e deu o toque final. Ela trazia nas mãos uma coroa feita de flores de laranjeira, que colocou na minha cabeça. Olhei para o espelho de novo e fiquei feliz com o que vi.

Nesse momento, minha mãe entrou no quarto e empalideceu como se estivesse diante de um fantasma. Perplexa, lançou um olhar duro para a vovó, que, não se deixando afetar pela expressão rígida da mamãe, disse:

— Não está linda?

Mamãe deu um sorriso meio sem graça dizendo que sim, que nunca me tinha visto tão bela. Mas, na primeira oportunidade que teve, arrastou a vovó e as duas se trancaram no quarto dela.

Julia e eu nem precisamos nos olhar. Logo já estávamos as duas com as orelhas grudadas na porta do quarto da mamãe. Eu pressionei a orelha contra a fechadura e Julia se deitou no chão para tentar escutar pela fresta da porta. Elas sussurravam. Com certeza as duas já tinham usado a mesma técnica na juventude e sabiam que provavelmente estávamos lá. Mas, mesmo assim, conseguimos escutar a mamãe perguntando por que a vovó me deu o diabo do vestido. Vovó riu e disse que superstição não caía bem na mamãe. Mamãe respondeu que não tinha nada a ver com superstição. Disse que o vestido carregava memórias tristes e que deveria tê-lo queimado quando teve a chance.

— Mas a culpa não é do vestido! — respondeu a vovó.

— Claro que não! Mas por causa dele estamos aqui falando de uma coisa que eu gostaria que tivesse sido completamente apagada da minha memória!

Que coisa era essa, não ficamos sabendo. Mamãe abriu a porta do quarto de repente. Julia mal teve tempo de se levantar, e eu, de dar um passo para trás. Mamãe não pôde deixar de sorrir ao pegar nós duas em flagrante. Mas não disse nada e foi direto para o banheiro.

— Vamos logo, vão se divertir, a festa já está começando, vão! — disse vovó.

A festa de São João

Olhando através dos janelões da sala, o pátio estava maravilhoso. E a fogueira ainda nem tinha sido acesa. Julia abriu a porta pesada da entrada principal da casa e corremos para a ampla varanda. Lá havia uma escada para o pátio.

A banda estava pronta para tocar, os convidados já tinham começado a se servir e o tio Toni, o Gustavo e o Pedro estavam em pé ao lado da fogueira, cada um segurando uma tocha. Procurei pelo Carlos, mas não o vi em parte alguma. Fiquei decepcionada. Gostaria tanto que ele me visse com o vestido...

Eu e o Carlos não conversávamos, mal trocávamos um bom dia aqui, uma boa tarde ali, e já havia anos que ele parecia me evitar, talvez por ordem da mãe dele. Mas sua simples presença me aquecia o coração, assim como sua ausência me causava um anseio, um desconforto, uma falta. O único rapaz no mundo que eu gostaria de chamar para ser meu noivo de quadrilha era o Carlos. Mas, se eu fizesse uma coisa dessas, mamãe me mataria. Não era só a mãe dele que não gostava de nos ver brincando juntos quando éramos crianças.

Fiquei parada olhando para a fogueira ainda apagada, pensando na história que vovó tinha me contado sobre o Pretinho. Os pais dela eram muito mais rígidos do que os meus. Tudo acontecera há quase 60 anos e, mesmo assim, ela tivera coragem. Esse pensamento estava se transformando em uma resolução quando Pedro soltou um verdadeiro grito de vaqueiro. Todo mundo ficou quieto e se voltou para a fogueira. Sem mais cerimônia, a grande torre de lenha e galhos foi acesa. Assim que as chamas subiram, a banda soltou seu primeiro tom, o forró tomou conta de tudo, a festa pegou fogo e eu fui tomada por uma certeza.

Julia foi direto para a mesa ficar ao lado do irmão. Eu caminhei em direção ao fogo, as chamas e a música me hipnotizaram. Me aproximei da fogueira até sentir as ondas de ar quente contra meu rosto. Meu corpo foi invadido pelo forró e meus pés começaram a marcar o ritmo. Precisava encontrar o Carlos. Olhava fixamente para as labaredas com essa ideia fixa na cabeça, e nem percebi que alguém se aproximara e estava parado bem ao meu lado.

— Quer dançar comigo, minha noiva linda?

Nunca tinha sido tirada para dançar. Nenhum rapaz nunca tinha dito que eu era linda. Ninguém nunca tinha me chamado de noiva. E aquela voz. Me virei, um pouco desconcertada, e na minha frente estava Carlos.

Quase não o reconheci. Tinha o cabelo penteado para trás com gel. Vestia uma camisa branca, calça jeans, uma jaqueta de couro e um cinto com uma fivela grande de prata. Estava simplesmente lindo. Fiquei meio sem ação, sem saber direito o que falar. Era tudo o que eu queria, mas agora, com Carlos assim tão perto, bonito desse jeito, me chamando para dançar, não consegui responder, paralisei.

— Ana — disse ele, com os olhos fixos nos meus —, me dá a honra?

Tinha a mão estendida para mim, os olhos esperançosos e o contorno de um sorriso nos lábios.

O tom da sua voz, a maneira como ele pronunciou meu nome, o seu olhar, a sua presença, tudo isso acendeu uma faísca dentro de mim que se espalhou por todo o corpo, como uma corrente elétrica.

•••

Carlos fazia parte da Fazenda, do meu mundo. Tínhamos brincado muito quando crianças. Era sempre ele que sabia tudo o que se passava na Fazenda, que nos contava histórias amedrontadoras da época dos escravos e da busca do ouro, do Preto Velho e de magia negra. Era ele que nos levava, nós, crianças da cidade, para lugares onde, na verdade, não podíamos ir. Ele era um menino levado, mas muito gentil, com um brilho especial nos olhos. Desde criança eu sentia algo bom quando estava ao seu lado.

Mas tínhamos crescido e, em algum momento, tudo tinha mudado. Meus primos pararam de visitar a Fazenda com tanta frequência e minha mãe insistia que não queria me ver andando sozinha com os filhos dos trabalhadores, ou seja, com o Carlos. Mas, na prática, ela quase não vinha à Iaguara e a vovó não ligava para isso, adorava o Carlos. Mesmo sem meus primos, ainda fazíamos passeios a cavalo de vez em quando, eu gostava de ajudá-lo com as vacas e ele me dava uma mãozinha com a horta. Mas, um dia, quando Carlos estava agachado ao meu lado no curral, me mostrando como eu poderia ordenhar melhor, Cida entrou de supetão e chamou o filho com voz grave. Depois disso, Carlos nunca mais chegou perto de mim.

Algum tempo depois, ele começou a ajudar seu bisavô na carpintaria, e eu, toda vez que estava na Fazenda, ia conversar com o Preto Velho; adorava ouvir suas histórias e observar Carlos trabalhando. Ele tinha se tornado um rapaz calmo e sempre muito concentrado no trabalho. Nunca conversávamos nessas minhas visitas à carpintaria. Eram só os sorrisos. E os olhares cúmplices, porque os dois sabiam que havia algo ali.

Agora ele surgia assim na minha frente, tão próximo, me estendendo a mão. Isso me colocou em chamas, tirou de mim todo o meu autocontrole. E o que ele tinha feito? Olhado para mim, pronunciado meu nome. Mal consegui balançar a cabeça para mostrar que sim, que aceitava o convite, ansiosa pelo momento em que sua pele tocaria a minha.

•••

Carlos me puxou pela mão e fomos para mais perto da banda. Ele ficou de frente para mim e me segurou pela cintura, de maneira delicada. Acho que notou que eu estava com frio. Chegou seu corpo um pouco mais perto do meu. Começamos a dançar.

Suas mãos eram rudes, a pele, seca e grossa, cheia de calos. Mãos firmes que sabiam para onde me guiar. Seu cheiro era tão bom. Não cheirava a sabonete, xampu, nem perfume. Era o seu cheiro. Cheguei o rosto mais perto do seu pescoço. Queria mais desse cheiro. Queria mais contato com a sua pele.

Dançamos até as pernas começarem a doer, e só então fizemos uma pausa. Carlos secou o suor que deslizava ao longo de minhas têmporas com os dedos. Depois passou a mão na própria testa e esfregou na calça jeans. Levantou um pouco o braço direito e, por um instante, achei que ele fosse me dar a mão. Mas não, seu braço voltou logo para junto do corpo. O dedão ele colocou dentro do bolso, deixando os outros quatro dedos para fora, sobre a coxa. Fez o mesmo com a mão esquerda, como um verdadeiro *cowboy*. Ficou encabulado. Estava tão desenvolto durante a dança, mas agora não sabia bem como se comportar.

— Vamos comer alguma coisa? — eu convidei, estendendo a mão para ele.

Carlos hesitou. Parecia que não tinha certeza se deveria andar de mãos dadas comigo. Então me deu o braço, como faziam antigamente, e fomos para perto da Julia e do Gustavo, que ainda estavam em pé do lado da mesa.

Gustavo segurava um copo em uma mão, dois cachorros-quentes na outra e estava com a boca cheia de broa.

— Solta ela! — bradou assim que nos viu. — Anda logo! — comandou de forma agressiva, jogando a comida no chão.

Gustavo pegou meu braço e me puxou de forma brusca. Passou para mim o copo que estava segurando, que eu peguei mais por reflexo do que por vontade, e se colocou entre mim e Carlos. Carlos não pôde fazer mais nada a não ser me soltar e dar um passo para trás.

— Quem você pensa que é? — disse o Gustavo, encarando o Carlos.

Carlos encarou Gustavo de volta, mas não disse nada. Depois de alguns segundos que pareceram horas, desviou o olhar para a mesa.

Fiquei indignada. Gustavo não podia falar assim com o Carlos, ele não era nenhum desconhecido, era um amigo de infância. Não conseguia entender o que eu e

Carlos tínhamos feito de tão errado. Afinal, era festa de São João.

Mas, ao mesmo tempo, lá no fundo, eu sabia por que Gustavo tinha reagido dessa forma e comecei a entender por que o Carlos tinha me evitado tanto até hoje. Ele era um velho conhecido, uma parte da nossa infância, mas não deixava de ser um trabalhador rural; era isso que passava na cabeça do meu primo, da minha mãe e até mesmo da Cida.

Eu estava confusa, nunca tinha sentido uma atração tão forte por ninguém. Tinha um desejo incontrolável de ficar o mais perto do Carlos possível, de tocá-lo. A vontade de tantos anos que tinha sido reprimida agora ardia. Ele estava a dois metros de mim e eu já sentia a sua falta, falta das suas mãos ao redor da minha cintura, da respiração dele contra minha testa quando dançamos. Sabia que meu desejo era compartilhado, que Carlos sentia o mesmo. Acho que Gustavo pressentiu isso. Julia também.

O rosto da Julia era um grande ponto de interrogação, como se ela me perguntasse: "o que está acontecendo?" Com certeza não tinha imaginado que eu iria escolher um garoto que trabalhava na Fazenda como noivo. Ela nunca tinha desconfiado de que pudesse haver algo entre mim e o Carlos, esse sentimento mudo que tínhamos guardado tão bem por tanto tempo. Provavelmente ela tinha pensado que eu escolheria um dos netos do riquíssimo proprietário da fazenda vizinha, ou um dos nossos primos, netos da nossa tia-avó. Para ser sincera, eu tinha considerado chamar um deles para ser o noivo, até que o passado da vovó e as chamas me deram coragem. Pois era o Carlos, só ele, que eu queria como noivo da quadrilha. E, pelo jeito, ele também tinha se convencido do mesmo; nessa noite, dançaria comigo.

Agora, todos os três olhavam para mim e eu tinha que falar alguma coisa.

— Carlos é meu noivo esta noite, está tomando conta de mim — disse, dando uma piscadinha para o Gustavo e, ao mesmo tempo, chegando mais perto do Carlos.

Eu não sabia exatamente o que estava fazendo. Tinha vontade de tocar o Carlos e ficar próxima dele ao mesmo tempo em que queria mostrar para o Gustavo que tudo não passava de uma brincadeira. Mas, para mim, não era uma brincadeira. Dançar com o Carlos, sentir seu cheiro, seu calor, foi a coisa mais real que eu já tinha vivido.

— OK, desculpa, *COWBOY* — disse o Gustavo, sorrindo com sarcasmo. Virou as costas e pegou outro cachorro-quente como se nada tivesse acontecido.

Mas Julia não foi tão fácil de enganar. Deu para perceber que ela não comprou o meu joguinho, e ficou olhando para mim, desconfiada.

Carlos balançou a cabeça para concordar com o que eu tinha dito, mas vi que ele estava confuso e que não sabia bem como me interpretar. Virou-se para a mesa, encheu um copo com quentão e tomou tudo de um gole só. Fiquei chocada. Ele era mais velho do que eu, talvez já tivesse até completado 18, mas, mesmo assim, beber algo tão forte era uma coisa que, na minha cabeça, só gente mais velha fazia.

Foi só aí que percebi o copo cheio na minha mão. Estava morrendo de sede e, sem pensar, virei o copo inteiro na boca. Quando senti o cheiro forte e doce da cachaça era tarde demais. A pinga já descia queimando pela garganta. Meu peito ardia, eu tossia, respirando com a boca aberta à procura de ar, de alívio, como uma possuída.

Gustavo explodiu em gargalhadas, arremessando para fora da boca pedaços de salsicha misturados com broa e cuspe. Me senti uma idiota. Julia começou a bater freneticamente nas costas dele, sem saber se ria de mim ou ajudava o irmão, que estava engasgado.

Carlos me puxou para o lado e me deu um copo de água.

— Passa logo — disse ele carinhosamente, passando a mão de leve nas minhas costas.

Lembranças da infância começaram a flutuar na minha cabeça e vi o sorriso espontâneo e o olhar sincero do Carlos quando ele era apenas um menino. Lembrei do garoto que cuidava para eu não passar atrás da pata do cavalo; que me salvou do ataque do ganso; que ia recolher ovos comigo porque eu tinha medo do galo; que me achou sozinha, chorando, em uma vala ao longo da estrada para Ibituruna depois que eu tinha caído do cavalo e machucado o joelho. Carlos sempre esteve lá por mim, o tempo todo.

Quando Gustavo, vermelho como um tomate, finalmente conseguiu respirar de novo e falar, perguntou o que eu achava que tinha dentro do copo. Usou aquela sua voz estúpida e arrogante que tinha como único objetivo fazer graça de mim, uma das suas especialidades. E eu costumava cair na armadilha dele toda vez, e ficava mal-humorada e irritada. Realmente, eu nem tinha considerado a possibilidade de que dentro do copo estivesse outra coisa que não a bebida quente que Luzia costumava preparar para as crianças, com suco de laranja, cravo e canela. Ingenuidade minha, claro, pois conhecia muito bem o Gustavo.

O quentão ainda queimava da boca até o peito, mas a água ajudou um pouco. Carlos estava ao meu lado e decidi não deixar Gustavo estragar minha noite.

Julia puxou o irmão e apontou para o tio Toni, que estava de pé ao lado da fogueira, acenando impacientemente para os dois. Tinham esquecido os fogos de artifício. Os irmãos saíram correndo em direção ao carro do pai, que estava estacionado nos fundos da casa grande.

Gustavo gostava de se fazer de valentão para nós e para os amigos, mas morria de medo do pai, que podia ser muito rigoroso. Se o tio Toni desconfiasse que o Gustavo não apenas tinha bebido quentão, mas também me dado a bebida, ficaria muito bravo com o filho.

Carlos e eu ficamos finalmente sozinhos.

— Seu noivo? — disse ele sorrindo.

Eu estava zonza, não conseguia ficar em pé direito sem apoiar na mesa. O chão parecia ter níveis diferentes. Eu estava definitivamente tonta. Nunca tinha bebido nada com álcool antes. Carlos percebeu e, enquanto me segurava firme, me deu algo para comer e mais água. Tomou conta de mim. Estava lá por mim, como sempre.

•••

Pedro deu seu famoso grito. Depois, falando no microfone, chamou todos os pares que iriam participar da quadrilha para se reunirem na frente da capela. Ele era o puxador da quadrilha. Eu já estava me sentindo melhor e me alegrava para a dança. Carlos e eu fomos nos juntar aos outros. Tinha gente de todas as idades e tamanhos, todos vestidos com roupas coloridas, camisas xadrez, tranças, fitas e chapéus de palha.

De acordo com a tradição da Fazenda Iaguara, era agora que a noiva deveria dar uma volta e escolher o noivo. Carlos olhou para mim.

— Esperei tanto tempo – disse ele. – Tanto tempo para ficar assim com você, tão perto...

Sorriu meio sem graça, jogou um olhar rápido em direção ao pai e perguntou:

— Tem certeza? Não precisa fazer isso.

Eu segurei sua mão firmemente e sorri. Sim, tinha certeza. A certeza das chamas, das tochas contra a escuridão. Uma certeza que eu nunca tinha vivenciado antes.

Então, dessa vez, não foi nenhuma noiva solitária, e sim um par de noivos que apareceu andando na direção do Pedro para tomar seu lugar na frente da capela. Esse casal não tinha aquela atitude brincalhona e um pouco atrapalhada que um par de noivos de quadrilha geralmente tem. Ali não estavam duas pessoas que, brincando e fazendo graça, fingiam ser um casal no dia do casamento. Não. Carlos e eu estávamos de mãos dadas, andávamos juntinhos um do outro. Ele apertava minha mão como se nunca mais fosse me soltar. Nós íamos andando juntos e as pessoas iam abrindo caminho.

Primeiro percebi o silêncio e o espaço que as pessoas deixavam ao nosso redor, à nossa frente. Aí senti os olhares. Proprietários e trabalhadores com suas famílias, todos nos deixavam passar, as conversas, risadas, brincadeiras, tudo parou, os olhares estavam todos congelados no Carlos e em mim.

Pedro ficou paralisado, como se tivesse esquecido complemente onde estava ou o que fazia. A mão que segurava o microfone caiu ao lado do corpo, os olhos ficaram arregalados. Ele estava boquiaberto, estupefato. Cida, ao seu lado, estava tão boquiaberta e estupefata quanto o marido.

As mãos do Carlos começaram a tremer. Estávamos próximos demais, parecíamos um par de namorados. Todo mundo percebeu que, para nós dois, isso não era uma brincadeira como de costume. E todo mundo certamente estava pensando o que é que tinha dado na gente. Durou apenas alguns segundos, mas o olhar da Cida era como raios *laser* que nos atacavam. Comecei a me perguntar se conseguiríamos sair dali com vida.

Foram Preto Velho e vovó que nos salvaram, porque Pedro tinha virado uma estátua. Perdeu a fala quando viu o filho levando a neta da dona da Fazenda para o altar.

— A noiva já escolheu o noivo! — gritou o Preto Velho, entusiasmado, enquanto batia palmas.

Vovó também começou a bater palmas e gritou:

— Que a quadrilha comece!

Com um aceno, ordenou que a banda começasse a tocar. Os convidados respiraram de novo e fizeram como o Preto Velho e a vovó; todos bateram palmas e se colocaram a postos para a quadrilha.

Pedro saiu do transe.

— Aos seus lugares! — disse ele ao microfone.

Os pares se posicionaram em fila atrás de nós dois. A quadrilha ia começar.

Logo me esqueci dos olhares que soltavam raios *laser*. A proximidade e o calor do Carlos me levaram para um mundo de sonhos, e mergulhei de cabeça. Não tinha mais tontura nem náusea, estava me sentindo leve e feliz. Foi maravilhoso. Dançar ao ar livre em uma noite límpida e fria de junho, iluminada somente por tochas, lanternas e chamas. A música. Carlos. Suas mãos, seu cheiro, seu sorriso, seus lábios.

•••

Mas nada dura para sempre. A quadrilha terminou. Ficamos todos juntos em frente à capela. Carlos hesitava. Não queria soltar minha mão, mas agora já não éramos mais noivos, o sonho tinha acabado. Eu queria me jogar nos braços dele, mas não podia, não ali, com todos nos olhando. Não agora que todos, com a ajuda da dança, da bebida, da magia da noite, tinham esquecido nossa desconcertante entrada. Carlos soltou minha mão e deu um passo para o lado, afastando-se de mim.

Um assobio forte subiu em direção ao espaço, um estrondo ensurdecedor e todo o céu explodiu em formações multicoloridas, um espetáculo de cor e brilho.

Depois dos fogos de artifício, Julia chegou correndo com duas primas a tiracolo. Tinham muito para contar, fofocas da família. Um tio foi pego na cama com uma amante; ele e a esposa iriam se separar. Um primo tinha engravidado a namorada; eles iriam se casar. Um outro primo tinha saído do armário; toda a família já desconfiava que ele era *gay*, mas, para a mãe dele, tinha sido um choque, a mulher ainda estava de cama.

Carlos estava do outro lado do pátio brincando com o sobrinho. Julia e as outras meninas conversavam sobre os detalhes dos escândalos, mas a única coisa que eu ouvia eram risadinhas e gargalhadas cheias de escárnio. Eu observava Carlos, que se divertia com o sobrinho. Ele jogava o menino para cima, rodopiava, brincava de esconde-esconde, dava cachorro-quente e suco para o pequeno.

Com o passar do tempo, o pátio foi ficando mais silencioso. A banda parou de tocar e os músicos guardaram o equipamento. As mulheres foram atrás de seus filhos, ajudaram seus homens, embriagados, a ficarem de pé, limparam a mesa. As primas se despediram. Os convidados começaram a ir embora. Eu não via mais o Carlos e o resto da família dele, provavelmente tinham se recolhido. As chamas da fogueira se extinguiram e viraram brasa. Foi aí que vi a vovó sentada conversando com o Preto Velho.

O pátio estava praticamente vazio. Julia me puxou, queria entrar, estava cansada e com frio. Subimos a escada da varanda, mas, antes de entrar, parei na porta, virei e olhei na direção da capela. A vovó e o Preto Velho ainda estavam sentados, mas já não conversavam, olhavam fixamente para as brasas fumegantes.

Carlos atravessou o pátio na direção deles. Ajudou seu bisavô a se levantar e o levou para dentro. Vovó ainda ficou sentada mais um pouco antes de ir devagar para a casa grande. Andava de cabeça baixa, dando passos curtos e pesados. Parecia distante e preocupada.

Atrás dela apareceu Carlos de novo, dessa vez segurando uma mangueira de água. Queria se certificar de que as chamas não levantariam novamente. Quando terminou, ergueu a cabeça e me viu na varanda, parada na porta. Não se atreveu a acenar, mas vi que ele sorria para mim.

Quando entrei, mamãe já estava deitada. Meu pai tomava um uísque com tio Toni na sala. Mamãe não tinha ficado na festa. Odiava tudo o que tinha a ver com a Fazenda. Acho que nunca tinha participado da quadrilha. Meu pai adorava. Mesmo depois de tantos anos separados, ele sempre vinha para ser o par da vovó na quadrilha e conversar com o tio Toni.

A família costumava comparecer em peso à festa de São João. Muitos parentes moravam nas redondezas. Além deles, vinham os proprietários e trabalhadores das fazendas vizinhas. Então mamãe costumava descer até o pátio para cumprimentar velhos conhecidos, mas depois sumia dentro da casa grande e não era mais vista. Essa noite não foi diferente.

Queria tanto compartilhar com a Julia o que tinha acontecido entre mim e Carlos. Eu sabia a opinião dela sobre o assunto, ela não tinha nem tentado camuflar o que achava quando me viu chegando perto da mesa de braços dados com ele. Mas, mesmo assim, tinha esperança de poder conversar com ela sobre todos esses sentimentos e sensações tão desconhecidos para mim. Ela era a única pessoa com a qual eu podia falar sobre essas coisas.

Mas mudei de ideia assim que entramos no banheiro para escovar os dentes. Era a primeira vez que ficávamos sozinhas desde o início da festa, e a Julia não conseguiu se conter.

— Você e o CARLOS!

— Tá bonito, não tá? — eu disse, meio sem graça.

A resposta dela foi direta. Pelo menos a Julia era honesta.

— Bonito, lindo de morrer, mas não deixa de ser um peão!

Eu disse a ela que apenas o achava bonito, nada mais. E lembrei que tinha bebido quentão. Ela deu uma boa risada e disse que nunca tinha visto eu me divertir tanto. Que na festa de São João podia. E que o Carlos era mesmo lindo, mas eu não deveria pensar mais nele. Só em novelas essas coisas funcionavam, disse ela, me dando um abraço antes de ir para a cama.

Quando me aproximei da porta do quarto da vovó para lhe dar um beijo de boa noite, ela estava sentada na beirada da cama e olhava intensamente para o porta-retratos com a foto do vovô. Não percebeu que eu estava lá e não tive coragem de entrar, fiquei em pé na soleira da porta.

Ela segurava o porta-retratos. As mãos tremiam um pouco. Vovó costumava mandar um pensamento bom para o vovô toda noite antes de se deitar, eu já tinha visto várias vezes. Mas agora era diferente. Ela estava emocionada. E triste. Depois de um tempo, levantou a cabeça, fechou os olhos e começou a mexer os lábios, mas sem falar nada em voz alta.

Vovó não era religiosa. Enfeitava a capela e convidava o padre de Bom Sucesso para rezar a missa na Fazenda mais por tradição e por causa dos trabalhadores do que pela própria crença. Mesmo assim, ela estava sentada lá, e parecia rezar.

•••

Dormi muito mal. Minha cabeça estava um caos. Fiquei pensando nos momentos maravilhosos que passei com o Carlos, nos comentários da Julia e do Gustavo em relação a ele, nos olhares agressivos em nossa direção. E minha mãe, como reagiria? Com certeza tinha observado tudo de longe.

E ainda por cima a vovó. Ela tinha ficado tão esquisita depois da quadrilha. Não conseguia me lembrar de uma única noite, em toda a minha vida, na qual tenha ido dormir sem um beijo de boa noite da vovó, aqui na Fazenda ou quando ela estava de visita na cidade. Mas naquele dia foi assim. Não me atrevi a entrar no quarto dela. Parecia tão preocupada. Tão distante. E eu tinha a impressão, um mau pressentimento, de que tinha alguma coisa a ver comigo. Sobre o que ela e o Preto Velho conversaram por tanto tempo? Tudo isso ficou martelando na minha cabeça e não me deixou dormir em paz.

Estava inquieta, com o corpo dolorido, como se estivesse com febre. Sentia uma falta do Carlos tão grande que até doía. Queria correr para ele, me enfiar debaixo da coberta dele, me aconchegar na segurança que ele me transmitia. Na verdade, não tinha acontecido nada entre mim e o Carlos, tínhamos só dançado. Mas eu não conseguia mais imaginar minha vida sem ele, por mais absurdo que isso pudesse parecer. E isso me amedrontava, porque o resto do mundo parecia estar contra nós.

Fiquei acordada, rolando de um lado para o outro da cama durante várias horas antes de conseguir pegar no sono. E mesmo assim foi um sono turbulento.

•••

No dia seguinte, minha mãe veio me acordar. Já estava indo para Belo Horizonte com o papai. Eu voltaria só de tarde com o tio Toni e meus primos. A mensagem dela foi clara:

— Chega de intimidades com aquele rapaz; a festa já acabou.

Era sério. Isso significava proibição. E o problema não era que eu tinha dançado coladinha com um rapaz. O problema era "aquele rapaz", Carlos. Com tantos meninos bons, de famílias conhecidas, como é que eu pude escolher um que trabalhava na Fazenda para ser meu noivo na quadrilha e, ainda por cima, dançar com ele daquela maneira? Não entrava na cabeça dela.

— Você precisa cuidar mais da aparência, faz bem para a autoconfiança — disse ela antes de sair do quarto.

Mamãe era dona de uma rede de clínicas de beleza, e não somente ganhava dinheiro com a vaidade das mulheres, mas também vivia plenamente o papel que tentava vender. Talvez essa fosse a razão de seu sucesso e das longas listas de espera em todas as suas clínicas. Cabelo, roupa, sapatos, unhas, pele, corpo, tudo nela estava no lugar certo, e tenho que admitir que ela era uma mulher bonita, elegante e interessante. Mas eu não era assim. Não estava nem aí para essas coisas, me sentia bem na Fazenda, na cozinha, junto da vovó. Isso mamãe não conseguia entender. E agora então, que eu tinha me interessado por um peão da Fazenda? Não, minha mãe estava decidida, não deixaria isso acontecer.

Levantei e fui para a cozinha ajudar a Luzia e a vovó com o café da manhã. As palavras da mamãe, a proibição de me encontrar com o Carlos, tudo entrou por um ouvido e saiu pelo outro. A única coisa que ficou foi a certeza de que eu e o Carlos deveríamos tomar cuidado. Ninguém deveria ver a gente junto. Eu precisava encontrar uma maneira de ficar sozinha com ele no decorrer do dia.

Julia e Gustavo ainda estavam dormindo. A excitação no corpo não me deixava em paz, não conseguia me concentrar em nada. Eu, que sempre tive total controle na cozinha, comecei a fazer besteira. Primeiro, queimei o braço ao tirar o pão do forno. Depois, fiz um corte no dedo com a faca de pão.

— Mas o que cê tem hoje, menina?! — exclamou Luzia, espantada.

Ela me deu um copo de suco de maracujá bem docinho. Nada melhor para os nervos, sempre dizia. Vovó também estava inquieta. Não fez nenhum comentário sobre meu nervosismo, mas vi quando as duas trocaram olhares. Vovó também ganhou um copo de suco de maracujá.

Depois do café da manhã, eu, Julia e Gustavo preparamos um lanche e saímos para um longo passeio. Não tinha viva alma do lado de fora. O vento balançava as bandeirolas e correntes de papel. A mesa longa estava vazia, com exceção de algumas vasilhas sujas que foram deixadas para trás. Cinzas eram o que tinha sobrado da grande fogueira. Latas vazias de cerveja, copos de plástico, guardanapos estavam jogados aqui e ali e, de vez em quando, saíam rolando, movidos por uma rajada de vento um pouco mais forte.

O céu estava azul, sem nuvens, e, mesmo sendo inverno e ainda um pouco frio, o sol já nos esquentava. Tínhamos colocado roupa de banho por baixo. O plano era tomar sol e fazer piquenique ao lado de um riacho um pouco mais tarde. Mas agora precisamos nos agasalhar.

Quando tínhamos passado pelo curral e eu lutava comigo mesma para esconder o desapontamento de não ter encontrado Carlos lá, Gustavo sugeriu irmos até o Paraíso. Só mesmo Gustavo para sugerir algo assim. Era realmente lindo lá, mas o caminho era muito perigoso. Era o único lugar dentro dos limites da Fazenda que não tínhamos permissão para ir sozinhos. E iríamos certamente nos perder, não sabíamos o caminho direito.

Enquanto Julia discutia com Gustavo e tentava convencer o irmão de que isso era uma péssima ideia, vi Carlos saindo da trilha que levava à cabana do Preto Velho. Estava ainda mais lindo do que na noite anterior. Sorriu e acenou para mim.

Meu coração disparou, comecei a suar frio nas palmas das mãos. Mas me controlei. Essa chance eu não poderia deixar passar. Então disse, da maneira mais calma e natural possível:

— Carlos pode nos guiar.

Julia e Gustavo ficaram quietos na mesma hora, e foi só então que viram Carlos. Gustavo ficou entusiasmado, mas Julia continuou cética. Olhou desconfiada para mim. Inclinei a cabeça para o lado e fiz cara de filhotinho de cachorro que implora ao dono para colocá-lo no colo. Julia soltou um suspiro:

— OK.

Gustavo saiu correndo ao encontro de Carlos. Julia chegou perto de mim e sussurrou no meu ouvido:

— Você me deve uma.

O porta-retratos

Quando coloco o vestido branco em cima da cama, vejo o porta-retratos no criado-mudo da vovó. É um porta-retratos prateado que, fechado, se parece com um delicado estojo retangular. Agora está aberto, em pé, e traz um retrato do vovô de um lado e um da vovó do outro. Eram recém-casados quando as fotos foram tiradas. Vovó costumava ficar olhando um bom tempo para o retrato do vovô toda noite. Sempre achei isso muito romântico.

Não me lembro muito bem do vovô, mas vovó falava muito nele, contava que era um verdadeiro cavalheiro. Era advogado e mais interessado nas palavras do que na terra, mas não fez objeção quando vovó quis assumir a Fazenda, mesmo tendo de ir e voltar de Bom Sucesso, onde tinha seu escritório, todos os dias até se aposentar. Ele sabia o quanto aquilo era importante para ela.

Vovó adorava contar sobre sua vida, sobre o passado. Era tão minuciosa que eu conseguia imaginar tudo na minha cabeça. As únicas exceções eram a viagem para a França e a Fazenda Iaguara nos anos antes de ela assumir. Sobre isso, não contava nada. E eu não perguntava. Desde pequena percebi que tinha acontecido algo nessa época que a deixava triste, então nunca insisti, tínhamos tantas outras coisas para conversar. Adorava ouvir a vovó falar sobre como ela e o vovô construíram a vida juntos, por exemplo.

Eles se encontraram na biblioteca da cidade um ano depois que vovó voltou da França. Meu bisavô Antônio tinha se mudado com a família para um casarão em Bom

Sucesso, e vovó, na verdade, tinha ficado satisfeita com a mudança. Não tinha mais vontade de morar na Fazenda e tinha ido lá pouquíssimas vezes desde sua volta.

Vovó era muito interessada em literatura e já tinha lido quase tudo o que a pequena biblioteca tinha a oferecer. Ela falava alto consigo mesma, reclamando, quando o jovem advogado se aproximou e disse que poderia lhe emprestar alguns livros. Ele tinha terminado os estudos de Direito em São Paulo e planejava se estabelecer na terra natal.

Era filho de um alfaiate, o que desagradou muito o bisavô Antônio. Desde que vovó tinha voltado do exterior, ele tentava arrumar para ela um "respeitável" noivo entre as "boas" famílias da região, mas vovó tinha categoricamente se negado a aceitar cada uma de suas sugestões. Mas, apesar da modesta situação financeira da família, até o bisavô Antônio teve de admitir que o rapaz tinha ótima educação e um futuro promissor. Então, no final, ele abençoou o noivado.

Logo vovô estabeleceu seu escritório de Direito. Gente de toda a região começou a ir até lá para solicitar seus serviços. Eles se casaram e foram morar em uma casa em Bom Sucesso que bisavô Antônio ajudou a mobiliar, mas não durou muito até que o casal conseguisse viver bem sem seu dinheiro.

Vovó me confidenciou que não foi paixão à primeira vista. Que, a princípio, ela ficou fascinada pelo amor dele pelos livros, pelo modo como ele via o mundo e a vida, por sua bondade e seu charme. E é claro que ela tinha orgulho por ter escolhido seu próprio marido. Nunca aceitaria se casar com um homem selecionado para ela. Mas, com os anos, os laços de afinidade entre eles foram se tornando mais fortes e, sem que ela percebesse, se apaixonou. E esse amor durou toda a vida deles em comum.

Quando meu bisavô morreu, vovó resolveu assumir a Fazenda. A irmã dela era casada com um fazendeiro e tinha sua própria fazenda para cuidar. Minha bisavó também não estava interessada. Vivia satisfeita em seu casarão em Bom Sucesso, cercada de todo o luxo e conforto.

Minha tia-avó herdou muitas terras, por isso a Fazenda Iaguara teve de ser dividida. Mas o resto da propriedade, com todas as construções, os animais e equipamentos, ficou para a vovó. A Fazenda era tão grande que, mesmo perdendo mais da metade da propriedade, vovó tinha mais terras do que conseguiria cultivar. E uma grande área de mata virgem com muitas minas d'água.

Eu me lembro bem de quando vovó contou que não foi fácil voltar para a Iaguara. Que o lugar despertava muitas memórias, nem todas felizes. E que foi muito triste ver a Fazenda naquele estado de abandono. Só então ela entendeu o que a Iaguara significava para ela.

Naqueles anos, a Fazenda tinha praticamente sido largada ao acaso. Bisavô Antônio estava doente e raramente ia visitar a propriedade. Tudo parou, enquanto o tempo desgastava as construções, as máquinas, os animais e os trabalhadores, as pragas carcomiam as plantações, o mato tomava conta de cada cantinho do que um dia tinha sido um belo e bem cuidado jardim.

Vovó buscou o Preto Velho e sua esposa, Dora, que tinham se mudado para Ibituruna logo depois da ida da vovó para a França, para ajudá-la a reerguer a Fazenda. O Preto Velho tinha muita experiência e sabia o que tinha de ser feito. E a vovó também, mesmo tendo usado tantos anos para tentar esquecer. Foi um tempo duro, mas também recompensador, ver a Fazenda ganhar vida, dessa vez, do jeito da vovó.

E foi assim que a vovó se tornou a senhora da Fazenda Iaguara. Sinhá, como os trabalhadores a chamavam.

•••

Quando coloco o porta-retratos de volta ao seu lugar em cima do criado-mudo, uma rajada de vento frio entra pelas janelas abertas. Me arrepio e o porta-retratos escorrega da minha mão e cai no chão. O vidro se espatifa assim que bate contra a tábua corrida. Recolho o porta-retratos aos prantos. Como posso ser tão descuidada? Metade do retrato do vovô está caído para fora da armação, e vejo que tem uma outra fotografia atrás.

Puxo com cuidado o retrato do vovô e fico olhando para a outra foto sem entender o que tenho à minha frente. Lá está a vovó, jovem, ao lado de um rapaz que não sei quem é. Fico um pouco chocada. E perplexa. Não sei muito bem o que pensar.

Esse porta-retratos significava muito para a vovó, e eu sempre achei que fosse por causa do vovô. Mas essa foto... Vovó não a teria guardado ali se não tivesse muito valor para ela. Mas por que escondê-la atrás da foto do vovô? E quem é esse rapaz?

Vovó e o jovem estão abraçados, sorriem para a câmera, rostos colados, bochecha contra bochecha. Nas mãos a vovó traz um buquê de flores de laranjeira. Eles parecem estar tão felizes. O rapaz é negro, um pouco mais alto do que a vovó, tem cabelo afro cortado bem rente e roupas desgastadas, que podem ser percebidas mesmo sendo uma foto em preto e branco já bem apagada, afinal, deve ter quase 60 anos.

Fica claro que a foto foi tirada no mesmo dia que as outras que estão penduradas na parede atrás do baú. Vovó está com o vestido branco e o mesmo penteado. Só que, nessa foto, o cabelo está um pouco atrapalhado, uma mecha se soltou da trança e está caída sobre sua face direita.

Não era comum ter máquina fotográfica no campo naquela época. Vovó me contou várias vezes sobre o dia em que um fotógrafo libanês apareceu na Fazenda e tirou fotos da família e da Iaguara. Foi um acontecimento tão extraordinário que ela se lembrava de cada segundo daquele dia.

•••

Era uma manhã sossegada e quente de domingo. Vovó lia poesia francesa com sua irmã na sala. Todas as janelas estavam abertas e o sol entrava junto com uma brisa leve que às vezes balançava as cortinas. Com exceção de um ou outro rugido vindo do curral, do cocoricó preguiçoso das galinhas e de um latido distante, tudo estava quieto, como se o tempo tivesse dado uma pausa.

Mas, devagar, sons vagos vindos de muito longe começaram a ficar mais nítidos, a tomar forma. Uma miríade de sinos, gritos e cantoria de crianças. Os sons se aproximavam mais e mais, e ambas as meninas correram para a varanda para ver o que estava acontecendo. Era uma charrete puxando uma carroça que chegava à Fazenda. Quando as irmãs alcançaram a varanda, a charrete tinha acabado de passar em frente à carpintaria e abria caminho por um entusiasmado grupo de crianças.

Tanto a charrete quanto o cavalo estavam enfeitados com bandeirolas, laços, sinos e tudo o mais que fosse colorido, fizesse barulho e chamasse atenção. Muitas crianças acompanhavam o cortejo, juntavam-se atrás e dos lados, pulavam, batiam palma e gritavam de pura excitação. Adultos também começavam a se aproximar. Era um acontecimento sem igual, pois não era todo dia que um exótico mascate aparecia na roça.

— Mas que diabo é todo esse barulho?! — reclamou o bisavô Antônio, que tinha acabado de sair do escritório, irritado, e se juntara às filhas na varanda.

— Um mascate! — gritaram as meninas em coro, e desceram a escadaria em disparada a caminho do pátio.

Um grande número de pessoas já se juntava ao redor da carroça. Todos que moravam nos arredores e também os moradores de fazendas vizinhas foram ver com seus próprios olhos o que tinha acabado com o sossego do domingo.

O condutor parou a carroça no meio do pátio, debaixo do jacarandá, ficou de pé e levantou a mão esquerda, fazendo sinal para que as pessoas ficassem em silêncio. Todos obedeceram e ficaram curiosíssimos para saber o que aquele homem intrigante tinha a dizer e o que ele trazia dentro da carroça.

Ele era muito diferente das pessoas do lugar. Era algo nos olhos (que estavam acentuados com lápis, a vovó e a tia-avó ficaram muito impressionadas com aquilo, o homem usava maquiagem?!), no nariz grande, no bigode grosso e muito preto que mostrava claramente que o homem não era mineiro, talvez nem mesmo brasileiro. Ele vestia calças sociais cinza-escuras, camisa branca com as mangas dobradas até os cotovelos e um chapéu cinza desgastado. A carroça estava coberta com uma lona que escondia tudo o que tinha dentro.

Descendo sem pressa da charrete, o homem pegou a corda do freio e prendeu o cavalo ao jacarandá, consciente de que todos ao redor não tiravam os olhos dele e acompanhavam seus mínimos movimentos de boca aberta. Com passos decididos, ele rodeou a carroça, soltando os nós que mantinham a lona no lugar. Então se posicionou ao seu lado, tirou o chapéu e o pressionou contra o peito, enquanto colocava a outra mão em cima da lona. Os olhares das pessoas se moviam rapidamente entre carroça e homem, homem e carroça. A curiosidade doía.

Depois de uma pequena pausa, ele começou a falar com um forte sotaque estrangeiro, mas com uma desenvoltura impressionante. Falava português corretamente, e seu modo especial de pronunciar as palavras somente intensificava a impressão de que algo fora do comum estava prestes a acontecer. Disse que vinha do Oriente e que trazia consigo tesouros de Jerusalém, da Mesopotâmia, Turquia e Grécia em sua jornada a caminho do Novo Mundo. Dentro da carroça havia objetos de tamanho esplendor que nenhum deles jamais tinha visto algo semelhante.

— Seus olhos eram tão profundos, era como se ele pudesse ver nossas almas! — contou a vovó.

Ela lembrava com entusiasmo que o mascate observou todos ao seu redor, até que seu olhar caiu sobre ela. Sem tirar os olhos dela, ele fez um movimento inesperado, rápido e gracioso, puxando a lona, que voou pelo ar e caiu gradativamente no chão de terra batida, deixando exposto o conteúdo da carroça.

— OOOOHHHHHH! — exclamaram todos, e correram para ver o que o mascate trazia de tão especial.

Foi realmente como olhar dentro de um baú de tesouros repleto de ouro, prata e pedras preciosas. Havia talheres de prata, bandejas, travessas, joias, abajures, porta-retratos, tapetes, sedas e outros tecidos para roupas, para cortinas e almofadas. Ele tinha mercadorias para todos os gostos e bolsos. As pessoas corriam para suas casas para buscar dinheiro ou qualquer outra coisa que pudessem oferecer em troca. O mercador estava aberto a qualquer possibilidade de negócio.

A tia-avó estava noiva e convenceu o bisavô Antônio a comprar tecidos e um conjunto completo de talheres e travessas de prata para o seu enxoval. Vovó escolheu um par de lindos brincos e o porta-retratos, que era muito diferente dos outros que tinha visto.

O tamanho dele era ideal. A moldura era prateada e muito mais leve do que se esperaria para um objeto desse tamanho. Isso por causa do metal do qual era feito e da técnica de produção utilizada, explicou o mascate. O porta-retratos era feito de um tipo especial de ouro branco, e, por isso, não escurecia como a prata, além de ter um prateado ainda mais bonito.

Mesmo tendo comprado tudo o que as filhas e a esposa queriam, o bisavô Antônio via aquilo que estava acontecendo no meio do pátio de sua fazenda com desconfiança, não fazendo nenhum esforço para esconder a expressão de irritação no rosto. Mas a irritação e a desconfiança desapareceram logo que o mercador do Oriente finalmente mostrou ao bisavô o que trazia no fundo da carroça, debaixo de muitas camadas de tecido: uma máquina fotográfica que o libanês tinha adquirido na França. A maioria dos que estavam ao redor da carroça não faziam a menor ideia do que era aquilo. Nunca tinham visto uma máquina daquelas. Já o bisavô ficou maravilhado.

Uma vez ele tinha levado as filhas e a esposa até Belo Horizonte para serem fotografadas. Naquela época, essa era uma viagem longa e cansativa. E agora que a máquina fotográfica tinha ido até ele, alegrava-se por poder ter fotos da Fazenda Iaguara.

As fotografias custavam caro, mas o bisavô não quis nem saber o preço. Queria fotos da sede de ângulos diferentes, de toda a família reunida, retratos individuais, e uma panorâmica do cafezal. Enquanto as fotos eram tiradas, os trabalhadores acompanhavam, perplexos, cada movimento do mercador, agora transformado em fotógrafo, como se estivessem olhando para o diabo em pessoa; com uma mistura de medo e fascinação. No final, o bisavô quis uma foto de todos os trabalhadores juntos. Alguns ficaram com medo e se negaram a posar. Bisavô então teve que usar seu poder de patrão para "convencê-los".

Foi por causa das fotos que vovó entrou correndo para trocar de roupa e arrumar o cabelo. Escolheu sua roupa favorita, o vestido branco. Depois de terminada a sessão fotográfica, vovó foi dar um passeio, e a empolgação era tanta que se esqueceu de tirar o vestido e colocar uma roupa mais apropriada para caminhadas ao ar livre. Quando o mascate partiu com a carroça cheia de café, rapadura, compotas, carne seca e dinheiro do bisavô, vovó pegou um atalho para esperá-lo ao lado da ponte sobre o Rio das Mortes para acenar e desejar-lhe boa sorte na viagem.

— Ele me deu um pouco de medo no começo, mas era gentil, até tirou mais uma foto da gente — contou vovó.

— Da gente quem? —, perguntei.

— De... de mim e da minha irmã — respondeu ela.

Quando as duas irmãs disseram que não tinham dinheiro, o libanês respondeu que não tinha importância, que o bisavô já tinha pagado o suficiente. E que essa foto ele não mandaria para o bisavô depois de revelada. Essa foto especial ele iria guardar até que a própria vovó pudesse ir buscá-la. Ele viajava muito, mas sempre retornava a essa região.

— Nossos caminhos irão com certeza se cruzar de novo — disse ele, já tocando o cavalo.

Quando vovó voltou para casa, estava molhada de suor, e o vestido já não era mais branco. Levou bronca da bisa e o vestido teve que ficar de molho, quarando no sol durante vários dias, antes de recuperar sua cor branca. Não me lembro da vovó contando se a tia-avó também levou bronca e do estado do vestido dela. Acho que não. Mas a foto das irmãs está pendurada na parede, acima do baú, junto com as outras tiradas naquele dia. Os caminhos da vovó e do mercador com certeza se cruzaram novamente.

Mas não consigo entender a fotografia da vovó junto desse rapaz. A pura existência dessa foto é um mistério. Meu bisavô Antônio era um aristocrata. Veio de família tradicional portuguesa e, quando ele era criança, seu pai matinha escravos aqui na Fazenda Iaguara. A própria vovó me contou que seu pai era um racista. Ele nunca teria permitido que sua filha mais nova tirasse um retrato assim, coladinha a um rapaz negro vestido com trapos como se fossem melhores amigos, ou até mesmo namorados. Mas, olhando para as outras fotografias penduradas na parede, não tenho dúvida; essa foto só pode ter sido tirada pelo mercador libanês naquele mesmo dia.

•••

Fico fascinada pela fotografia, não consigo tirar os olhos dela. É a foto mais bonita que já vi. Os olhos da vovó e do rapaz brilham, irradiam felicidade. O libanês conseguiu captar um instante de perfeita sintonia. Os dois estão tão próximos, envoltos em uma aura, um campo de energia que os une, como se fosse impossível separá-los.

Examino cada detalhe da foto na esperança de encontrar algum indício de onde eles estavam, de quem ele era. Mas grande parte do fundo, que poderia me mostrar pelo menos onde a foto tinha sido tirada, foi cortada, provavelmente para fazê-la caber dentro do porta-retratos. O que sobrou foi a felicidade dos dois estampada em um papel já amarelado, que o tempo devagar vai apagando. Consigo deduzir apenas que a vovó deve ter mais ou menos a minha idade, já que está com o vestido branco, e que a foto deve ter sido tirada entre maio e junho, já que as flores de laranjeira do buquê parecem frescas. O rapaz tem um olhar sincero e seu sorriso é espontâneo. Tem algo familiar nele. Ele me lembra alguém, mas não consigo descobrir quem.

E a vovó está tão feliz, tão linda. Ela, que nunca me falou nada sobre ele. Ela, que tanto gostava de contar. E ela, que guardava essa foto ao seu lado, atrás do retrato do vovô. Esse rapaz deve ter sido muito importante para ela. Mas quem é ele? E por que o segredo? Sempre achei que soubesse tudo sobre a vovó, e agora, de repente, surge esse rapaz. É como se eu não a conhecesse mais. E isso me dá uma imensa sensação de vazio.

Deixo o baú para lá e me jogo na cama. Ao cruzar as mãos na frente do rosto, sinto as tiras da pulseira de couro roçarem meu nariz. Fico olhando para a pulseira e algo derrete dentro de mim. Percebo que estou sozinha. Vovó se foi. Carlos também. E preciso tanto dele. Do seu calor, da sua segurança, da sua fortaleza. Sou tão fraca.

A pulseira de couro

O Paraíso era um lugar lindo, mas de difícil acesso. Havia dois modos de chegar até lá. Um deles era subir a serra a pé e descer até a cachoeira do outro lado. Era preciso andar por uma trilha estreita no meio da selva, cruzar pequenos riachos cheios de pedras soltas e ficar alerta para cobras. Esse caminho só podia ser usado durante a época de estiagem. Quando as chuvas chegavam para valer, em dezembro, a maior parte da trilha ficava debaixo d'água.

Do topo, era preciso praticamente descer escorregando até o Paraíso, um lago formado por uma queda d'água no meio da serra. A água era cristalina porque a cachoeira era formada por várias fontes que se uniam pelo caminho. Esse córrego límpido aumentava de volume até se precipitar morro abaixo, alcançando o lago. Do canto desse lago, despencava uma cachoeira ainda maior, que chegava até o Rio das Mortes lá embaixo, no vale.

Também era possível subir a serra de carro por uma estrada de terra que passava pelo outro lado e terminava no cajuru, "entrada da selva" em tupi-guarani. De lá era uma meia hora a pé até o Paraíso. Existe uma lenda na região que diz que esse era um local de encontro de onças. Conta-se que, até a chegada dos portugueses antepassados da vovó, muitas onças eram observadas por aqui, o que o Preto Velho confirma, ele mesmo já tendo visto várias na sua juventude. Iaguara é o nome do animal em tupi-guarani.

Já meus primos e eu resolvemos esquecer as onças e batizar o lugar de Paraíso. Quando éramos crianças, costumávamos ir até lá com o tio Toni, a vovó e a Luzia pelo menos uma vez todo verão. A gente nadava, tomava banho de cachoeira, fazia piquenique em uma prainha que rodeava uma parte do lago ou em cima de umas grandes rochas planas que apareciam aqui e ali acima do nível da água.

Naquela manhã depois da festa de São João, Carlos vestia uma camiseta preta desbotada com o logo da UFLA em branco e verde e as mesmas calças jeans da noite anterior, mas sem a presilha de prata. Ele tinha prendido um saquinho de couro no cinto. A camiseta ele certamente herdara do tio Toni, que estudou na UFLA há uma eternidade. Carlos já estava bem mais alto do que o Gustavo, por isso não podia mais ficar com suas roupas velhas, como era o caso quando eram crianças. Agora Carlos ficava com as roupas velhas do tio Toni e do papai.

Eu e Julia ficamos esperando enquanto Gustavo foi correndo perguntar ao Carlos se ele poderia nos levar ao Paraíso. Carlos concordou, virou para mim e abriu aquele sorriso. Comecei a tremer quando ele e Gustavo vieram na nossa direção. Foi irritante sentir que eu não tinha controle sobre meu próprio corpo. Julia segurou minha mão e me olhou com uma cara confusa e preocupada. Acho que foi nesse momento que ela percebeu a seriedade da situação. Eu estava realmente apaixonada por Carlos. Por instinto, Julia entendeu que não podia me ajudar e que a única coisa a fazer era ficar ao meu lado. Ela apertou minha mão de leve antes de me soltar, pegou Gustavo pelo braço e os dois começaram a ir em direção à Serra da Iaguara, onde nosso paraíso se escondia.

Carlos veio até mim, olhando ao redor para se certificar de que ninguém nos via. Gustavo e Julia se afastavam de costas para nós, e o resto da Fazenda estava deserto. Carlos passou os dedos de leve pelo meu rosto e aquele pequeno contato foi como um choque elétrico que arrepiou cada pelinho do meu corpo, me deixando toda magnetizada. Chegando o rosto bem próximo ao meu pescoço, respirou fundo, assim como para me cheirar. Achei que ele fosse me dar um beijo, mas, com um movimento rápido, tirou minha mochila e a jogou sobre os ombros. Olhou bem dentro dos meus olhos e seu sorriso aberto, como sempre, me acalmou. Fomos andando lado a lado, sem dizer nada, até nos aproximarmos de Gustavo e Julia.

Depois do silo, pegamos a estrada que levava ao cafezal. Andamos um tempo ao lado dos altos arbustos de café antes de sairmos da estrada principal e entrarmos em uma trilha que levava ao pé da serra. A trilha era larga, podíamos andar os quatro um ao lado do outro.

Carlos nos contou um pouco sobre seu trabalho na carpintaria com o Preto Velho e os aprendizes. Ele tinha terminado o ensino fundamental no ano anterior e não tinha planos de continuar os estudos. Agora ele trabalhava em tempo integral na Fazenda, a maior parte do dia na carpintaria, onde começava a assumir mais responsabilidade.

O Preto Velho era um grande mestre, mas, com sua idade avançada, estava delegando mais e mais tarefas a Carlos. Ninguém sabia exatamente a idade dele, acho que nem ele mesmo, mas, apesar de não aparentar, pelas contas da vovó ele já havia passado dos noventa. Mesmo assim, ia à carpintaria quase todos os dias e acompanhava o trabalho dos aprendizes de perto.

Carlos não via nenhuma vantagem em continuar a estudar. Na escola, ele não aprenderia nada que pudesse usar em seu trabalho, que ele tanto gostava. E não queria perder tempo. O Preto Velho não duraria para sempre, e Carlos queria aprender o máximo possível com seu querido bisavô. Não apenas sobre carpintaria e outros trabalhos manuais, mas também sobre a natureza, as plantas, as pessoas.

Carlos dormia com frequência na cabana do Preto Velho, que ficava em uma clareira no meio da floresta. Agora que era certo que o Preto Velho não deixaria sua cabana para morar na casa dos pais de Carlos, o plano era se mudar para lá o mais rápido possível. Era um lugar muito bonito. Um riacho corria a poucos metros da cabana, e o Preto Velho cultivava ervas, verduras e legumes, além de um pequeno pomar. Flores, arbustos e trepadeiras estavam por todo lado. Uma herança da Dora, que o Preto Velho tomava conta com muito carinho e amor desde a morte dela, antes do meu nascimento. Eu costumava dar um passeio até lá todas as vezes que estava de férias, e o Preto Velho sempre me ensinava algo novo sobre o cultivo e o uso de legumes e ervas.

Achei bonito o Carlos querer morar com seu bisavô, tomar conta dele e aprender com ele. Mas deixar a escola? Eu nunca tinha pensado nessa possibilidade. Parar de estudar antes de completar o ensino médio. Para mim, a vida era assim: ensino fundamental, ensino médio e universidade. Ter um bacharelado era o mínimo. Trabalho vinha depois, mais como um modo de autorrealização do que como renda.

Só agora, escutando Carlos, é que percebi o quanto essa era uma lógica da classe alta. As pessoas tinham que trabalhar não para se autorrealizarem, mas para sobreviverem. Carlos sempre tinha trabalhado. Desde criança, ele andava para cima e para baixo ajudando o pai, a mãe ou o Preto Velho. Quando tinha uns doze anos, começou a trabalhar de tarde, depois da escola, sendo pago. Eu sempre estava na Fazenda de férias e nunca parei para pensar que o que ele fazia era, na verdade, trabalho remunerado.

Eu nunca tinha pensado que a maioria das pessoas que têm a possibilidade de seguir com os estudos faz isso para conseguir empregos melhores. Entrar para um curso superior não é uma certeza, muito menos arrumar um emprego. Mas meu mundo era diferente. E ali, a caminho do Paraíso, escutando Carlos falar sobre seu dia a dia, foi a primeira vez que pensei sobre essas coisas.

Eu sempre tinha frequentado escola particular, uma das melhores de Belo Horizonte. Se continuasse sendo uma boa aluna, não teria grandes problemas para passar no vestibular de uma boa faculdade. Com diploma de uma instituição renomada, seria mais fácil conseguir um bom emprego, ou, melhor ainda, eu poderia ter meu próprio negócio, afinal, capital não era problema.

Eu sabia que era privilegiada. O vestibular era um pesadelo para a maioria daqueles que aspiravam ao ensino superior. Mas alunos de boas escolas particulares estavam mais bem preparados. Os de escolas públicas tinham um desafio gigantesco pela frente. E o absurdo era que as melhores universidades eram públicas. Esse era um tema debatido à exaustão. Professores, políticos, a imprensa, todos falavam sobre isso, mas ninguém resolvia nada. E a péssima qualidade do ensino público continuava apavorante.

Mas o que era novo para mim era escutar Carlos dizer que nem tinha ambição de cursar o ensino médio. Que queria continuar fazendo as coisas da mesma forma que seu bisavô. Porque eu queria morar na Fazenda com a vovó. Cozinhar e cuidar da horta e do pomar eram mesmo minhas paixões. Eu queria permanecer na Fazenda, nunca gostei de morar na cidade, nisso éramos iguais. Mas eu queria abrir um negócio na Fazenda, modernizá-la. E queria estudar, viajar, ler. Parar de estudar tão cedo era algo inconcebível.

Julia acompanhava com interesse o relato do Carlos. Ele tinha uma vida tão diferente da nossa, aspirava a outras coisas, não a ganhar muito dinheiro, aprender outras línguas ou ter uma carreira. É claro que precisava de dinheiro. Queria tirar carteira, comprar uma *pickup* e reformar a cabana. Mas, no mais, estava satisfeito.

Gustavo olhava o celular o tempo todo. Foi só quando ouviu a palavra *pickup* que se interessou. Ele disse que estava ansioso para o vestibular. Se passasse, ganharia um carro. Novo.

Julia ignorou o irmão. Há muito tinha desistido de tentar ensiná-lo o que significava ter simpatia ou demonstrar interesse pela vida de outras pessoas. Além disso, ele estava indo tão mal na escola que provavelmente não iria nem conseguir completar o ensino médio naquele ano. E, em relação a isso, nem todo o dinheiro dos pais poderia ajudá-lo. Eles já gastavam uma fortuna com professores particulares.

Carlos continuou andando, fingindo não ter escutado o comentário do Gustavo. Quando chegamos ao pé da serra e começamos a subir, a trilha ficou estreita e fomos obrigados a andar em fila. Ficou mais difícil conversar e tínhamos de nos concentrar no caminho. Carlos tomou a dianteira e nos advertiu para não sairmos da trilha. Era raro uma cobra se aventurar a cruzá-la. Tinham tanto medo da gente quanto a gente tinha delas. Mas, se invadíssemos o seu território, aí era outra coisa.

A trilha passava no meio da selva. Pássaros cantarolavam ao nosso redor e, de vez em quando, víamos micos pularem de uma árvore para outra. Andamos em silêncio, algo raríssimo quando Gustavo e Julia estavam por perto. Mas dessa vez os dois estavam tão concentrados no caminho, com os olhos grudados no chão, que perderam a fala. Já eu estava feliz da vida, me sentia capaz de levitar. Com Carlos por perto, não pensava em animais venenosos, insetos peçonhentos ou qualquer outro perigo. Deixei aquela sensação boa tomar conta. Ia andando, tranquila, envolta pela natureza, observando Carlos logo à minha frente.

Ele já era um homem. Somente seu sorriso aberto e espontâneo me lembrava o menino levado que ele um dia foi. Nos guiava com passos seguros. Essa serra ele conhecia tão bem como a palma da mão. A pele da sua nuca e dos seus braços tinha um lindo bronzeado. Seus músculos eram bem torneados. Pensei nos rapazes da escola. A maioria passava horas na academia levantando peso. Já os músculos de Carlos eram resultado de trabalho duro. Ele irradiava segurança, força, confiança. Tinha se tornado forte e, de certa forma, rude, mas era, ao mesmo tempo, gentil e tranquilo. Sempre olhava nos olhos das pessoas. E, quando dizia algo, as pessoas o escutavam. Isso eu já tinha notado desde quando éramos menores.

Carlos tinha sido um menino arteiro e, por isso, acabava levando bronca, ficando de castigo ou até apanhando; seus pais eram rígidos. Mas ele nunca fugia da responsabilidade por aquilo que tinha feito. As punições eram, muitas vezes, algum trabalho extra, que ele executava meticulosamente.

Não foram poucas as vezes que participei de suas travessuras. Uma vez soltamos os patinhos do cercadinho para brincar com eles. Um deles caiu em um barranco, não conseguimos encontrá-lo e o bichinho acabou morrendo. A ideia de soltá-los tinha sido do Carlos, mas a queda do coitadinho foi mais culpa minha do que dele. Fui eu que corri atrás do patinho. Quando percebi que tinha me aproximado demais do barranco e que o patinho estava a ponto de cair, fiquei com medo de segurá-lo. O patinho saiu rolando barranco abaixo. Carlos chegou a pular lá embaixo, no meio do mato, mas não o encontrou.

Não fui punida por isso. Acho que a vovó nem ficou sabendo do caso. Mas Carlos teve que passar o domingo inteiro limpando o galinheiro, algo que ele vez sem reclamar. Fiquei com dó e queria ajudar, mas tinha medo do galo.

Entramos mais e mais na mata, subindo sempre, enquanto eu olhava para o Carlos, pensando com nostalgia na nossa infância. Estava logo atrás dele e vi uma pequena gota de suor descendo pela sua nuca. Uma cena nítida passou pela minha cabeça. Foi numa tarde, há alguns anos. Carlos trabalhava na horta, tinha uma enxada na mão, e eu o observava da janela do meu quarto. Ele não percebeu que eu estava lá. Achei tão lindo como seus músculos se contraíam quando ele, decidido, levantava a enxada e golpeava a terra com movimentos duros e precisos.

Naquela época, ele era apenas um menino de uns 13 anos. E eu, uma garotinha de, no máximo, 12. Mas, agora, reconhecia a corrente de eletricidade que percorrera todo o meu corpo naquela tarde, enquanto ele levantava a enxada, golpeava e revirava a terra e eu, na janela, observava e imaginava como seria o sabor do seu suor.

•••

Estávamos quase no topo. A vegetação já era menos densa, mais baixa. As poucas árvores tinham troncos retorcidos e menos folhas. Tudo era mais seco e empoeirado do que lá dentro da mata, onde as plantas eram mais verdes e o ar, mais úmido. Ali em cima o sol tinha livre acesso e golpeava o solo com toda a sua força. Carlos e eu percorremos o último trecho e a vista que nos encontrou era de tirar o fôlego. Era assim toda a vez que eu chegava lá; ficava completamente tomada pela beleza do lugar.

Estava quente. O suor descia pelas minhas costas. Tirei a blusa e a amarrei na cintura. Quando levantei a cabeça, Carlos estava bem na minha frente. Como se tivéssemos combinado, olhamos ao mesmo tempo para a trilha e não vimos nem sinal de Julia e Gustavo. A última vez que os notei, estávamos no meio da subida. Gustavo tinha parado para descansar e mostrava alguma coisa para Julia em seu celular. Carlos e eu tínhamos continuado a caminhada e subido num ritmo bom. Estávamos com certeza muitos minutos na frente deles.

Durante todo o percurso, Carlos tinha evitado chegar muito perto de mim. Mas agora que estávamos sozinhos no topo, ele se aproximou e segurou minhas mãos.

— Ana — disse ele.

Só isso; meu nome. E já foi o suficiente para me excitar. Não sei o que era. O timbre da sua voz. A entonação. Não sei, mas a maneira que ele pronunciava meu nome acordava algo dentro de mim.

Ele me puxou pela cintura e disse que sempre tinha gostava muito de mim. Que sempre tinha sido eu, Ana, nos seus pensamentos. Chegou bem perto e me deu um beijo.

Sua respiração era quente, perfumada. Seus lábios eram macios. Ele abriu a boca só um pouco, pressionou os lábios de leve contra os meus. Não tentou enfiar a língua na minha boca, como Julia tinha me contado que os meninos faziam. Não, Carlos era meigo, passava a língua com carinho ao redor da minha boca, me molhando, com cuidado fazendo um pedaço de mim seu e me dando um pouco de si. Estávamos grudados um no outro. Senti o calor de seu corpo, as batidas do seu coração, seu gosto.

Mas aí escutamos as gargalhadas da Julia ao longe. Estavam se aproximando. Carlos me soltou de imediato, deu dois passos para trás, virou-se e foi até o tronco retorcido de uma árvore que se alongava até o precipício. Acompanhei seus movimentos. Ele se afastava de mim, e fiquei com medo. Medo de não poder tê-lo. Medo de não poder beijá-lo de novo.

Julia e Gustavo chegaram andando devagar. Gustavo estava bufando, nunca gostou de exercício físico.

Lá de cima víamos toda a Fazenda Iaguara, com seu lindo cafezal, a plantação de milho, o pasto cheio de vacas e cavalos que, daquela altura, pareciam de brinquedo, o Rio das Mortes com sua água enlameada, abrindo seu caminho no vale como se fosse uma cobra venenosa movendo-se sobre um tapete verde. Mais ao longe era possível ver a fazenda da nossa tia-avó e Ibituruna. E no horizonte podíamos avistar até Lavras.

Ficamos lá em cima olhando a paisagem durante alguns minutos e, depois desse pequeno descanso, começamos a parte mais difícil do percurso: a descida até a cachoeira. Não havia uma trilha propriamente dita e alguém que não conhecesse bem o lugar nunca encontraria o Paraíso. Tínhamos que andar entre arbustos, pedras, muitas vezes cruzando riachos. A cachoeira estava próxima, podíamos ouvir a correnteza, a queda d'água trovejando, mas não a víamos.

Carlos ia sempre na frente, nos mostrando onde pisar, nos avisando sobre pedras soltas, nos ajudando a passar pelos lugares onde pedras escorregadias se escondiam, encobertas pela água. Gustavo não aceitou a ajuda do Carlos e caiu feio entre duas pedras no meio de um córrego. Ficou muito irritado e, quando Carlos lhe ofereceu a mão, explodiu, soltando palavrões e insultos.

— Não preciso da ajuda de um peão!

Isso soou tão absurdo quanto cômico, já que Gustavo estava sentado, todo atrapalhado e molhado, no meio de um córrego, entre pedras soltas e escorregadias. Mas foi incrível notar como na sua boca ser um peão se tornou algo negativo, inferior. Quando alguém da Fazenda usava essa palavra, ela era associada a força e destreza. Ser um peão ou um vaqueiro era algo digno, de se ter orgulho. Mas, na boca do Gustavo, da Julia ou de qualquer outro filhinho de papai da cidade, virou um insulto.

Eu e a Julia olhamos chocadas para Gustavo. Como ele podia falar assim com o Carlos, com essa falta de respeito? Então olhamos para o Carlos, atentas para sua reação. Ele fechou o punho, cerrou os dentes, parecia furioso. Por uma fração de segundos, acreditei que o Gustavo ganharia o que merecia; um soco no meio da cara. Mas Carlos não disse nem fez nada. Abaixou o olhar feroz, virou-se e desapareceu no meio da mata. Eu mesma estava com vontade de dar um tapa na cara do Gustavo, e fiquei desapontada com o Carlos. Ele deveria ter colocado o Gustavo em seu lugar. Pelo menos foi o que pensei naquele momento.

Julia estendeu a mão para o irmão e o ajudou a se levantar. Os dois começaram a discutir. Julia também podia ser esnobe e preconceituosa. Ela também já tinha chamado Carlos de peão com desdém quando ele não estava presente. Mas ela era gentil e educada com as pessoas, nunca falaria com alguém dessa maneira, e agora reprimia o irmão.

Larguei os dois e fui atrás do Carlos. Ele nos esperava um pouco à frente, virado para a mata, imerso em suas próprias reflexões, quando me aproximei. Achei que o problema tinha sido só o comportamento desrespeitoso do meu primo, mas Carlos pensava em algo maior. Algo que não consegui captar naquele momento. Ele deu um suspiro, sorriu um pouco, resignado, e começou a andar assim que viu a Julia e o Gustavo chegando.

Tive a impressão de que, com aquele suspiro, Carlos tinha deixado para trás todo o episódio. Mas não. Entendi depois que o que mais o incomodava eram a humilhação e a frustação por não poder responder à altura. Ele certamente já tinha ouvido coisas parecidas antes, mas Gustavo era neto da proprietária. Não importava o quão forte ou competente Carlos fosse, ele não podia revidar ao neto da chefe. Toda a família dele dependia de seus empregos na Fazenda. Vovó era boa e justa, mas começava a delegar mais e mais a responsabilidade pela administração da Fazenda ao tio Toni.

Algum tempo depois, Carlos me contou que estava juntando dinheiro não somente para a carteira e a *pickup*. Queria ter sua própria oficina para confeccionar selas artesanais. Não tinha ambição de enriquecer, o que ele queria era respeito.

Andamos o último trecho em silêncio. Quando finalmente alcançamos a cachoeira, estávamos cansados, suados e mortos de fome. Gustavo foi logo tirando a roupa molhada e a pendurou em um galho para secar, enquanto eu fui checar se a comida que ele levava na mochila ainda estava comestível depois da queda. Carlos já tinha encontrado um bom lugar para nosso piquenique. Julia tirou os sapatos e sentou-se em uma pedra com os pés na água.

Carlos e eu levamos todas as mochilas para uma rocha grande e plana, às margens do lago e debaixo da sombra de uma árvore. O sol estava a pino e o calor já incomodava. Sentamos um ao lado do outro, mas não tão perto quanto eu gostaria. Tinha tanta coisa que queria falar com ele. Queria conhecê-lo melhor, o homem que ele tinha se tornado. Até aquele momento, eu só conhecia o garoto. Queria conversar com ele sobre nós dois, dizer que eu também gostava muito dele, desde sempre. Mas as palavras não vieram. Além disso, a Julia e o Gustavo estavam muito próximos.

Carlos abriu a bolsinha de couro que trazia junto ao cinto e tirou com cuidado algo que estendeu para mim. Era uma linda pulseira feita de tiras de couro trançadas. O trabalho manual tinha sido elaborado e executado com precisão. As tiras finas de couro tinham sido trançadas em diferentes padrões que alcançavam uma elegante harmonia entre si. Ele próprio tinha feito a pulseira. Aprendera com o Preto Velho.

Levantei o braço direito, mas Carlos queria o esquerdo, o lado do coração. Amarrou a pulseira ao redor do meu pulso e explicou que essa técnica de trançar couro veio da África, trazida pelos escravos. Ele nunca tinha visto outras pessoas fazerem esse tipo de pulseira, a tradição tinha sido perdida com o tempo. O Preto Velho era um dos poucos que a preservava e a passava adiante, juntamente com outras formas de conhecimento e sabedoria de seus ancestrais.

A pulseira não deveria ser tirada. Ela tinha que se partir sozinha. Eu deveria desejar algo intensamente, algo muito importante para mim. A pulseira me ajudaria a manter o foco, a ter força para conquistar meu desejo. Quando ela partisse, eu estaria muito próxima de alcançar meu objetivo.

Julia permanecia sentada com os pés na água, toda distraída, mas Gustavo não estava mais por perto. As roupas dele ainda estavam penduradas no galho e seu par de tênis novos e ensopados brilhavam sob o sol. Perguntei onde Gustavo estava e Julia disse que ele tinha ido fazer xixi.

Carlos ficou sério, levantou-se bruscamente e se apressou em direção à borda da mata. Eu ainda não tinha entendido o que estava errado, mas Carlos viu logo que Gustavo tinha entrado na mata descalço e apenas de cueca. Só percebi o perigo quando um urro ecoou pela Serra da Iaguara. Carlos e eu corremos para a mata e achamos o Gustavo caído uns poucos metros adiante. Ele rolava de um lado para o outro com uma das pernas para o ar enquanto gritava, desesperado, repetidas vezes, que tinha sido picado.

Pelo cantinho do olho, percebi um movimento rápido embaixo de um arbusto perto do Gustavo ao mesmo tempo em que escutei um barulho que me lembrou um pequeno chocalho. Desconfiei do que era, mas precisava ter certeza. Mais por instinto e adrenalina do que por coragem, peguei um galho grosso que achei no chão e bati com toda força contra a folhagem repetidas vezes.

Aproximei-me devagar – vestia calça e botas, então estava relativamente protegida – e afastei a folhagem com o pedaço de pau. Lá, partida ao meio, estava uma cobra de um metro e meio de comprimento, pele marrom-clara com losangos espalhados por todo o corpo. As duas partes se contorciam febrilmente. Na ponta do rabo estavam os anéis característicos que produziam o barulho parecido com o de um chocalho. Não havia dúvidas. Era uma cascavel, e Gustavo corria perigo de vida.

Julia chegou correndo, assustada. Gustavo entrou em choque quando ouviu a palavra cascavel. Ficou inerte, endureceu o corpo, como se o veneno já tivesse paralisado todos os seus músculos.

Carregamos o Gustavo até o lago. Nenhum dos celulares tinha sinal. Julia começou a chorar, mas Carlos a segurou firme pelos braços e, olhando dentro de seus olhos, disse para ela se concentrar, era preciso manter o controle. Ele explicou onde ela conseguiria sinal e Julia saiu correndo.

Comecei a ficar com medo. Uma picada de cascavel não doía, mas podia matar. Gustavo tinha que receber o soro antiofídico o mais rápido possível. E estávamos isolados, no meio da serra, sem sinal de telefone, sem carro. Julia demoraria quase uma hora para subir e conseguir pedir ajuda. Depois alguém tinha que dirigir rodeando a serra até o cajuru. O último trecho tinha que ser percorrido a pé. Podia ser tarde demais.

Carlos lavou a ferida com água corrente, pegou um punhado de ervas que levava na bolsinha de couro, colocou na boca e as mastigou. Depois aplicou a massa verde sobre a picada. Isso deveria reduzir a circulação sanguínea, diminuindo a velocidade com que o veneno era espalhado pelo corpo. Aí rasgou uma tira da camiseta e a amarrou de leve acima da picada. Pegou outro tipo de erva da bolsinha e deu para Gustavo. Meu primo entendeu a gravidade do momento e não hesitou. Colocou tudo na boca e começou a mastigar. Deitou-se com a cabeça no meu colo e fechou os olhos.

Gustavo era um filhinho de papai arrogante e presunçoso, mas eu gostava dele. Carlos, que já há muito tempo estava cansado de seus comentários desrespeitosos, estava genuinamente preocupado. Dessa vez ele se sentou juntinho a mim e ficamos esperando em silêncio enquanto eu acariciava os cabelos do Gustavo. Logo depois percebemos, pela sua respiração, que Gustavo tinha adormecido. Carlos tinha dado a ele um sonífero natural.

— Ele não precisa ficar acordado, se angustiando — disse Carlos. — E quanto mais ele ficar quieto, melhor.

Carlos me abraçou e eu apoiei a cabeça em seu ombro enquanto Gustavo dormia tranquilamente em meu colo.

O anel de noivado

O próximo objeto que encontro dentro do baú é a caixa de joias da vovó. É feita de pedra-sabão e tem uma superfície polida que é morna e agradável em contato com a pele. É como se a pedra tivesse armazenado todo o calor de milhões de anos de exposição aos raios de sol e agora o devolvesse, em porções perfeitas, a quem tivesse paciência para segurá-la por um tempo. Eu sempre adorei brincar com essa caixinha. O nome Inês está gravado na tampa. A caixinha foi feita sob encomenda para a vovó em Ouro Preto.

Dentro da caixa de joias, encontro o anel de noivado da vovó. Como ela estava sempre na cozinha, entretida com suas quitandas, no dia a dia só usava sua aliança, um anel de ouro fino e simples. O anel de noivado ela colocava no dedo apenas em ocasiões especiais.

É um belíssimo anel de diamante, ou assim todos pensam. A majestosa pedra irradia uma luz intensa, brilha muito mais forte do que um diamante verdadeiro.

•••

Quando vovô pediu a mão da vovó em casamento, ele não tinha dinheiro para comprar um anel de diamantes, como era costume entre os aristocratas. Então ele deu a ela esse anel com a promessa de que, assim que a casa deles estivesse arrumada e seu escritório de advocacia, estabelecido, ela ganharia um anel de diamante legítimo.

Vovó era a única que sabia que o anel era falso. Bisavô Antônio e o resto da família ficaram impressionados com o esplendor do anel. Vovó até desconfiava que o anel tinha colaborado para que seu prepotente pai abençoasse o noivado.

Quando o vovô começou a ganhar dinheiro, ele quis cumprir a promessa, e levou a vovó até um ourives na capital. Mas vovó não quis um anel novo. Era o primeiro que tinha valor para ela. Vovó costumava dizer que o brilho do anel vinha de todo o amor que ele continha. E a verdade é que todos que o contemplavam ficavam perplexos com sua beleza.

Vovô comprou o anel de um comerciante libanês que tinha se estabelecido em Lavras. A cidade ficava a uns 40 minutos de carro da Fazenda e tinha a maior oferta de produtos e serviços da região, além de uma reconhecida faculdade de Agronomia em crescimento. Mesmo assim, vovô chegou a comentar com a vovó como era possível que um homem que já tinha viajado por todo o mundo escolhesse logo nosso cantinho de Minas Gerais para abrir uma loja.

Escutando isso, a vovó deu um jeito de ir a Lavras o mais rápido possível. Será que se tratava do mesmo libanês? Ela tinha que ver esse homem com seus próprios olhos, como gostava de dizer. E sim, lá estava ele atrás do balcão, em frente a prateleiras lotadas de mercadoria do chão ao teto, convencendo um cliente que já tinha decidido comprar um jogo de baixelas e um faqueiro a também levar uma caixinha de joias por metade do preço. Ele já não usava mais maquiagem nos olhos, mas sua expressão marcante era a mesma. Logo o cliente a sua frente resolveu comprar não somente uma, mas três caixinhas, cada uma de um tamanho.

A loja estava lotada. Um menino se equilibrava nas pontas dos pés no topo de uma escada e, com o braço direito esticado, tentava pegar uma caixa que estava na última prateleira. Nos fundos, outro libanês, muito parecido com o antigo mascate, cortava uma peça de seda para uma cliente, e várias mulheres esperavam a sua vez.

Mesmo estando tão ocupado, com clientes impacientes esperando para serem atendidos, o libanês notou a presença da vovó assim que ela colocou os pés na loja. Ele lhe deu um sorriso que não deixava dúvidas de que ele a havia reconhecido e, com um sinal da mão e um leve aceno, lhe pediu que esperasse um momento. Assim que terminou o negócio com o cliente, foi ter com ela. Ele beijou as mãos da vovó e ficou satisfeito ao ver o anel. Não tiveram tempo de conversar muito, mas ele lhe entregou um presente que havia guardado durante todos aqueles anos.

Já faz muito tempo que vovó me contou essa história. Me lembro que fiquei impressionada com todas as coincidências, mas decepcionada quando descobri o que era o presente. Uma foto que o libanês tinha tirado naquele dia na Fazenda, mas que não tinha mandado para o bisavô junto com as outras.

•••

Alguns dias depois que a vovó me contou a história do anel, fomos a Lavras. Como de costume, vovó estacionou o carro na Rua Santana e subimos até o Jardim a pé. Toda vez que estávamos na cidade, fazíamos o mesmo trajeto, pois eu adorava me aproximar do Jardim devagar, observando os casarões antigos, principalmente a Casa Rosada, uma casa toda pintada de rosa-claro com janelões de moldura branca. Naquela época, o casarão já estava decadente e esquecido, mas, para mim, era um castelo. E o fato de sempre estar fechado só aumentava o ar de encanto e mistério que o envolvia.

Vovó tinha me contado que, quando ela era jovem, a cidade tinha um bonde que subia toda a Rua Direita, desde a estação até a Praça dos Trabalhadores. E que, em frente à Casa Rosada, ficava uma parada que tinha sido demolida há muito tempo. Por isso havia o espaço que formava um pequeno largo em frente ao casarão. Mas, mesmo com o largo, eu não conseguia imaginar um bonde parado ali, muito menos passando pelo Jardim. Sempre que andava pela Rua Santana, procurava vestígios esquecidos dos velhos trilhos, mas nunca encontrei nada, e, no fundo, duvidava que esse bonde tivesse mesmo existido. Nesse dia, vovó, talvez motivada pelas lembranças ao me contar a história do anel, resolveu me dar provas, e me levou ao único lugar da cidade onde havia fotos da antiga Lavras e, é claro, de seu ilustre bonde.

A loja do libanês ficava logo depois da Matriz. Era um cômodo escuro com um balcão antiquado e prateleiras praticamente vazias que cobriam toda a extensão da parede atrás do balcão. As poucas mercadorias que restavam eram algumas bandejas, baixelas e travessas de prata, alguns faqueiros e jogos de copos de cristal. Em um canto no fundo da loja, uns poucos rolos de tecidos. Do outro lado, um armário de vidro exibindo joias e lindas caixinhas de madeira em todos os tamanhos, ornamentadas com mosaicos de formas geométricas. A loja era uma versão mais ampla da carroça do mascate libanês. Mas, ao contrário da carroça, que, de acordo com as descrições precisas da vovó, eu imaginava abarrotada de mercadorias, exibindo abundância e luxo, a loja tinha um ar de decadência que eu, apesar da pouca idade, logo percebi.

O lugar estava vazio, mas não demorou até um homem de nariz grande e cabelo já quase todo cinza, mas com um bigode grosso bem preto, surgir de trás dos rolos de tecido e se aproximar, sorrindo. Ele vestia calça cinza e camisa branca de manga comprida dobrada até a altura do cotovelo. Levei um susto ao vê-lo e olhei para a vovó com os olhos arregalados, achando estar diante do mascate libanês das histórias da vovó em pessoa. Só faltava o chapéu. Vovó sorriu e cumprimentou o homem, dizendo em seguida que eu era sua neta e que gostaria muito de ver as fotos do bonde que o pai dele tinha tirado. O mascate libanês tinha sido um dos poucos a retratar com detalhes as cidades da região naquela época.

A placa original, em que se lia "Loja do Libanês", desgastada e com sua escrita fora de moda, ainda estava pendurada na entrada, apesar de o libanês ter morrido antes mesmo de eu nascer e de seu filho, que herdara o negócio do pai, nunca ter ido ao Líbano e não falar uma palavra em árabe. A impressão que tive ao entrar foi de um lugar que tinha parado no tempo, do qual os dias e os anos tinham tirado todo o brilho e a luz. Fiquei triste e incomodada com o abismo entre essa loja sombria e vazia, a carroça cheia de cor e alegria e a loja do libanês das lembranças da vovó, um lugar movimentado e agitado. A carroça e a loja da minha imaginação e do passado da vovó eram muito diferentes da realidade à minha frente. Mas, mesmo assim, eu sabia que era a mesma loja, a mesma placa, o mesmo balcão, as mesmas prateleiras, os mesmos rolos de tecido. Só que tudo sem cor e energia. Sem alma.

O sorriso contente do homem com seu grosso bigode preto acabou por espantar minha tristeza. Ele foi logo pegando minha mão e me virando para que eu ficasse de frente para a parede com as fotos tiradas por seu pai. Mal pude acreditar. Diante dos meus olhos estava uma grande foto do bonde parado na estação da Casa Rosada. E da Rua Santana em todo o seu esplendor.

O filho do libanês contou à vovó que iria fechar a loja. Não podia competir com as grandes redes que tinham se instalado na cidade. Até que a loja conseguira sobreviver mais tempo do que ele tinha imaginado. Ele não estava decepcionado, muito menos nostálgico. Ao contrário, contava, feliz, que, fechando a loja, teria mais tempo para seus netos, seu sítio e suas galinhas. Além disso, por causa da ótima localização do imóvel, teria uma boa renda com o aluguel.

Deito na cama e fico pensando no sorriso do filho do libanês. Como ele podia estar tão feliz com o fechamento da loja de seu pai? Era o fim de um lugar mágico que guardava tantos tesouros e segredos. Como ele podia sorrir?

O caderno de receitas

Acordo com alguém batendo na porta de leve. Deve ser Luzia. Mamãe teria dado umas batidas fortes, apressadas, nervosas. E teria entrado logo depois, antes de receber resposta. Ela é sempre assim. Invade, passa por cima, não se importa com o que eu acho, não me escuta. Com certeza não é ela que está esperando até que eu esteja pronta para abrir.

Adormeci com o anel de noivado no dedo, o porta-retratos de um lado, as fotos do vovô e da vovó com seu amigo desconhecido do outro.

— Ana, fia, tudo bem? — pergunta uma voz familiar, querida.

Vou até a porta me apoiando nas paredes. Ainda estou um pouco bamba. Paro um momento até recuperar o equilíbrio e abro a porta. Como é bom ver Luzia.

Ela entra carregando uma bandeja que coloca em cima do criado-mudo da vovó. Sobre a bandeja, uma xícara de café, uma fatia de broa e outra de rosca com bastante manteiga e um pedaço de queijo fresco. Luzia olha para a cama e, sem dúvida, vê o porta-retratos quebrado e as fotos. Mas não comenta nada.

— Um cafezin pra gente fica forte — diz ela, me abraçando.

E o que estava engasgado, desengasga.

Luzia seca minhas lágrimas com os dedos. Tira um lenço amassado do bolso do avental e o esfrega nos seus olhos vermelhos e inchados. Dá um suspiro que, desde criança, sei que significa algo como "temos que seguir em frente, não tem outro jeito", mas, hoje, vejo que até Luzia, a incansável Luzia, está com dificuldades para seguir em frente.

— O Carlos não veio — digo, na esperança de escutar da Luzia que ele veio sim, que está me esperando lá fora.

Mas não é isso que Luzia me fala. Ela diz que Carlos ainda nem sabe da vovó. Que ele foi embora levando consigo uma pequena trouxa de roupas, que deixou para trás até o celular que tinha ganhado do pai. Não há como entrar em contato com ele. Não sabem onde ele está.

— Mas por que ele foi embora assim?

— Num sei. Mas a discussão foi brava. Ele descobriu — diz Luzia, e dá para notar, pela expressão no seu rosto, que ela logo se arrependeu do que falou.

— Discussão? Que discussão? E descoberto o que, Luzia?

— Ele brigou com os pais. É uma longa história, fia, cê tem que falar com tua mãe.

— Como assim, Luzia? Desembucha!

— Num posso, Ana, desculpa.

Pergunto onde está a mamãe, mas Luzia diz que ela está dando uma volta na Fazenda com o tio Toni e o Pedro. Estão checando o equipamento, as plantações, os animais, a papelada, há muito que fazer. Antes de sair do quarto, ela diz que, se eu quiser companhia, o Preto Velho está com ela na cozinha e quer me ver.

Pelo menos uma vez por semana, o Preto Velho costuma sentar-se na cozinha. Ele chega com um pedaço de madeira e uma faquinha nas mãos. Fica lá sentado no seu banquinho por horas. Enquanto Luzia, sua neta, faz comida, ele vai tomando uns golinhos de café, comendo broa, conversando, cortando e raspando com a faca o pedaço de madeira. Esculpindo. E, de repente, já não tem mais nas mãos um pedaço de pau. Tem um belo pássaro em pleno voo.

Fazer a comidinha do dia a dia sempre foi responsabilidade de Luzia. Eu e a vovó nos concentrávamos nas quitandas, broas, bolos e geleias. Queijo também é território de Luzia. Ela é parte integrante da Fazenda, assim como o Preto Velho. Fazem parte do inventário.

Gostaria de ficar na cozinha com os dois, mas agora não consigo. Estou ansiosa demais. Que história é essa que Luzia não quer me contar? O que será que Carlos descobriu e que o fez decidir ir embora? Será que foi a mamãe que mandou ele embora?

Não tenho fome. Mas, mesmo assim, tomo um gole de café e como um pedaço de broa. Chego perto do baú, e lá encontro algo que me acalma um pouco o coração. O caderno de receitas.

Vovó aprendeu a cozinhar com Dora, a esposa do Preto Velho. Dora trabalhava como cozinheira na sede quando vovó era criança. A primeira receita do caderno, doce de leite, a vovó escreveu quando tinha nove anos. Ela ficava sentada na cozinha escrevendo tudo o que aquela senhora baixa, gordinha e de pele escura fazia. Todos os ingredientes que acrescentava. A maneira como ela mexia a panela. E assim vovó prosseguiu documentando os talentos da Dora, seus truques e segredos de cozinha.

Quando eu tinha nove anos e me tornei ativa na cozinha ao lado da vovó, achei um dia o caderno de receitas esquecido no fundo do baú. Vovó começou a chorar assim que me viu chegando com o caderno de receitas nas mãos. Eu tinha ficado tão feliz ao encontrá-lo que o carregava como se fosse uma relíquia, um presente dos céus. Não podia esperar para mostrar o achado à vovó e conversar com ela sobre essas receitas antigas. Mas agora eu estava prostrada à sua frente, com um sorriso congelado, sem saber o que eu tinha feito de errado, ou o que deveria fazer. Não tinha ideia se o que eu sentia era medo de uma punição, desapontamento ou pavor por ver vovó chorar. Isto eu não queria nunca mais ter que vivenciar na vida: ver a vovó chorar.

Tinha visto a vovó chorar uma única vez: quando o vovô morreu. Eu era pequena e lembro muito pouco dos dias de sua morte e enterro, mas as lágrimas da vovó e seu rosto triste e abatido ainda me surgem claramente na cabeça. E também a angústia que senti ao presenciar a vovó daquela maneira. Até aquele momento, eu a via como um tipo de fada do bem, que sempre dava um jeito em tudo, que não tinha medo de nada. Mas vovô estava morto e vovó não pôde fazer nada para evitar sua morte. E pior, ela era como eu; impotente, ficava triste, com medo e até chorava.

Não queria nunca mais vê-la assim. Por isso, naquele dia, com o caderno de receitas na mão, assim que a vi chorar, dei meia volta e corri para o quarto para colocá-lo no lugar e esquecer que ele existia. Não sabia qual era o problema, mas o que quer que fosse tinha a ver com aquele caderno.

Mas, antes de alcançar o quarto, escutei a vovó me dizendo, agora com uma voz alegre:

— Oh, Ana, você encontrou meu caderno de receitas! Já faz tanto tempo! Vem cá, vamos dar uma olhadinha!

Ainda um pouco receosa, voltei para a sala com o caderno de receitas. Vovó secou as lágrimas, sorriu para mim, abriu na primeira página e me perguntou se eu queria fazer o melhor doce de leite do mundo.

Tendo como ponto de partida as receitas da Dora, a vovó e eu desenvolvemos nossas próprias receitas, e eu documentava tudo em um novo caderno. Este ficava na cozinha e era com frequência atualizado e ampliado com novas versões de receitas tradicionais e novas combinações aqui e ali. Retirávamos ingredientes, acrescentávamos outros, mudávamos as quantidades, experimentávamos com novas ervas. Algumas vezes, as receitas ficavam tão rabiscadas que eu tinha que escrevê-las de novo no final do caderno. É claro que eu tinha uma versão digital, sempre atualizada com nossas novas invenções e modificações, da qual eu nunca me esquecia de fazer um *backup*. Essas receitas eram o que eu tinha de mais valioso na vida, e não poderia correr o risco de perdê-las.

Mas o caderno original era sempre O ORIGINAL; nele a gente não mexia. Era um trabalho de referência sagrado. A caligrafia da vovó era linda. O caderno estava desgastado, suas páginas se desprendiam da encadernação, mas eu adorava cada sinal de uso diário, cada mancha ou amassado nas pontas das páginas amareladas. Podia ficar horas tentando descobrir como as manchas tinham surgido. Elaborava diversas teorias, inventava histórias. Vovó, é claro, não se lembrava de tudo. Mas a primeira mancha, a que está estampada bem no meio da primeira página, dessa ela se lembrava muito bem.

Dora estava em pé junto ao fogão de lenha. Como sempre, ela vestia um avental e um lenço na cabeça, para manter os fios de cabelo longe da comida. Com uma colher de pau longa, ela mexia em um grande tacho de cobre. Estava fazendo doce de leite de cortar, e não podia descuidar do ponto. Se tirasse a panela do fogo muito cedo, o doce ficaria mole. Se tirasse muito tarde, ficaria seco. Tinha que ficar durinho por fora, mas macio por dentro.

Vovó estava ao seu lado e anotava tudo, animada. O doce de leite borbulhava lá dentro do tacho, bolhas explodiam lentamente na superfície. Vovó ficou na ponta dos pés e chegou mais perto para ver melhor.

— Cuidado, menina, tá quente — advertiu Dora.

Mas, nesse momento, uma borbulha maior que as outras já estava a caminho da superfície. Explodiu sem aviso prévio, e uma gota de doce de leite fervilhante caiu no meio da página que vovó trazia aberta a sua frente. A primeira de muitas manchas que estavam por vir.

Vovó e eu mudamos, melhoramos, criamos novas variantes de compotas, geleias, bolos, broa. Mas, para cada melhoramento ou descoberta, errávamos muito, e às vezes ficávamos perdidas. Nesses casos, podíamos sempre retornar ao caderno de receitas da Dora. E algumas receitas desse caderno são tesouro puro, não há como melhorar. A receita básica de pão de queijo é uma delas. Desenvolvemos alternativas com diferentes ervas, como acompanhamento para diversos pratos, e uma versão mais *light*. Mas a receita básica é a melhor.

Quando eu amassava pão de queijo e eles não ficavam tão maravilhosos quanto os da vovó, a culpa não era da receita. Era o modo como vovó trabalhava a massa, sua experiência em conhecer a temperatura dos ingredientes e seus conhecimentos sobre alguns pequenos ajustes que tinham de ser feitos. Afinal, os ovos têm tamanhos diferentes, o queijo muda de consistência e sabor a cada dia que passa, a temperatura e a umidade do ar variam, o que, sem dúvida, influencia o resultado final.

O caderno de receitas original era dividido em duas partes. Primeiro, as receitas. A segunda parte era composta de um tipo de herbário, não com plantas prensadas, mas com lindos desenhos de ervas. Todas as ervas que cresciam na Fazenda estavam minuciosamente descritas e desenhadas, juntamente com o emprego de cada uma. Erva cidreira para os nervos, boldo para má digestão, hortelã para náusea.

Vovó costumava folhear essa parte do caderno cuidadosamente, passando a mão de leve sobre esses desenhos. Uma vez perguntei quem tinha desenhado as ervas. Ela respirou fundo e sorriu, mas o sorriso não era alegre, era melancólico, nostálgico, disso me lembro muito bem, pois aquele sorriso me desconcertou. O filho da Dora e do Preto Velho, respondeu ela. Eu queria saber mais, mas ela só contou que ele tinha ido embora há muito tempo e que ela nunca mais o tinha visto.

•••

Dora era a segunda mãe da vovó. Foi ela quem a amamentou, já que a bisa não tinha leite o suficiente. Dora e o Preto Velho tinham um filho, que era um ano mais velho que a vovó, e uma filha mais velha. A filha mora em Ibituruna. Ela é a mãe da Luzia e do Pedro. A avó do Carlos.

Quando vovó era criança, ficava com frequência na cozinha junto à Dora e aos seus filhos. Dora mantinha sempre um banquinho ao seu lado para a vovó. Ela ensinou vovó tudo sobre culinária, quitandas, doces, geleias, ervas e temperos. Se a vovó não estava na cozinha junto da Dora, estava brincando com seus filhos, atrás do bisavô Antônio pela Fazenda ou conversando com o Preto Velho na carpintaria.

Nada disso agradava a bisa. Ela não gostava que, no lugar de aprender a bordar, tricotar, fazer crochê, tocar piano e aprender boas maneiras e etiqueta assim como a irmã, vovó quisesse aprender a tomar conta da Fazenda – trabalho de homem – e a fazer comida – trabalho das empregadas –, e, além disso, ficava brincando com os filhos dos empregados. Mas bisavô Antônio ordenou que a bisa deixasse a filha em paz. Já que eles não tinham nenhum herdeiro homem, alguém teria que aprender a rotina da Fazenda e estar preparado para defender os interesses da família. Ele estava satisfeito pela filha caçula ter se interessado pelos assuntos da Fazenda. Não se preocupava com o resto. Inês era apenas uma criança, e ele estava convencido de que seu interesse pela cozinha e pelos filhos dos trabalhadores iria com certeza acabar, era só uma questão de tempo.

•••

Vovó costumava dizer que a Dora vivia nas páginas desse caderno de receitas. Que cada vez que alguém abria o caderno, fazia uma de suas compotas e pensava nela, falava nela, ela vivia. Sempre gostei de escutar a vovó falar assim. Mas agora sei que não é verdade. Quando uma pessoa morre, ela some, desaparece, tudo se desmantela, não sobra nada. Não se pode pegar, abraçar, falar com uma lembrança. E até as lembranças se tornam vagas e, um dia, se apagam.

A pulseira de couro de Inês

Ao guardar o anel de noivado da vovó de volta na caixa de joias, vejo um saquinho transparente com um objeto dentro que reconheço de imediato. Uma pulseira de couro. Quando a tiro do saquinho, vejo que é muito semelhante à minha. A única diferença é que parece ser bem mais velha e está partida em duas. Está bem gasta, principalmente do lado que fica em contato com a pele, o que indica que foi muito usada. Mas dá para ver que o couro não se partiu sozinho. A pulseira foi provavelmente cortada com tesoura. Como se o dono, talvez a vovó, tivesse perdido a esperança de que o desejo algum dia se realizasse.

Do lado de dentro há uma inscrição, uma sigla, ou talvez iniciais: *S.P.* Não conheço ninguém cujo nome começa com *S.* Vovó se chamava Inês.

Quem terá feito essa pulseira? E ela era mesmo da vovó? Eu nunca tinha visto uma pulseira dessas antes de Carlos me dar uma. Isso não é algo que as pessoas têm, é uma pulseira especial. E essa aqui parece muito antiga. Não acho que Carlos a tenha feito.

Sinto uma pontada no coração e um ímpeto incontrolável de arrancar a minha própria pulseira. Não cheguei nem a fazer um pedido. Um pedido de verdade, como Carlos tinha explicado. O que eu fiz foi suplicar, queria um milagre. E milagres não acontecem, nem com a ajuda de uma pulseira dessas.

Seguro minha pulseira com violência e puxo, mas o couro não dá sinais de que vai ceder. Machuca meu pulso, mas a dor me faz puxar ainda mais forte. Minúsculas gotas de sangue começam a brotar da pele. O couro permanece intacto. Desisto.

Fico deitada na cama um bom tempo, inerte. Até que resolvo ir à cozinha falar com o Preto Velho. Talvez ele saiba algo sobre a pulseira que encontrei.

Quando chego à cozinha e vejo o Preto Velho sentado no seu cantinho, colapso. O peso do céu inteiro desaba sobre minha cabeça. Ao vê-lo sentado ali, trabalhando um pedaço de madeira com sua faquinha; ao ver a cozinha; Luzia em pé na frente do fogão a lenha; poderia ser um dia como outro qualquer. Mas não é. Nunca mais verei a vovó nessa cozinha.

Não enxergo mais nada, fica tudo escuro. Meu corpo fica gelatinoso, os ossos amolecem, minhas pernas já não conseguem mais me manter de pé. Vindo lá do fundo, das profundezas desse poço sem fim no qual estou prestes a cair, ouço um grito desesperado:

— Ana!

As mãos fortes de Luzia me seguram firme, não me deixam cair.

— Venha cá, querida criança — diz o Preto Velho.

A sua voz me traz de volta, as mãos de Luzia me apoiam. Juntos, eles me tiram da escuridão. Luzia pega uma cadeira e me coloca sentada ao lado do Preto Velho.

— Sei que tá difícil, mas cê num tá sozinha — diz ele, e me entrega a escultura que acabou de fazer, um pequeno pássaro prestes a abrir as asas, quase pronto para levantar voo.

Não consigo falar nada, mas lhe estendo a mão, mostrando a pulseira partida que trazia dentro do punho fechado. Ele pega a pulseira e a observa com atenção. Seu olhar cai sobre as inicias.

— É — diz ele, balançando a cabeça e passando seus dedos magros sobre as letras. Aí ele olha para mim. – Sinhazinha e Pretinho.

Sinhazinha deve ser a vovó. Era assim que todos na Fazenda a chamavam antes de ela se casar. Depois, começaram a chamá-la de Sinhá.

— Pretinho? — pergunto. O nome não é desconhecido, mas não consigo me lembrar de quem se trata, ou quando escutei sobre ele antes.

— Meu filho — responde o Preto Velho.

Ele me conta o pouco que sabe. Que seu filho desapareceu sem deixar rastro quando a vovó tinha a minha idade. O Pretinho e a vovó eram amigos desde pequenos. Quando cresceram, o bisavô Antônio, insatisfeito com a proximidade dos dois, proibiu que se encontrassem. Vovó foi mandada para a França. Na mesma época, o Pretinho sumiu. O Preto Velho viajou pelo estado todo a sua procura, mas não encontrou nem pistas do filho. Dora quase enlouqueceu. Perdeu o filho e a vovó, que ela amava como uma filha e tinha sido mandada para tão longe da noite para o dia, sem tempo nem para se despedir. Vovó só voltou dois anos depois. Nessa época, Preto Velho e Dora já tinham se mudado para Ibituruna.

Agora sim me lembro da vovó contando que escolheu o Pretinho para ser seu noivo na quadrilha quando colocou o vestido branco pela primeira vez, contrariando o desejo de seus pais. E que foi ele quem desenhou as ervas do livro de receitas. Penso na foto dos trabalhadores tirada pelo libanês naquela época. Sempre esteve pendurada na varanda, ao lado da porta de entrada, mas já faz muito tempo que olhei para ela com atenção. Será que o Pretinho está na foto? Como não pensei nisso antes? O Preto Velho diz que sim e vamos todos até a varanda. Meu coração palpita, vou correndo na frente, mal consigo esperar para ver a foto, já antecipando o que encontrarei, mas, ao mesmo tempo, com medo de ver minhas desconfianças serem confirmadas. Será que o Pretinho é o rapaz na foto com a vovó?

A fotografia está amarelada e foi tirada de longe para que todos fossem enquadrados. Mas não há dúvida de que é mesmo ele. Identifico o rapaz da foto que vovó guardou todos esses anos atrás do retrato do vovô agachado na frente dos outros trabalhadores antes mesmo do Preto Velho apontar para ele.

Logo depois chega Pedro para levar o Preto Velho para sua cabana. Luzia volta para seus afazeres na cozinha. E eu permaneço parada um bom tempo na frente da foto, pensando na vovó e no Pretinho. Ele fez uma pulseira para ela, do mesmo jeito que Carlos fez uma para mim. Parece que os dois tinham uma relação muito especial. Pode sim ter começado como uma amizade de infância, mas, na foto da vovó, os dois estavam tão juntinhos, com aquele brilho de felicidade nos olhos. Vovó segurando um buquê de flores de laranjeira. A amizade da infância certamente tinha se transformado em amor. Amor compartilhado. E, depois, o desaparecimento dele. A vovó sendo mandada para o exterior. Talvez tenha sido por isso que ela cortou a pulseira. E talvez fosse essa a razão pela qual ela nunca falava nada sobre esse período da sua vida. Era triste demais. Melhor tentar esquecer.

A manta verde

Volto para o quarto, confusa. Entendo que a vovó não quisesse falar sobre o assunto, mas não consigo me livrar dessa sensação estranha de que eu desconhecia uma parte tão importante da vida dela. Vou determinada até o baú. Tenho tantas perguntas sem respostas. Quanto mais descubro, menos entendo, menos sei. Mas tenho que terminar de ver as coisas guardadas no baú. Parece que aqui estão pistas de tudo que a vovó não me contou, mas que queria que eu soubesse.

Chegando ao fundo, encontro a manta verde. Depois de tantos anos fora da minha vida, essa manta, que sempre me deu uma sensação de segurança, aparece nos momentos mais inusitados. É de crochê, de uma lã verde-clara muito macia, e foi feita pela bisa quando a vovó nasceu. Era a manta mais aconchegante do mundo. Por isso, também a mamãe e eu fomos empacotadas nela quando éramos pequenas. Essa manta me acompanhou até os dez anos. Eu só conseguia dormir tranquila com suas franjas roçando minhas bochechas.

Um dia, sem mais nem menos, deixei a manta de lado. Nunca mais a tinha visto. Achei que a vovó ou a mamãe já tinham se desfeito dela há muito tempo. Até que, no início da semana passada, ela apareceu no colo da vovó. Julia e eu tínhamos acabado de chegar à Fazenda Iaguara para passar as férias.

•••

Duas semanas depois da festa de São João, estávamos de volta à Fazenda para passar as férias de julho. Julia ficaria só uns dias. Eu só voltaria para a cidade no reinício das aulas. Gustavo tinha sobrevivido à picada da cascavel, mas ficara realmente assustado e não queria nem passar perto da Fazenda.

Eu estava ansiosa. Não tinha visto o Carlos desde o episódio da cobra. Estávamos tão preocupados com o Gustavo e tudo aconteceu tão rápido quando o Pedro e um outro rapaz finalmente chegaram correndo com injeção, maca e tudo o mais, que eu e o Carlos nem pensamos em trocar números de telefone. E mesmo que eu tivesse o número dele – na verdade, era só pedir para a Luzia –, não teria coragem de entrar em contato com ele. Ligar para ele para falar o quê? Eu precisava vê-lo, tocá-lo, sentir seu cheiro. Carlos não saía da minha cabeça.

Antes de entrar no carro do tio Toni, tive que escutar pacientemente o sermão da mamãe. E ela só me deixou ir passar férias na Fazenda porque vovó insistiu muito. Mamãe me proibiu de chegar perto do Carlos. Disse que, se eu não ficasse bem longe "daquele rapaz", nunca mais poderia voltar à Fazenda sem a companhia dela.

Aquilo me assustou um pouco. Fiquei indignada. O que havia de tão errado assim com o Carlos? Mas, ao mesmo tempo, não consegui discutir, escutei tudo em silêncio e prometi obedecer. As palavras dela não me impediriam de me encontrar com o Carlos, mas fiquei com medo. Mamãe sempre conseguia o que queria. A vovó era a única a se opor a ela, e tinha que pagar um preço caro por isso; a filha nunca a visitava. Até agora, meus atritos com a mamãe tinham sido por ninharias; ela criticava minhas roupas, o modo como usava meu cabelo, o fato de eu me enfurnar na Fazenda sempre que podia, mas nunca se opunha de verdade. E, além disso, a vovó sempre ficava do meu lado. Eu sempre fiz o que quis. Ou assim eu achava.

Quando chegamos à Fazenda, a vovó tinha a manta verde sobre o colo. Estava sentada na varanda, como sempre, mas seu olhar estava perdido. As mãos descansavam sobre a manta dobrada e o rosto estava voltado para o jacarandá, na nossa direção, mas ela não nos viu, olhava para o nada.

Tio Toni tinha parado o carro na frente do curral para que pudéssemos descer e continuou até o armazém, onde iria descarregar uns equipamentos que tinha trazido de Belo Horizonte. Foi só quando a Julia e eu chegamos ao topo da escada, já na varanda, e chamamos por ela que a vovó percebeu que estávamos lá. Ela regressou do espaço vazio onde se encontrava e sorriu para a gente, ainda um pouco desconcertada.

— Olhe o que eu achei, Ana.

Não foi fácil reconhecer, naquele monte de lã velha, desbotada e cheia de buracos, a minha querida manta. Mas vovó a segurava como se fosse algo valiosíssimo, algo que tinha de ser conservado a qualquer custo.

Julia e eu entramos com as mochilas, jogamos tudo no quarto e voltamos para a varanda. Luzia já tinha arrumado a mesa para o café da tarde. Havia café, suco de laranja, pão de queijo e broa de fubá.

Perguntei à Luzia se alguém já tinha levado o lanche do Preto Velho e dos aprendizes. Quando ela respondeu que não, não perdi a chance, disse que eu levaria. Julia me deu uma olhada, acabou se resignando e avançou no pão de queijo. Antes que a Luzia pudesse dizer qualquer outra coisa, eu já tinha corrido para a cozinha, onde o lanche e a garrafa de café do Preto Velho aguardavam em cima da bancada. Alguns segundos depois, estava a caminho da carpintaria.

Sempre quando estava na Fazenda, era eu quem levava o cafezinho para o Preto Velho. Adorava conversar com ele, escutar suas histórias. Muitas vezes, Carlos estava lá, mas geralmente ficava sentado, quieto, em um canto, concentrado em seu trabalho ou conversando com os outros aprendizes. Algumas vezes notei seu olhar, algumas vezes nossos olhos se encontraram, algumas vezes sorrimos um para o outro. Mas não passava disso, havia muito tempo que não tínhamos contato um com o outro de verdade. Ele parecia me evitar. Isso doía, mas eu não tinha coragem de perguntar o porquê.

A carpintaria era um enorme galpão, todo aberto na frente e com largas janelas nas paredes laterais. Serrotes, pregos, parafusos, martelos, tábuas de madeira, lixas e uma grande serra elétrica ocupavam as duas compridas mesas de trabalho. Pedaços de couro e selas em diferentes estágios de acabamento pendiam do teto. Tudo parecia coberto por uma fina camada de serragem e pó.

Cheguei devagar e parei ao lado da entrada. Estava tudo quieto, e, por um instante, pensei que a carpintaria estivesse vazia. A serra estava desligada, não se ouvia marteladas, nem lixas e nem serrotes sendo movidos para frente e para trás. Tudo parado. Mas então a voz do Preto Velho quebrou o silêncio e o contorno do seu corpo, assim como o do Carlos e os de mais dois aprendizes, tomou forma. Estavam trabalhando em uma nova sela.

Carlos e o Preto Velho estavam sentados, cada um de um lado da moldura da sela. Os dois aprendizes acompanhavam ao lado, de pé. Carlos segurava um pedaço de couro e o mantinha esticado enquanto o Preto Velho dava suas explicações precisas, mostrando, com mãos habilidosas, o que tinha de ser feito. Carlos fazia exatamente o que seu bisavô pedia, enquanto os aprendizes olhavam fixamente para a sela, sem piscar, quase sem respirar.

Pegando-me de surpresa, Carlos levantou o rosto e olhou na minha direção. Ele tinha uma expressão concentrada, a testa franzida, mas, assim que me viu, abriu aquele sorriso que eu tanto gosto e do qual eu tanto preciso.

— Carlos! — exclamou o Preto Velho com voz severa.

Estavam numa parte importante do trabalho. Carlos tinha que manter o couro esticado, não podia perder a concentração logo agora. Os dois aprendizes olharam para mim de maneira mecânica, apenas registrando que havia alguém em pé na entrada, e voltaram o olhar para o trabalho que estava sendo executado. Estavam em uma espécie de transe, como se estivessem aprendendo um segredo, algo que somente o Preto Velho poderia ensiná-los, algo que mudaria a vida futura deles.

Era difícil arrumar uma vaga de aprendiz na carpintaria da Fazenda Iaguara, tendo o Preto Velho como mestre. A fila de candidatos era longa. Além disso, mesmo que o Preto Velho ainda fosse forte e muito ativo, ele não poderia continuar trabalhando tanto por muito tempo, estava idoso e, a cada dia, sentia mais o peso da idade. Não se sabia se mais dois felizardos teriam a chance de aprender a fazer selas com ele, o melhor seleiro do estado e talvez do país.

O sorriso do Carlos foi curto, mas suficiente para atiçar fogo em mim. O Preto Velho fez os últimos ajustes na sela e eles puderam tirar uma pausa. Coloquei a travessa de bolo e a garrafa de café na ponta de uma das mesas, no único cantinho onde não havia serragem, pedaços de madeira e ferramentas. Eles lavaram as mãos e o rosto em uma pia que ficava na parede dos fundos e cada um pegou sua caneca esmaltada na ombreira de uma das janelas. Carlos levou um banquinho para mim.

Fiquei sentada observando a maneira como abocanhavam os pedaços de bolo e bebiam café em grandes goles. Os dois aprendizes comiam em pé. Tornaram a encher as canecas de café, pegaram mais um pedaço de bolo e saíram. Carlos permaneceu sentado na minha frente, cada perna de um lado do banco, o tronco inclinado para frente para que os farelos de bolo caíssem no chão em vez de no seu colo. Bebia, comia e sorria para mim.

O Preto Velho falava entusiasmado, contava casos, mas eu não conseguia me concentrar no que ele dizia, estava excitada demais. Sentia saudade de tocar o Carlos, sua pele, queria mais de seus lábios. Aí o Preto Velho falou algo que de fato prendeu minha atenção. Que, a cada dia que passava, eu me parecia mais com a vovó. Que, com aquele vestido branco então, fora como se ele estivesse vendo a vovó quando moça, dançando a quadrilha tão alegre, tão cheia de vida.

— E este aqui — disse ele ao se levantar e apoiar as mãos no ombro do Carlos — tem as mãos habilidosas e o sorriso do meu filho.

A palavra filho ficou pairando no ar enquanto o Preto Velho caminhava devagar em direção à saída. Poucas vezes eu tinha ouvido ele falar desse filho. Sabia que o Preto Velho tinha tido um filho e um filha, mas só conhecia a filha, a avó do Carlos, que morava em Ibituruna. Quis perguntar, mas ele já tinha se afastado. Carlos e eu estávamos finalmente a sós.

Ficamos olhando um para o outro por um tempo, sorrindo, mas em silêncio. Tinha esperado tanto por esse momento, queria falar tanta coisa para ele, e agora minha cabeça estava vazia, minhas mãos, suando frio, meu corpo, tenso, eu não conseguia me mexer. Carlos passou os dedos com delicadeza pelo meu rosto, o que fez parte da tensão se dissipar, mas aí escutamos os aprendizes prestes a entrar na carpintaria de novo. Peguei a mão dele depressa, dei uma apertadinha, respirei fundo, me preparando para dizer que queria encontrá-lo mais tarde, mas da minha boca não saiu nenhum som. Soltei a mão dele, os aprendizes entraram e foram para os fundos lavar as canecas. Carlos sorriu para mim e sussurrou:

— No carvalho, cinco e meia?

Eram as palavras que estavam na ponta da minha língua, mas que não tinham encontrado o caminho para fora da boca.

•••

Julia e eu adorávamos dar caminhadas longas na Fazenda. Éramos muito diferentes uma da outra, mas tínhamos alguns interesses em comum e o amor, a intimidade e a compreensão de duas primas que tinham praticamente crescido juntas. Tínhamos quase a mesma idade e sempre estudamos na mesma sala. Ela adorava roupas da moda, fazia a unha toda semana e era da turma das populares na escola. Mas, mesmo assim, éramos melhores amigas; ela dividia comigo coisas que não contava para as outras meninas e respeitava meu modo de ser, mesmo tentando me dar dicas de como me vestir e insistindo para que eu parasse de esconder meu cabelo em um rabo de cavalo todo santo dia.

Alguns dias depois da festa de São João, consegui finalmente contar para a Julia como eu realmente me sentia em relação ao Carlos. Eu mesma precisei desses dias para começar a perceber o que estava acontecendo comigo. Sentia uma sensação estranha no corpo que não sabia o que era, um desejo incontrolável de estar perto dele, colada nele.

Eu era sempre a racional, a comedida, a sensata, como dizia a Julia quando vinha me pedir opinião ou conselhos para sair das encrencas que arrumava. Bem, agora era eu quem não tinha o menor controle sobre meus sentimentos, não sabia nem dar nome a eles. Apenas um enorme e pesado senso de responsabilidade, que eu tenho desde que nasci, havia me impedido de pegar o primeiro ônibus em direção ao Vale do Rio das Mortes para me jogar nos braços do Carlos.

Julia não gostou muito do que ouviu. Não ficou surpresa, tinha visto com os próprios olhos o clima entre nós no passeio ao Paraíso, mas confessou que esperava que isso fosse passar logo. Ela foi sincera. Disse que tinha um mau pressentimento, que não podia imaginar como um relacionamento desses pudesse dar certo. Éramos de mundos tão diferentes, minha mãe nunca iria concordar. Ela foi enumerando os obstáculos e disse, no final, que era melhor eu terminar com essa história antes que ela fosse longe demais.

Só que eu já tinha sentido o calor da mão dele e o sabor do seu beijo. Carlos tinha o poder de me colocar em um estado de espírito que eu nunca tinha vivenciado antes. Uma leveza de parar de pensar, de parar de atuar, aquela paz de me sentir segura, de não precisar me defender nem me esconder de nada, aquela tranquilidade de simplesmente ser. E, ao mesmo tempo, um fogo, uma atração irresistível. O prazer de tocá-lo, a felicidade de perceber a satisfação dele quando me tocava. Por mais curtos que esses instantes tivessem sido, eu já não podia suportar a ideia de viver sem eles.

Isso Julia não conseguia entender. Era impossível para ela saber o quanto eu me sentia deslocada na escola, por melhor aluna que eu fosse, e no apartamento dos meus pais. E, além disso, ela me disse que nunca tinha sentido uma atração assim por ninguém. Ela já tinha tido namorado e estava muito interessada em um menino da sala do Gustavo, mas essa necessidade, essa inexplicável urgência de estar junto de alguém, isso ela nunca tinha vivenciado.

•••

Julia e a vovó ainda estavam na varanda quando voltei da carpintaria. Tomei meu lanche e saímos eu e Julia para um passeio. Na volta, paramos para descansar com as costas encostadas no grande carvalho onde costumávamos acompanhar o pôr do sol e onde, quando crianças, ouvíamos as histórias macabras de Carlos. Ele adorava colocar medo na gente contando histórias de magia negra e macumba, e eu, a Julia e o Gustavo adorávamos ouvi-lo, mesmo tendo pesadelos de noite. A árvore ficava no topo de uma pequena colina e, de lá, podíamos ver uma parte do Vale do Rio das Mortes, algumas plantações e o pasto.

Um sol em chamas se aproximava da linha do horizonte. O ar começava a ficar mais fresco. O toque de um berrante nos alcançou, vindo do vale. Lá embaixo, no pasto, um homem a cavalo empunhava o berrante majestosamente enquanto as vacas começavam a sua preguiçosa caminhada rumo ao curral. Era o Pedro. Logo em seguida, outro berrante começou a ser tocado, acompanhando o primeiro como um eco. Me arrepiei da cabeça aos pés e levantei para ter uma vista mais ampla do pasto. Aí sim pude ver o outro vaqueiro. Carlos tocava o segundo berrante e ajudava o pai a juntar o gado.

Pedro era um dos poucos na região que sabia tocar berrante e o usava no seu trabalho como vaqueiro. Na sua juventude, ele trabalhara em uma Fazenda no sul do país, onde os pastos se estendiam para além de onde os olhos alcançavam e os vaqueiros tinham que tomar conta de enormes rebanhos. O uso do berrante era reconhecido como o modo mais eficiente para juntar e guiar o gado.

Quando Pedro voltou para a Fazenda Iaguara, trouxe consigo seu berrante. Desde então, o chamado do berrante se transformou em uma parte da Fazenda. Era como se o crepúsculo não fosse descer sobre essa terra antes que o berrante anunciasse que o dia de trabalho havia chegado ao fim. Há alguns anos, notei que um segundo berrante às vezes se juntava ao do Pedro no pasto durante o pôr do sol. Ao descobrir que era Carlos, não perdi mais nenhum crepúsculo nos dias em que estava na Fazenda. Além de vê-lo ajudando o pai a juntar as vacas do topo do morro, eu me apressava de volta ao pátio e o observava da varanda enquanto ele recolhia os animais para o curral.

Agora, o berrante tinha adquirido outro sentido para mim. Anunciava não só o fim de mais um dia e a oportunidade de ver o garoto que eu tanto gostava. O som do segundo berrante trazia consigo a presença física do rapaz, quase homem, que tinha despertado em mim esse calor, essa força que eu até então desconhecia.

Carlos tocava tão bem quanto o pai, mas, mesmo assim, eu conseguia distinguir um do outro. Antes que o toque do pai se dissipasse no vento, o do filho assumia, e assim eles continuavam, cada um com seu chamado distinto, enquanto as vacas tomavam, devagar, o caminho do curral.

Julia também se levantou para ver os vaqueiros melhor. Ficamos em pé, uma ao lado da outra, escutando os berrantes. O chamado se parecia com o rugido das vacas, só que durava mais e alcançava um tom especial que surtia efeito tanto em animais quanto em homens. Animais seguiam o berrante aonde quer que ele os levasse. Homens deixavam os pensamentos pairarem junto com suas vibrações.

— Gostaria que o mundo fosse diferente — disse Julia com ar triste assim que os berrantes silenciaram.

Ela me deu um abraço apertado e voltou para a sede. Nossa tia-avó e suas filhas e netas chegariam a qualquer momento. Todas iriam passar a noite e o dia seguinte seria o dia da quitanda. Era uma tradição que acontecia duas vezes por ano, sempre no início das férias. Mas antes eu teria alguns minutos sozinha com Carlos.

Fiquei de pé olhando Julia se afastar pela trilha e, mesmo depois que ela já tinha desaparecido entre os arbustos e árvores, não saí do lugar. Imaginei que Carlos chegaria pelo mesmo caminho e permaneci lá, paralisada como uma estátua, esperando sua chegada.

Os poucos minutos passados se transformaram em uma eternidade. Sentia como se uma corrente elétrica cobrisse todo o meu corpo. Carlos provavelmente levaria um choque se encostasse em mim. É que aquela sensação estranha que tenho nas pontas dos dedos toda vez que estou ansiosa tinha se estendido para os braços, barriga, quadris, descido pelas pernas e já estava alcançando os pés. Eu estava extrassensível, percebia claramente a fina camada de contato entre a pele e o ar. Mas nada se movia ao meu redor. Será que ele não iria aparecer?

Finalmente ouvi um leve ramalhar de galhos e folhas.

— Ana?

Virei-me de súbito e lá estava ele. Carlos tinha feito um outro caminho e chegado pela parte de trás. Ele estendeu o braço, pegou minha mão e me puxou para junto de si. Pela primeira vez, estávamos realmente sozinhos. Como sempre, seu toque fez com que toda a ansiedade se desmanchasse e, como sempre, o contato com sua pele despertou desejo. Dessa vez, sem o medo de que alguém pudesse nos surpreender, esse desejo pôs meu corpo em chamas.

Aquele sim foi um beijo, uma entrega. Nunca imaginei que um beijo, que o toque, o calor, o sabor e o cheiro de alguém pudesse me dar tanto prazer e me colocar em tal estado de comunhão com o universo. Mas parece que nossos momentos felizes estavam fadados a durar pouco.

Logo escutamos lá embaixo, no vale, a comitiva da tia-avó se aproximando da Fazenda. Em alguns minutos, os três carros alcançariam a sede. Eu tinha que voltar antes que alguém notasse minha ausência. Além disso, Carlos tinha que tirar leite das vacas. Seu pai tinha ido até Bom Sucesso, e Carlos, em vez de concluir o trabalho, tinha deixado as vacas no curral com as tetas inchadas e pingando para ir se encontrar comigo.

Peguei o caminho de volta habitual; a trilha e depois a estradinha que seguia até o pátio. Carlos passou por trás, em um atalho pelo meio do mato que dava nos fundos do curral. Queríamos evitar que alguém nos visse juntos.

Quando passei na frente do curral a caminho da casa grande, a mãe do Carlos estava saindo de lá com a cara amarrada. Estava na certa à procura dele, que tinha abandonado as vacas e deixado o trabalho por fazer. Eu a cumprimentei, e ela respondeu com um aceno de cabeça desgostoso. Virei as costas e continuei meu caminho.

Geralmente eu sempre dava uma paradinha para conversar um pouco com as mulheres da Fazenda, mas com a Cida era diferente. Ela sempre teve uma atitude agressiva contra mim e a mamãe. Então, eu tentava me manter longe dela. É claro que a Cida nunca tinha feito nada de concreto contra nós, nem mesmo nos faltado ao respeito. Era algo com sua linguagem corporal, as expressões de seu rosto, que me mostravam que ela não gostava nem de mim, nem da mamãe. O motivo eu desconhecia. Luzia tinha me dito que a Cida era assim com todo mundo, uma mulher mal-humorada, mas eu sabia que era pior com a gente.

Cida era a última pessoa que eu queria encontrar naquele momento. Ela estava de braços cruzados e, quando me viu andando sozinha, vindo daquela direção, ficou com a cara ainda mais amarrada.

Quando alcancei o jacarandá, ouvi vozes vindas do curral. Queria parar para ver o que estava acontecendo – Carlos tinha com certeza entrado no curral pelos fundos e encontrado a mãe parada na entrada –, mas consegui me conter e continuei andando. Mesmo assim, uma parte do que era falado na entrada do curral chegou até mim. Uma rajada de vento frio trouxe consigo algumas palavras.

— O que cê tá arrumano, menino? — disse a Cida, com um forte tom de repreensão na voz.

Suas vozes, agora baixas, sumiram dentro do curral. Imaginei que ela estivesse repreendendo o filho por fazê-la esperar pelo leite. Ela ainda tinha que bater a manteiga para as quitandas do dia seguinte. Mas aí uma possibilidade ainda pior me veio à cabeça. Será que ela estava desconfiada da gente? De todos os olhares metralhadores que tinham nos atingido antes da quadrilha, as balas dela tinham sido as mais certeiras.

Na casa grande, alvoroço total. Beijos, abraços, gargalhadas. Mulheres e moças, sacolas e mochilas. Luzia, que andava de um lado para outro com roupas de cama e toalhas nas mãos. Na cozinha, pão fresquinho era tirado do forno. Caldos de feijão e de mandioca com carne seca borbulhavam em grandes panelas sobre o fogão a lenha. Era sempre noite de caldos antes do dia das quitandas.

Mas, dessa vez, eu estava alheia a tudo, vendo tudo de fora. Era como se o mundo estivesse mais nítido. Comecei a ver coisas que nunca tinha visto antes, mesmo que elas sempre tenham estado lá. Vi longas unhas vermelhas, azuis e turquesas que, no dia seguinte, cederiam lugar às quitandas. Primas que exibiam novos tênis e blusas. Jovens mulheres, nossas futuras médicas, advogadas, administradoras de empresas. E pensei em Cida, que certamente teria de ficar até tarde batendo manteiga. Que nem tinha completado o ensino básico. E olhei para a Luzia, que se apressava para cima e para baixo, tentando esquecer o cansaço de um dia inteiro de trabalho para satisfazer as necessidades das primas. Por que elas mesmas não podiam arrumar as camas?

Mas, acima de tudo, eu pensava em Carlos. Em como eu preferiria mil vezes estar no curral, ajudando-o a tirar leite das vacas.

•••

No dia seguinte, ficamos fazendo quitanda a manhã inteira. Amassar e enrolar centenas de bolachinhas, rosquinhas, pãezinhos, para mim, é como meditar. As conversas e fofocas das primas eram apenas sons sem sentido. Geralmente eu gostava de escutar a vovó batendo papo com a sua irmã, duas fazendeiras discutindo o agronegócio, mas, naquele dia, meus pensamentos estavam atrás de um jovem rapaz que reparava a cerca entre o curral e o estábulo, como a Luzia tinha me contado.

Depois do almoço, a comitiva da tia-avó foi embora levando latas e mais latas de quitanda. Julia e eu fizemos uma seleção de bolachinhas, arreamos dois cavalos – a Julia às vezes me surpreendia; uma madame na cidade, mas, na Fazenda, colocava a mão na massa e sabia arrear o cavalo sozinha – e fomos levar o presente para o Preto Velho, que estava na sua cabana, era um dos seus dias de folga. No estábulo, encontramos Carlos. Ele iria juntar-se a nós na cabana assim que o trabalho com a cerca estivesse pronto. Aí teria umas duas horas livres antes de ir ajudar o pai com o rebanho.

Quando Carlos chegou à cabana, estávamos a Julia e eu sentadas no alpendre, tomando chá de ervas, enquanto o Preto Velho nos contava como seu avô e o irmão dele, quando ainda eram apenas dois adolescentes, conseguiram fugir da fazenda onde eram escravos. Narrou a perseguição depois da fuga e como um golpe de capoeira tinha salvado a vida do avô.

A história me impressionou muito. Não apenas os horrores da escravidão, mas também a determinação e coragem desses dois meninos, obrigados a tomarem decisões tão dramáticas. Fiquei imaginando de onde vinha essa força. Será que eu também tinha uma força dessas dentro de mim? Como eu reagiria diante de uma situação tão extrema?

Carlos e eu ainda conversávamos sobre os antepassados do Preto Velho quando chegamos ao riacho. Julia tinha pegado o caminho para o carvalho, onde iria ler um livro enquanto me esperava. Ela ainda se opunha aos nossos encontros porque não queria me ver sofrer, mas me disse que sempre ficaria ao meu lado e que era muito bom ver aquele brilho nos meus olhos.

Às margens do riacho, finalmente Carlos e eu tivemos mais tempo juntos, e fiquei conhecendo melhor sua vida e seus interesses. Ele iria se mudar para a cabana do Preto Velho logo. Já ficava a maior parte do tempo lá. Não aguentava mais a atmosfera negativa da casa dos pais. Parecia que o relacionamento entre o Pedro e a Cida nunca tinha sido bom, mas piorara muito depois que seu irmão mais velho tinha se casado e mudado. Além disso, Carlos não queria mais deixar o Preto Velho sozinho.

Combinamos de nos encontrar no dia seguinte no curral ao anoitecer, depois da ordenha. Os trabalhadores já teriam ido embora, Carlos era sempre o último a sair de lá.

Ao ver Carlos se afastar em cima de seu cavalo, fui tomada por um enorme medo. Era sempre assim quando o via partir. Essa coisa de termos de nos esconder. Por quanto tempo poderíamos continuar assim? O medo se transformou em raiva, raiva do mundo, de minha mãe, da sociedade. Agora percebo que talvez estivesse com raiva de mim mesma. Não me sentia capaz de mudar nada, aceitava tudo calada. Foi com uma cara brava que cheguei até Julia, que me esperava pacientemente ao pé do carvalho.

•••

Estava tão ocupada em achar modos de me encontrar com Carlos que mal tinha conversado com a vovó desde minha chegada à Fazenda. E ela continuava estranha, distante e calada, não procurava ficar perto de mim e da Julia como de costume. Muitas vezes a vi sentada na varanda com a manta verde sobre o colo e um olhar vazio.

Quando Julia e eu voltamos para a casa grande depois do encontro com Carlos no riacho, a vovó ainda estava na varanda na mesma posição que a tínhamos deixado quando saímos para o passeio. Ela nunca ficava na varanda até tão tarde, já estava frio. O café e o bolo servidos por Luzia estavam intocados. Luzia estava preocupada.

Julia foi tomar banho e eu me sentei ao lado da vovó. Ela pareceu nem notar minha presença. Sussurrei seu nome e peguei sua mão, que segurava firme uma das pontas da manta. Foi só aí que ela olhou para mim.

— Olha — disse ela, levantando a manta —, não se parece com a teia do destino?

Perguntei se ela acreditava no destino. Ela disse que não tinha certeza. Que já tinha conversado sobre isso com o Preto Velho várias vezes. Ele acreditava no destino. Mas vovó se negava a aceitar que a vida fosse pré-determinada. O Preto Velho tinha tentado explicar que não era a vida que era pré-determinada, mas alguns eventos importantes da vida. Isto que era o destino; alguns momentos marcantes que cada um de nós tinha de vivenciar. Mas era a maneira como vivíamos, o modo como reagíamos a esses acontecimentos, nossas ações e aprendizados que faziam a diferença, não os eventos em si.

Vovó levantou a manta de novo e disse que ela tinha seguido três gerações. Era como se nossos destinos estivessem interligados, como a lã da manta. Vovó parecia muito confusa. Disse que ela nunca deveria ter dado o vestido branco para a mamãe e nem para mim, que a culpa toda era dela. Fiquei surpresa. Por que vovó falava do vestido branco? E a mamãe, ela também tinha usado o vestido? E que importância tinha isso?

Os lábios da vovó tremiam. Eu não sabia do que ela estava falando, mas disse que talvez o Preto Velho tivesse razão. Que era o destino, que algumas coisas simplesmente tinham de acontecer. Dei-lhe um abraço e disse que o dia em que eu tinha colocado o vestido branco tinha sido o mais feliz da minha vida.

— Mas o preço a pagar pode ser muito alto, Ana.

— Foi muito alto para você? — perguntei, na esperança de que ela continuasse falando, mas, na verdade, não sabia exatamente do que tudo aquilo se tratava.

Vovó acariciou meus cabelos, olhou bem dentro dos meus olhos e respondeu:

— Valeu a pena.

Percebi o quanto ela estava cansada. Ajudei a vovó a se levantar e a levei para dentro. Ao sentá-la no sofá, disse que não falaríamos mais sobre mantas velhas e vestidos brancos. Que o Preto Velho sabia das coisas. Destino era destino, não havia como evitar, mas era o modo como lidávamos com o destino, nossas escolhas que faziam a diferença. E as escolhas eram individuais, não eram?

A tempestade

O pátio da Fazenda estava vazio, era o final de mais um dia, os trabalhadores já tinham ido para casa. Os berrantes já tinham tocado, as vacas já tinham sido recolhidas, o crepúsculo caía rapidamente e, quanto mais escuro ficava, mais visível era aquela luzinha solitária vinda de algum canto do curral. Olhei para a vovó, para o tio Toni, para a Julia. Vovó lia um livro. Tio Toni se debruçava sobre o jornal. Julia estava sentada no chão aos pés do pai com vários esmaltes de unha ao seu redor, experimentando todos sem conseguir se decidir. Cada um fechado dentro de sua própria redoma. Nenhum deles notou minha inquietação.

Olhei mais uma vez pela janela. Tudo quieto, a luzinha no curral ainda acesa. Estava na hora. Saí da sala e nenhum dos três se deu conta da minha partida. Fui até a cozinha e saí pela porta dos fundos. Andava rápido, olhando ao meu redor para ter certeza que não havia ninguém. Parava de supetão, com o coração disparado, toda vez que ouvia um barulhinho. Depois de me convencer que estava mesmo sozinha, continuava o percurso, tentando pisar de leve e sempre debaixo de sombras. No ar, a fragrância delicada das flores de laranjeira.

Parei na frente do portão. A ordenha já tinha sido feita. Os animais estavam calmos. Os equipamentos já tinham sido guardados. Será que o Carlos tinha cansado de esperar e fora embora? Abri o portão com cuidado e entrei devagar, já me preparando para uma decepção. Mas aí escutei água jorrando da torneira que ficava na pia dos fundos e lá avistei Carlos lavando um vasilhame. Ele fechou a torneira, pendurou o vasilhame para secar e só então se virou, me vendo lá, parada no meio do curral, entre duas fileiras de vacas.

Carlos veio rápido ao meu encontro. Já tínhamos esperado demais. Corri para ele e me joguei nos seus braços. Ele me pegou pela cintura e me levantou, cruzei as pernas atrás de suas costas e assim ele me carregou para os fundos do curral, para trás de um monte de feno. Me colocou em pé no chão, apagou a luz e ficamos juntinhos esperando que nossas pupilas se acostumassem à escuridão.

Aí ele soltou com cuidado meu rabo de cavalo e senti um enorme alívio quando me livrei da pressão no couro cabeludo depois de ter ficado um dia inteiro com o cabelo preso. Minha cabeleira caiu sobre as mãos de Carlos, que enfiou seus dedos entre meus cachos. Respirei fundo, enchendo meus pulmões e minha alma com o cheiro de vaca e feno misturado com o suor de Carlos e com a fragrância das flores.

Um bezerro mugiu, o galo respondeu lá do galinheiro e a próxima coisa que registrei foram os lábios quentes e molhados de Carlos beijando minha nuca, minha orelha, meu pescoço. Sua respiração morna e perfumada. Suas mãos firmes e, ao mesmo tempo, meigas me segurando, acariciando, me explorando. Nossos corpos tão juntos. Minhas mãos querendo conhecer cada milímetro de seus músculos.

Julia já tinha me contado como era ficar com um rapaz. Eu sempre ficava chocada ao escutar seus relatos detalhados. Tinha zero experiência com namorados e ficava morrendo de vergonha só de ouvi-la. Mas, naquele momento, junto a Carlos, era o corpo dele querendo o meu, era ele. E era eu querendo o corpo dele. Não era preciso pensar, somente ser.

Mas, mesmo em nosso devaneio, não deixamos de ouvir o rangido do portão. Saímos do transe. Os animais, antes tão quietos, indiferentes à nossa paixão, começaram a se mexer, incomodados. Ficamos parados, com a respiração presa por um instante, tentando escutar. Será que alguém tinha entrado? As dobradiças de um lado do portão de madeira sempre rangiam.

Não ouvimos mais nada e os animais foram se acalmando. Carlos foi até a entrada, checou cada canto do curral, mas não encontrou nada. Voltou para perto de mim, ainda preocupado, dizendo que só podia ter sido o vento. Ele não me convenceu. Na verdade, nem ele mesmo acreditava no que dizia. Não estava ventando, a noite estava completamente parada.

Carlos começou a balançar a cabeça. Eu nunca o tinha visto tão transtornado. Disse que queria fazer as coisas direito, que queria falar com nossos pais, mas que estava com medo que eles proibissem nossos encontros. Eu não conseguia olhar para ele. Peguei um vasilhame e comecei a enchê-lo de leite. Queria levar um pouco para a casa grande no caso de alguém perguntar onde eu tinha estado. E, enquanto Carlos falava, toda a alegria de apenas alguns minutos atrás foi se esvaindo junto com o leite que escorria do latão para dentro do vasilhame.

Eu não sabia como isso ia terminar. Mamãe nunca permitiria nosso namoro. Comecei a tremer e nem vi que o feno ao redor dos meus pés estava sendo tingido de branco. Carlos se aproximou e endireitou o latão onde armazenava o leite, evitando que toda a ordenha da tarde escorresse pelo chão.

Ambos sabíamos que não poderíamos continuar nos encontrando escondido. Era só uma questão de tempo até alguém descobrir. E nós dois sabíamos que não era possível fazer as coisas direito. A diferença de classe social já era uma barreira difícil de transpor, mas não era só isso. Parecia que o problema era ainda maior porque se tratava justamente de nós dois. Carlos também tinha notado que havia algo de errado entre os pais dele e minha mãe. Cida odiava minha mãe, e o Pedro fugia dela como o diabo foge da cruz. Queria conversar com a vovó, mas ela andava daquele jeito, tão estranha.

No caminho de volta, a quietude de tudo me angustiou ainda mais. Nem um ventinho, nem um passarinho, nada se mexia, como se o tempo tivesse parado. Uma calmaria como aquela que precede uma tempestade.

•••

No dia seguinte, o tio Toni e a Julia voltaram para a cidade logo depois do café da manhã. Fui trabalhar na horta. Carlos levou um saco de esterco, o melhor presente que eu poderia ter ganhado naquele momento. Combinamos de nos encontrar depois do almoço no riacho a caminho da cabana do Preto Velho. Mas uma tempestade começava a se formar em Belo Horizonte. A rajada de vento que tinha mexido a porteira do curral na noite anterior já tinha sussurrado palavras maliciosas no ouvido da mamãe.

Depois de me encontrar com Carlos no riacho, voltei, feliz e leve, e fui me sentar ao lado da vovó na varanda para tomar café. Vovó, que não tinha sido ela mesma desde a minha chegada, distante e distraída, sorriu para mim, e pude ver em sua expressão que ela se sentia melhor. Fiquei satisfeita e com a esperança de que finalmente poderíamos conversar.

Mas o barulho do motor de um carro não nos deixou nem começar. Alguém estava com muita pressa. O carro subiu a ladeira e cruzou o pátio em alta velocidade. Parou derrapando em frente à casa. Um par de botas enfurecidas desceu.

Vovó e eu olhamos estupefatas para a mamãe, que, batendo os pés com força, subia as escadas da varanda, exalando raiva por todos os poros. Ela parou em frente à mesa, tirou os óculos escuros e, com os olhos soltando faíscas, perguntou:

— É verdade?

— O que está acontecendo, Isabel? — perguntou a vovó, se levantando.

— É verdade, Ana? — repetiu a mamãe, ainda mais furiosa, ignorando a vovó completamente.

Eu estava em estado de choque. Não conseguia me mexer.

— Responda, menina!

Agora tanto a vovó quanto a mamãe me encaravam, esperando uma resposta.

— Você está se encontrando com aquele rapaz?

Não tinha como negar. Balancei a cabeça, confirmando, a primeira lágrima já escorrendo pela minha bochecha.

Mamãe ordenou que eu pegasse minhas coisas; iríamos embora imediatamente. Aos prantos, fui correndo para o quarto. Fechei a porta e me joguei na cama, mas, mesmo assim, escutei a discussão.

— A culpa é toda sua! — ela berrava. — Por que você deu aquele maldito vestido pra ela?! E ainda por cima fiquei sabendo por aquela... aquela...

Mamãe estava fora de si. Vovó a mandou de volta para o carro, para que ela esperasse por mim lá e tentasse se acalmar, e então veio falar comigo. Ela tinha percebido que havia algo entre mim e Carlos, sabia que ele sempre tinha sido apaixonado por mim, mas não imaginava que estávamos nos encontrando às escondidas. Se desculpou por ter estado tão ausente nesses últimos dias. Disse que era melhor eu ir com a mamãe, mas que tudo ia se arranjar. Mesmo no centro de um furacão, a vovó parecia tranquila, o que me acalmou um pouco. Me prometeu que iria falar com a mamãe com calma.

Mas, quando eu estava de mochila nas costas, pronta para ir embora, vovó me disse que o mais importante era eu começar a conversar com a mamãe. Que estava passando da hora de nós duas nos conhecermos. Que, apesar de ser muito diferente de mim e dela, mamãe era uma mulher boa e justa. Era só olhar para o respeito com que tratava seus funcionários. Não era à toa que as clínicas iam tão bem e que ela atraía tanta gente boa para trabalhar com ela. Tinha os motivos dela para falar do jeito que falava. E só queria o meu bem. Mas eu já era grandinha o suficiente e só eu sabia o que era melhor para mim. O que eu iria fazer da vida e de que maneira o faria, só dependia de mim. Ela insistiu que eu conversasse com a mamãe sobre o Carlos e sobre meu futuro.

— Não há muito que eu possa fazer, Ana — foi a última coisa que ela me disse, me dando um forte abraço.

Sabia que ela tinha razão. Mas, no momento, só me sentia injustiçada. Tinha ódio da mamãe, do mundo.

A viagem para Belo Horizonte foi um pesadelo. Duas horas em silêncio. Mamãe dirigia e eu olhava para fora da janela sem ver nada. Não conseguia largar o celular, mas estava sem ação. Lá do fundo da cabeça vinha uma ideia – ligar para o Carlos, escrever para o Carlos, contar o que aconteceu para o Carlos –, mas eu não mexia a mão, meus dedos estavam paralisados ao redor do aparelho.

De vez em quando, ele vibrava. Era Julia ligando. Já tinha mandado várias mensagens que nunca li. Só podia ter sido ela. Traidora. Dissimulada. Como ela podia ter sido tão má? Guardei tantos de seus segredos. Ódio, eu sentia ódio.

Quando chegamos ao apartamento, eu já não sentia mais nada. Mamãe me seguiu até o quarto, dizendo o quanto estava decepcionada comigo, que eu estava proibida de ir à Fazenda Iaguara. E que era melhor eu esquecer logo "aquele rapaz".

Aí sim, senti um fogo subindo, queimando, como lava sendo lançada para fora de um vulcão.

— O nome dele é Carlos! — gritei. — Quem foi o fofoqueiro?

— Não importa.

— Isso tudo é só porque ele trabalha na Fazenda?

— Também. Você não sabe em que está se metendo.

— Então fala!

Eu berrava. Mamãe me ignorou e saiu do quarto.

Pouco tempo depois, chegou a Julia. Eu tinha trancado a porta e não estava disposta a olhar para a cara dela. Estava convencida de que tinha sido ela que nos delatara.

— Me deixa entrar, Ana, não fui eu, foi a mãe dele! — disse ela com voz de choro.

Cida tinha ligado para a mamãe. Mamãe, precavida, entrou em contato com a Julia para confirmar o que tinha escutado. Julia negou e tentou me avisar que a mamãe estava a caminho da Fazenda. Mas, naquela mesma hora, a última coisa em que eu estava pensando era checar mensagens no celular. Ele estava esquecido dentro da mochila. A respiração rápida de Carlos, seus suspiros, meus gemidos, o ramalhar das folhas secas sob nossos corpos e o preguiçoso burburinho do riacho eram os únicos sons que vagamente chegavam até minha consciência naquele momento.

Julia me ajudou a mandar uma mensagem para o Carlos. Escrevemos apenas que mamãe tinha descoberto e me proibido de voltar à Fazenda. Ele não respondeu. Eu sabia que Carlos usava o celular raramente. Imaginei que ele estivesse trabalhando e que ainda nem soubesse o que tinha acontecido. Esperei até tarde da noite e acabei adormecendo com o celular na mão.

•••

No dia seguinte, Carlos ainda não tinha entrado em contato comigo. Fiquei um bom tempo sentada na cama sem saber o que fazer. Já eram mais de 8 horas quando finalmente me levantei e fui até a cozinha procurar algo para comer. Não tinha comido nada desde o almoço do dia anterior. Imaginei que a mamãe já tivesse saído para o trabalho, mas, quando cheguei à sala, levei um susto ao vê-la sentada na mesa com um potinho de iogurte à sua frente. Ainda não tinha se trocado, estava de roupão. O iogurte estava intocado.

— Precisamos conversar. — disse ela.

Eu me sentia exausta, incapaz de dizer uma palavra, de mexer um músculo. Não queria falar nada nem ouvir nada. Mamãe empurrou o pote de iogurte para o lado, levantou-se e me perguntou se eu queria uma xícara de café. A pergunta me pegou de surpresa e continuei sem reação.

— A sua avó me ligou ontem à noite. Tivemos uma boa conversa, acho que nem me lembrava mais da última vez que falei com minha mãe sem discutir. Mas ontem foi bom. Ah, filha, não é fácil falar sobre isso...

Mamãe foi até a cozinha e pegou duas xícaras no armário. Seu celular, que estava em cima da mesa, ao lado do iogurte, começou a tocar. Mamãe deixou as xícaras em cima da bancada e foi checar o visor, mas resolveu ignorar a chamada e voltou para a cozinha.

Quando ela estava retornando com as xícaras cheias de café, o telefone tocou de novo. Quem quer que estivesse tentando entrar em contato tinha urgência, pois preferiu repetir a ligação do que deixar uma mensagem. Mamãe, visivelmente irritada, olhou para o aparelho. Soltou um suspiro. A contragosto, colocou as xícaras de café em cima da mesa e atendeu.

Silêncio. Sua expressão, que, ao ver quem insistia em telefonar, era de enfado, foi mudando devagar à medida que a pessoa do outro lado ia explicando o motivo da ligação. Ela abriu a boca, franziu a testa, parecia não conseguir compreender o que estava sendo dito. De repente, entendeu a enormidade, o horror do que tinha acontecido.

— Pedro! — exclamou ela, e colocou a mão que estava livre na frente da boca.

Ele não tinha ligado para falar sobre mim e Carlos, como mamãe talvez tivesse suposto. Ele contava sobre a vovó.

Os olhos da mamãe se encheram de água. Ela desligou e olhou para mim. Um olhar perplexo. Um olhar desesperado. Pegou minha mão, a segurou firme. Suas mãos estavam tremendo. Uma lágrima escapou e desceu pela bochecha.

— Oh, Ana!

O dia de ontem

Ainda é irreal. E ainda não sei a dimensão da falta, como isso me afeta. O que significa, na verdade, o fato de eu nunca mais poder ver a vovó? Tenho um sentimento constante de que, a qualquer momento, vou escutar a voz dela dizendo que talvez tenha descoberto porque minha broa tem tendência a ficar seca. Ou que as jabuticabas estão quase maduras, é preciso planejar a colheita, reunir as mulheres para fazer a geleia. Esse é o problema com a jabuticaba. Amadurece tudo de uma vez e tem que ser colhida em poucos dias.

Mas a voz não vem. Não vai vir nunca. Já tem quase um dia inteiro que estou trancada em seu quarto e a vovó ainda não apareceu. Sei que isso não vai acontecer. Mesmo assim, espero que ela volte.

Também não consigo me conformar que Carlos tenha ido embora assim, sem me deixar nem uma mensagem. Quero ter raiva dele por me abandonar em um momento tão difícil, mas não consigo. Quero só que ele apareça, que me abrace, que eu possa deitar em seu colo e esquecer de tudo.

Mamãe entra subitamente no quarto. Pergunta se estou ok e avisa que ela e o tio Toni estão prontos, voltaremos logo para Belo Horizonte.

— Por que você mandou o Carlos embora?

— Não mandei o Carlos embora. Não mandei ninguém embora. Ele foi porque quis.

— Mas por quê?

— Não sei! Olha, filha, está tudo muito difícil. Vamos ir para casa e descansar. Não dá pra conversar sobre isso agora. Não assim.

Não há como não perceber o quanto mamãe está abalada. Não falo mais nada e a deixo sair do quarto sem mais perguntas. Sinto remorso pelo que pensei dela ontem. Ela estava era arrasada por trás de seus caros óculos escuros. E o fato de ela ter conseguido se manter de pé mostra sua fortaleza, não a falta de sentimentos. Mesmo assim, ainda tenho raiva dela. Só pode ter sido algo que ela fez ou falou que resultou na partida repentina de Carlos. Mas resolvo colocar isso de lado até chegarmos a Belo Horizonte.

Um único objeto resta no fundo do baú. Um lenço de pano branco, dobrado. Um quadrado branco descansando sobre o fundo de madeira cor de mel. Da cor dos olhos do Carlos. O que vai ser de mim quando eu guardar tudo de volta no baú? Dar adeus a você, vovó. E aí? Tenho tantas perguntas. E agora só me resta esse pedacinho de pano.

Pego o lenço e o coloco na palma da mão. É um simples lenço de pano como usavam antigamente, nada de especial. Mas, mesmo assim, me arrepio toda. Tem algo nesse pedaço de pano que me atrai da mesma forma que me dá medo.

O lenço tem as bordas delicadas, feitas com linha azul. Não me atrevo a desdobrá-lo. Fico olhando para ele na palma da minha mão como se, preso entre as dobras, houvesse uma força que não devesse ser liberada.

Mamãe me chama. Está com pressa.

— Ana, vam' bora!

Coloco tudo de volta no baú e o tranco. O lenço ainda dobrado, a chave do baú e o pássaro de madeira que ganhei do Preto Velho guardo na mochila. Tio Toni e a mamãe estão me esperando no pátio com o motor do carro ligado.

Assim que chegamos ao apartamento em Belo Horizonte, retomo o assunto da partida do Carlos. Se mamãe tem alguma coisa a ver com isso, quero saber logo. Ela diz que conversou com o Pedro e deixou bem claro que não queria Carlos perto de mim, mas me garantiu que em nenhum momento falou que Carlos tinha de deixar a Fazenda.

Vou para meu quarto e me jogo na cama. Estou muito cansada. Fecho os olhos e tento dormir, mas não consigo. Mesmo sem querer, começo a pensar sobre o dia de ontem. Tudo nublado, embaçado. Quero esquecer de tudo, mas imagens, sons e sensações, fragmentos do que aconteceu ontem não me deixam em paz. A angústia de procurar o rosto de Carlos no meio de toda aquela gente e não encontrá-lo. A garoa ininterrupta. O padre mexendo os braços, movimentos amplos, diante de um caixão. O calor das mãos da mamãe. A ladainha das mulheres. A expressão de resignação no rosto do Preto Velho. Meu desespero ao perceber que Carlos não estava ao lado do Preto Velho como eu tinha esperado; que a fila para dar os pêsames aos familiares chegava ao fim e Carlos ainda não tinha aparecido.

E, no meio da névoa que envolveu todo o dia de ontem, surge uma cena nítida. A mão esquerda da mamãe envolta nas mãos do Pedro. O olhar do Pedro. A respiração da mamãe enquanto Pedro segurava suas mãos e olhava para ela. O que isso significa?

•••

Estávamos, os parentes mais íntimos, na frente da capela recebendo os cumprimentos de pêsames. Aquilo parecia interminável, uma tortura. Queria sair correndo dali, por mais que visse o quanto todas aquelas pessoas estavam sentidas, o quanto realmente lamentavam a perda da vovó. Papai era apenas o ex-genro, não estava recebendo cumprimentos, mas permanecia logo atrás de mim e da mamãe, no caso de precisarmos de ajuda.

Minhas pernas estavam moídas, latejavam, não sabia há quanto tempo estávamos de pé, quando finalmente o Preto Velho se aproximou com Pedro e Cida atrás dele. Fiquei um pouco atordoada ao ver que Carlos não estava entre eles, e talvez tenha sido por isso que registrei tão nitidamente tudo que se passou a seguir. O Preto Velho não disse nada. Apenas deu um beijo na testa da mamãe, um gesto doce de alguém que sempre esteve por perto e que mamãe recebeu de bom grado. Apesar de se verem pouco, mamãe tinha um grande respeito e carinho pelo Preto Velho. Fora ele que tinha curado seus machucados na infância, aliviado suas dores de barriga e a ensinado a cavalgar com a mesma paciência com que havia ensinado a vovó e, depois, a mim. Cida passou na frente de Pedro e nos cumprimentou rapidamente. Queria terminar logo com aquilo. Então chegou a vez de Pedro.

Ele pegou a mão esquerda da mamãe e a segurou com carinho entre as suas. E assim permaneceram os dois, os olhos fixos um no outro, como se o resto do mundo não existisse. Pedro estava sofrendo. Parecia que carregava todo o peso do mundo nas costas. Olhei para a mamãe e, pela segunda vez desde que essa loucura toda começou, vi que estava chorando. Cida tinha ódio nos olhos. Virou-se e foi embora sem esperar pelo marido. Pedro e mamãe permaneceram assim um bom tempo, muito mais do que era aceitável nessas situações mesmo entre bons conhecidos, e percebi que o resto dos presentes começou a demonstrar impaciência com suspiros, cochichos, pequenos movimentos de braços, mas a mamãe e o Pedro não deram sinal de que se importavam. Até que Pedro acabou reconhecendo que não podia segurar as mãos da mamãe para sempre. As soltou com cuidado, me deu um abraço forte, apertou a mão do tio Toni e cumprimentou os demais com um discreto movimento de cabeça, tudo sem dizer nada.

Depois disso, a capela foi ficando vazia, o grande grupo de pessoas no pátio foi se dissipando e tudo o mais não passa de uma névoa sem sentido. A única coisa clara para mim é a forte ligação entre o Pedro e a mamãe. Um laço inusitado, inesperado, que eu nunca imaginei que existisse entre eles. Isso é completamente novo para mim. Ontem, não dei à cena nenhum sentido, nenhuma importância, mas agora estou realmente surpresa. Nunca tinha visto a mamãe e o Pedro trocarem uma única palavra. Essa demonstração de carinho enorme do Pedro, carinho íntimo que a mamãe recebe de coração aberto, me deixa sem saber direito o que pensar. Mamãe, uma mulher fechada, que não demonstra suas emoções em público.

Vou até o quarto dela, quero conversar sobre isto, todos esses segredos que estão me sufocando. Se ela e o Pedro são amigos, como ficou claro ontem, por que ela proibiu meu namoro com o Carlos? Só porque ele trabalha na Fazenda? Por que ela não gosta da Cida e a Cida não gosta dela? Nada disso faz sentido, muito menos Carlos ter ido embora sem falar comigo. Mas a porta do quarto está fechada e a luz, apagada. Não quero incomodá-la. Volto para meu quarto, deito na cama e acabo dormindo.

•••

Acordo no outro dia já no meio da manhã, com o sol batendo no rosto. Estou vestindo calça jeans e camiseta. Dormi catorze horas seguidas, sem trocar de roupa e com as cortinas abertas. Mesmo tendo dormido tanto, ainda me sinto cansada. Não quero me mexer, quero só ficar quietinha na cama. As dobras da calça jeans me incomodam, minhas pernas devem estar todas marcadas, mas não tenho forças nem para tirar a calça.

Quando a vontade de ir ao banheiro chega, tento primeiro ignorar, depois segurar, até que não tenho outra escolha. Faço um esforço enorme para me levantar e vou cambaleando até o banheiro. Faço xixi, tomo água da torneira, jogo minhas roupas em um canto e entro debaixo do chuveiro. Sento dentro do box e fico lá, sentindo a água cair sobre minha cabeça, não faço ideia por quanto tempo. Até que começo a escutar um barulho estranho. Preciso de alguns segundos para entender que alguém está gritando meu nome e esmurrando a porta. Os gritos viram urros, as pancadas na porta ficam ainda mais fortes, puro desespero. É a mamãe, será que ela enlouqueceu?

Desligo o chuveiro e os urros param.

— Ana? Filha? — diz a mamãe com voz aflita.

— Calma, tá tudo bem! — respondo.

Quando abro a porta enrolada em uma toalha, me assusto ao ver que a mamãe está em prantos com o telefone na mão. Ela conta, soluçando, que já tinha mais de meia hora que eu estava com o chuveiro ligado e que ela já nem sabia mais há quanto tempo estava batendo na porta e me chamando. Ela sabe que eu tomo banhos demorados, especialmente quando lavo os cabelos, mas, quando não respondi aos seus chamados, entrou em pânico. Quando desliguei o chuveiro, ela estava ligando para o zelador para tentaram arrombar a porta.

Não escutei seus gritos nem os murros na porta, e era difícil acreditar que tinha ficado todo esse tempo debaixo do chuveiro. Para mim, não tinha passado mais do que poucos minutos. É também muito estranho ver a mamãe nesse estado, com as emoções à flor da pele. Estava rouca de tanto urrar, as juntas dos dedos, vermelhas de tanto esmurrar, a mão tremia segurando o telefone, as lágrimas desciam descontroladas, mesmo depois de me ver.

Mamãe era uma mulher forte que dava conta de tudo sozinha, que conseguia tudo que queria. Ela sabia controlar as emoções, escondê-las, se preciso. Era só mesmo nas discussões com a vovó que ela se exaltava. A vovó era a única que a fazia perder os estribos, e a mamãe era a única que fazia a vovó aumentar o volume da voz.

E agora, vejo mamãe assim, soluçando e incapaz de parar as lágrimas. Ela me abraça forte e vamos abraçadas até o quarto. Enquanto coloco uma roupa, ela se acalma. Me pede desculpas pelo escândalo e diz que ficou com muito medo de que algo ruim tivesse acontecido comigo.

— Não vou me suicidar, pode ficar tranquila.

— Não é isso. Nunca fui de ficar imaginando tragédias. Mas fiquei com medo de você ter desmaiado, caído e batido a cabeça, sei lá.

Ela fica olhando para mim um bom tempo, respira fundo e volta a ser a Isabel de sempre, com olhar decidido, quase duro, e postura firme de quem sempre segue em frente, apesar do rosto inchado e ainda vermelho.

— Vamos superar isso tudo, filha, e a vida continua. Preciso de um café!

Ela respira fundo mais uma vez, fica de pé e começa a andar em direção à porta.

— Mãe?

Ela para, fica de frente para mim e espera.

— Você e o Pedro, é... pareceram tão íntimos.

Mamãe olha primeiro para a janela, depois para o assoalho. Fico espantada com a sua reação. Mamãe não é de ficar desviando o olhar.

— Gratidão — diz ela, ainda olhando para baixo. Só então olha para mim. – Ele queria demonstrar sua imensa gratidão pela sua avó e a dor pela perda. E eu aceitei a demonstração de carinho, não tenho nada contra o Pedro e sua família, sempre foram bons trabalhadores.

— Mas então, por que você proibiu o namoro? E por que Carlos foi embora?

— Já disse que não sei! E em relação ao namoro... Ana, não espero que você entenda isso agora, está apaixonada. Mas acredite em mim, essas coisas não dão certo, sei do que estou falando. Vocês vêm de dois mundos diferentes. Não dá, não permito e pronto. Já temos o suficiente para lidar agora, esqueça esse rapaz!

E, com isso, a mamãe sai do quarto e vai fazer o seu café. E eu fico em pé, olhando para a porta aberta.

•••

Os dias passam. Todos iguais. Durmo muito. Só quero dormir. E não converso mais com a mamãe sobre o Carlos ou o Pedro. Não converso mais com a mamãe sobre nada. Ela não voltará atrás em sua decisão de proibir o namoro e nem vai conseguir me convencer de que é a decisão certa. E, de qualquer forma, que diferença faz? O Carlos foi embora, a vovó também, nada mais faz diferença.

Por insistência da Julia, às vezes assistimos a um filme, do qual geralmente não me recordo o nome nem o enredo logo que acaba. Julia já não vem todos os dias. Tem de lidar com o próprio luto e tem outras amigas capazes de fazê-la esquecer da tristeza por algumas horas. Eu só faço tudo ficar ainda mais triste. Mas, mesmo assim, ela vem nos dias em que se sente um pouco melhor, nos dias em que acha que pode me tirar do fundo do poço. O problema é que esse poço parece não ter fundo.

O reinício das aulas se aproxima, o que deixa a Julia um pouco mais animada. A esperança de que a vida possa voltar ao normal, mesmo depois de uma tragédia. Ela pensa no futuro. No ano que vem, terminaremos o ensino médio. Logo estaremos na faculdade. Ela diz que vai fazer Arquitetura. Eu, para ser sincera, não sei de onde ela tirou essa ideia. Nunca gostou de matemática.

Eu penso na Fazenda. Mesmo estando ansiosa, com medo de chegar e não encontrar a vovó nem o Carlos, estou com uma vontade enorme de ir para a Iaguara. Ficar na cozinha com a Luzia fazendo quitanda. Trabalhar na horta. Ver o pôr do sol, sentir o ar limpo, o orvalho cobrindo as plantas ao amanhecer, o frio chegando de mansinho ao entardecer. Os grilos, o barulho de passos sobre o cascalho. Em Belo Horizonte, o ar cheira a pó, as estrelas não brilham, as árvores lutam contra o concreto, o ruído incessante do tráfego emoldura tudo e me sufoca.

Desde o dia da quitanda na Fazenda, não chego perto de uma cozinha. A cozinha da mamãe é impecável, saiu direto de uma revista de decoração, e talvez seja por isso mesmo que eu não goste dela. Mas não é por causa da cozinha. Não é por causa da bancada brilhante de mármore preto, dos armários brancos polidos ou da geladeira, do forno e do fogão em metal. Como posso fazer bolos, rosquinhas e geleias sem a vovó? Porque até nessa cozinha estéril a vovó e eu conseguíamos fazer gostosuras. A vovó e eu.

Já disse para a mamãe que quero ir para a Fazenda, mas ela não quer me deixar ficar lá sozinha. Mamãe deu férias para quase todos os trabalhadores, só o Pedro e a Cida estão na Fazenda. Mas Luzia volta em alguns dias, e já está acertado com a mamãe que passarei o final das férias com ela na Iaguara. Enquanto isso, fico no meu quarto.

Eu e a mamãe quase não nos falamos, mas sei que ela está preocupada comigo. Tem trabalhado em casa, só sai para reuniões que não podem ser canceladas. De vez em quando, vem checar se está tudo bem, mas nem eu e nem ela puxamos conversa. Nem eu e nem ela temos força para discutir.

Um dia, Julia entra no meu quarto e fica lá sentada ao meu lado na cama. E assim, do nada, segura firme meus ombros e começa a me sacudir.

— Chega! Faça alguma coisa! Reaja, Ana, não aguento mais te ver assim!

— Me deixe em paz, não pedi pra você vir!

— Mas eu venho assim mesmo! E não vou deixar você ficar aí parada olhando para a janela!

— E o que você quer que eu faça?

— Pão de queijo.

— O quê?!

— Eu quero comer pão de queijo.

Fico olhando para a Julia, pasma, mas parece que ela está falando sério. Ela se levanta, pega minha mão e começa a me puxar.

— Para com isso! Enlouqueceu?

— Quase. Agora vem logo!

Quando Julia coloca uma coisa na cabeça, não tem como tirar. Ela vai me puxando pelo corredor em direção à cozinha. Não sei de onde ela tirou essa ideia, mas, quando ela fala em pão de queijo, sinto algo no peito. Como uma pomada, uma poção que alivia a dor, assim como quando a vovó passava gel de *Aloe vera* em uma queimadura. Há quanto tempo eu não penso em fazer pão de queijo? A consistência da massa, o cheiro, o sabor. Sinto uma vontade surgindo no peito.

Mas paro de solavanco, enrijeço o corpo. Não posso, não consigo fazer pão de queijo sozinha, sem a vovó. Não quero. Mas Julia continua me puxando, não desiste, me arrasta. Chegamos à cozinha e vejo que estamos sozinhas no apartamento. A empregada já foi embora, mamãe teve que ir ao escritório. Estamos as duas de pé em frente à bancada da cozinha. Amo minha prima e, ao mesmo tempo, quero lhe dar um tapa. Por que ela está fazendo isso comigo?

Julia olha para mim, sente o perigo que está correndo, mas não desiste.

— E aí, por onde começamos?

Ela espera pelas minhas instruções, mas não sei o que falar. Me inclino sobre a bancada e vejo minha sombra no fundo do mármore preto polido. Espero a voz da vovó, suas instruções. Mas a voz não vem. O que escuto é a respiração da Julia, tensa, cheia de expectativa. Depois de um tempo, ela se aventura:

— Precisamos de... polvilho?

Ela abre as portas dos armários até encontrar o que procura.

— Azedo ou doce? Vai farinha de trigo também?

Perco a paciência.

— Farinha de trigo, Julia?!

— Ué, sei lá! Você que é a chefe.

É justamente esse o problema. Não sou chefe de nada. Não consigo fazer nada sem a vovó, ainda mais nessa cozinha! Mais parece que moram robôs em vez de pessoas aqui! Mas respiro fundo e tento ser educada, afinal, Julia só quer ajudar, me distrair um pouco. E se há uma receita que sei de cor, é a de pão de queijo, droga!

Tenho de me esforçar para não começar a chorar e vou listando os ingredientes. Julia vai pegando e colocando tudo sobre a bancada. Ela encontra o ralador e começa a ralar o queijo. Eu meço os outros ingredientes, sovo o polvilho com um pouco de água, escaldo. As mãos tremem enquanto misturo o leite e o óleo fervendo no polvilho. Julia quebra os ovos, um a um, e eu vou mexendo. E aí chega a hora de amassar.

Seguro na borda da vasilha com a mão esquerda, fecho o punho direito e vou para o ataque. A tristeza vira raiva. Estou com tanta raiva! Aperto a mão no canto da vasilha. Com os músculos dos braços contraídos, o punho fechado, afundo a mão com força na massa pesada, que resiste, mas acaba cedendo à minha pressão. Puxo o punho para cima, aperto para baixo de novo, e outra vez, e mais uma vez. Amasso com violência. Paro, respiro fundo, olho para a Julia, imóvel ao meu lado, me observando com espanto.

— Queijo.

Julia pega depressa a vasilha com o queijo ralado, despeja metade e olha para mim, procurando aprovação.

— Aí tá bom.

Amasso mais um pouco, começo a ficar satisfeita com o resultado, está quase.

— Mais um pouco, Julia.

Amasso mais, a pressão no coração vai diminuindo, a tensão nos ombros, derretendo. Testo a consistência. Sim, está bom. Com uma colher, raspo a massa grudada na mão. Olho para a vasilha, a massa brilhante. Sim, vai ficar bom.

Julia permanece em pé ao meu lado, sem dizer uma palavra.

— Pode ligar o forno, Julia — digo, desta vez sorrindo.

Julia dá um suspiro de alívio, liga o forno e vai procurar os tabuleiros.

Com as mãos bem untadas de óleo, vamos enrolando. Julia conta alguns dos fiascos recentes do irmão, receita infalível para umas risadas. Os tabuleiros vão se enchendo com pãezinhos de queijo do mesmo tamanho, colocados à mesma distância um do outro. Julia começa meio desleixada, com bolinhas de tamanhos diferentes colocadas a esmo sobre o tabuleiro. Mas, ao ter de refazer tudo, logo se encaixa no meu sistema. Tenho minhas manias, e, para mexer com bolos, pães e quitandas, é necessário uma precisão matemática. Colocamos um tabuleiro no forno e o restante no *freezer*.

Julia experimenta o primeiro pão de queijo assim que os tiramos do forno. Ela o divide ao meio para que a fumaça saia, sopra um pouco e coloca um pedaço na boca. Mastiga com os olhos fechados e uma expressão de satisfação.

— Oh, Ana, igualzinho ao da vovó!

O lenço de pano

Durmo mal. Assim que os primeiros raios de sol batem na janela, levanto, mas, como tem acontecido todas as manhãs nos últimos tempos, não sei o que fazer, então fico sentada na cama olhando para a janela. Mas desde ontem, depois que a Julia e eu amassamos pão de queijo, algo acontece comigo. Não consigo mais esvaziar minha cabeça. A dor pela perda da vovó, o abandono do Carlos, o desconforto, a raiva; por mais que eu tente me esquecer de tudo, não tem jeito, tudo volta, não tenho mais paz. Sinto que preciso fazer alguma coisa, mas não sei o quê.

Jogada em um canto do quarto, intocada desde que voltei da Fazenda, está a minha mochila. Abro a mochila e encontro o pássaro de madeira e o lenço de pano amassado no fundo, que já não me parece tão perigoso. Coloco o pássaro em cima do criado-mudo, desdobro o lenço e o deixo sobre minha cama. Um símbolo em azul com as letras *S.C.J.* embaixo está bordado no canto inferior à direita. As iniciais *I.V.*, pequenas e discretas, estão bordadas no canto esquerdo. *I.V.* são as iniciais da vovó, Inês Vasconcelos. E esse símbolo, já o vi em algum lugar. Mas onde? Nada me vem à cabeça.

Abro meu *laptop* e começo a pesquisar pelas iniciais *S.C.J.* Empresas de ramos diferentes e desinteressantes aparecem na tela, mas o quarto *link* me diz algo: Colégio

Sagrado Coração de Jesus. É claro. O colégio não fica longe do apartamento, passamos em frente a ele com frequência a caminho de casa. Mas a vovó nunca estudou lá. É uma escola antiga, de tradição. Antigamente, era uma escola-internato para moças. Mas tanto a vovó quanto a irmã receberam educação em casa, com tutores particulares, e a vovó terminou os estudos na França.

Tento lembrar de tudo que a vovó me contou sobre seus tempos de jovem. E então me recordo. Não é somente do portão da escola e dos uniformes dos alunos que eu reconheço esse símbolo. Aquela senhora idosa que a vovó costumava visitar no asilo, a freira! Sim, o hábito dela tem esse símbolo bordado. E também as roupas das pessoas que trabalham lá.

Desde pequena, eu acompanhava a vovó em suas visitas ao asilo que fica no mesmo terreno da escola, mas cuja entrada é pelo outro lado do quarteirão. São as freiras da ordem do Sagrado Coração de Jesus que tomam conta dos idosos. A freira idosa que vovó sempre visitava estava senil. Eu costumava passear ao redor do jardim, entre os canteiros floridos, enquanto a vovó conversava com ela. A freira falava muita coisa estranha. Vovó a visitava todo mês e a ouvia com a maior paciência. Era uma rotina. Nunca cheguei a perguntar por que a vovó visitava justamente ela. Vovó ajudava tantas instituições que cuidavam de idosos e crianças, tanto com dinheiro quanto com trabalho voluntário, que nunca imaginei que houvesse algo de especial nessas visitas.

Clico em todos os *links* que encontro sobre o Sagrado Coração de Jesus. A maior parte traz informações sobre a escola. Leio tudo sobre sua história, seus alunos ilustres, teatros de alunos, e continuo clicando, sem saber direito o que estou procurando. Até que isto aparece na tela:

A história sombria e escondida do Colégio Sagrado Coração de Jesus

Movida pela curiosidade, vou clicando e achando vários artigos de jornal: "Prática secreta"; "Gravidez indesejada"; "Famílias ricas envolvidas negam"; "Bebês entregues para adoção"; "Moças desesperadas"; "À força".

Uma desconfiança terrível me vem à cabeça. Uma desconfiança improvável, surreal, mas que, quanto mais eu penso nela, mais sentido faz. Pego a mochila, jogo o lenço, o pássaro, minha carteira e uma blusa lá dentro e saio às pressas. Tenho de falar com essa freira, e ainda há tempo para as visitas da manhã.

•••

Da calçada em frente ao portão de ferro, avisto a freira, sentada em uma cadeira de rodas ao sol, ao lado de um banco. O jardim é amplo e bem cuidado. A freira está sozinha, de olhos fechados. Sua cabeça descansa sobre uma almofada colocada atrás de sua nuca. É uma cena que vi várias vezes quando era criança. Viro-me, sorrindo, para o lado, levantando o braço para dar a mão à vovó. Quando não a encontro, percebo o lapso. Hoje estou sozinha.

Passo pelo portão e me aproximo da idosa devagar. Ela usa o mesmo hábito cinza-claro e o véu na cabeça. Da mesma forma que eu a tinha visto tantas vezes. O véu esconde quase todo o cabelo, apenas uma mecha cor de prata é visível. O jardim está cheio. Essa é a hora em que os internos saem para tomar o sol da manhã e receber suas visitas no jardim. A maioria das pessoas está sentada em grupos. Mas ela está sozinha. Sempre foi assim.

Ando em direção a uma freira jovem que caminha entre os internos. Digo a ela que tenho um projeto escolar e que gostaria de conversar com alguns idosos. Pergunto se poderia começar com a senhora sentada sozinha. Ela me diz para ficar à vontade, que a maioria deles adora conversar com jovens. Que a senhora é senil, mas costuma ser muito acolhedora.

Sento-me com cuidado no banco ao seu lado. Ela nem nota a minha presença, continua de olhos fechados. As mãos descansam sobre seu colo, o rosto está tranquilo. Olho para ela e espero que abra logo os olhos, mas ela continua quieta.

Resolvo tocá-la, e tenho de admitir que fico com medo de encontrar mãos geladas. Mas suas mãos magras estão quentes, macias. Ela abre os olhos devagar e acho que vai se assustar ao ver alguém desconhecido segurando suas mãos. Mas ela sorri calmamente.

— Que bom que você está aqui!

Fico confusa e pergunto se ela sabe quem sou.

— Mas é claro! Como poderia me esquecer de você, Inês?

Tenho um ímpeto de dizer que não sou Inês, que sou a neta dela, mas consigo me conter. Em vez disso, pergunto como ela está. A tranquilidade some do seu rosto, ela aperta minha mão com força, os braços começam a tremer um pouco, os olhos se enchem de angústia.

— Diga que você me perdoou!

Nunca imaginei que alguém tão idoso, com dedos tão finos, pudesse ter tanta força nas mãos. A cabeça também treme, mas seu olhar intenso, questionador, me segura ainda mais firme do que suas mãos. Seus olhos demandam uma resposta, mas não sei o que responder.

— Achei que estávamos ajudando — diz ela, e finalmente abaixa a cabeça — ...os casais, as moças. Mas aí você chegou.

Acho que ela vai começar a chorar, mas seus olhos perdem a intensidade e ficam distantes. Parece que ela está perdendo o fio da meada, se é que, de fato, aquilo que me conta tem algum fundo de verdade. Ela é senil. De qualquer forma, quero escutar mais, porque parece que ela fala das adoções. Ajudar os casais que não podiam ter filhos e as moças solteiras que tinham engravidado, será possível? Ela está achando que sou a vovó, mas não importa, só quero que ela conte mais.

Chego um pouco mais perto, seguro de leve seu braço com a mão livre, pois a outra ainda está presa entre as suas, e repito:

— Mas aí eu cheguei...?

— Sim! — exclama ela, com novo impulso, e começa a contar.

Ela diz que "eu" era diferente, que "eu" queria ficar com o bebê. A maioria das meninas estava assustada, desesperada, confusa, e elas pareciam aliviadas quando os bebês sumiam. Queriam esquecer aquilo tudo. Assim, poderiam retornar ao mundo lá fora sem manchar a honra da família. Mas "eu" não. A única coisa que "eu" queria era ficar com o "meu" neném.

— No dia que o levamos embora... Oh, meu Deus, tenha piedade! Você berrava, urrava, coitadinha! Você me perdoa? Me perdoa?

A freira está realmente atordoada. Olhando para ela, é fácil ver o seu desespero, mas ainda não consigo digerir a história. Será possível algo tão terrível? Será que a vovó teve uma criança que foi tirada dela? Não, não pode ser. Não consigo nem imaginar que possa ter existido um lugar assim. Que essa velhinha fazia parte desse pesadelo. Ela está delirando, só pode. Mas, pensando bem, muitas peças se encaixam. Peças desse quebra-cabeça que comecei a montar quando abri o baú da vovó. O relacionamento próximo da vovó com o Pretinho; o desaparecimento dele; a repentina viagem para a França; a pulseira de couro cortada; o lenço com as iniciais; as visitas periódicas a esse lugar, para visitar essa freira. Será que a vovó mantinha a esperança de que essa velhinha lhe revelasse o paradeiro da criança?

Sinto uma raiva enorme crescendo dentro de mim. Puxo minha mão com violência. Não suporto a ideia de tocar nessa mulher. Minha querida vovó, quanto sofrimento.

— Filha, me perdoa! Não me deixe morrer com a alma em pedaços!

E quanto sofrimento bem aqui na minha frente. Depois de tantos anos, essa mulher não encontra paz.

Penso no sorriso da vovó, na sua maneira carinhosa de tratar as pessoas. No amor que ela tinha pela vida. Lembro dela abraçada ao vovô, em pé, olhando o pôr do sol pela janela da sala. É uma das poucas lembranças que tenho dele. Todas as outras vêm de fotos ou histórias que escutei. Tento me concentrar nessas lembranças boas. Sim, a vovó era uma mulher feliz, apesar de tudo. Não posso odiar essa freira. Me recordo do respeito e da paciência com que vovó a tratava. Vovó a tinha perdoado.

Pego as mãos dela de novo, olho bem dentro de seus olhos.

— Está tudo bem, você já foi perdoada.

Ela dá um suspiro, beija minha mão, inclina-se para trás, descansando a cabeça contra a almofada, e fecha os olhos. A expressão está tranquila novamente. Ela deixa o passado para trás. Quando abre os olhos, sorri como se nunca tivesse me visto.

— Que bom que vocês, jovens, aparecem de vez em quando. Dia agradável, né?

A freira jovem que toma conta dos idosos começa a levá-los para dentro. Ela se aproxima e diz algo, mas não me sinto bem, estou confusa, não consigo discernir suas palavras. Tudo ao meu redor fica difuso, é como se eu estivesse em um sonho, um lugar fora do tempo, onde coisas acontecem sem que eu possa interferir.

Vejo nitidamente o rosto sorridente da velhinha, mas tudo o mais está nebuloso, sem foco. Ouço as palavras da freira jovem tentando se comunicar comigo, mas não entendo o sentido, não sei o que está dizendo. O sol brilha, sinto seu calor sobre a pele do braço, estou suando. Ela pega delicadamente meu ombro, me virando de frente para ela, fala bem devagar. Com suas mãos, sua voz, seus olhos, ela me obriga a manter o olhar focado, a me concentrar no que está tentando me dizer. Está me perguntando se estou bem, se quero entrar para tomar um cafezinho.

Agradeço, mas digo que tenho de ir. A idosa segura meu braço e me puxa para perto de si. Me dá um abraço e cochicha no meu ouvido:

— Obrigada pela visita!

Os idosos começam a desaparecer e, em pouco tempo, o jardim fica vazio. Do portão, dou mais uma olhada no jardim. O lugar é tão tranquilo e harmonioso, parece um pequeno paraíso.

Saio andando. Em qualquer direção, para qualquer lugar, não sei para onde ir. Tantos carros, tanta gente. Tudo se move tão rápido, todo mundo tem pressa, todo mundo sabe para onde ir, o que fazer. Eu simplesmente ando.

Paro no meio da calçada de uma rua movimentada, olho para os lados, não reconheço nada, não sei onde estou, nada ao meu redor faz sentido, não consigo dar nem mais um passo. Meu Deus, o que será de mim? Vejo pessoas me olhando, com expressão preocupada, sem saber direito o que fazer. Escuto soluços altos, desesperados. Serão meus?

Uma dama para ao meu lado, segura meu braço de leve, acha um pacote de lenços de papel dentro da bolsa e me entrega. Tento agradecer, mas não consigo falar. Ela percebe, passa a mão com carinho nas minhas costas, espera, paciente, até eu me acalmar. Ela me pergunta onde moro, se quero que ela me acompanhe até em casa, se quero que ligue para alguém. Pergunto onde estamos. Ela diz o nome da rua, aponta para a escola de línguas na esquina. Agora, olhando com calma, reconheço alguns pontos de referência. Estou a uns poucos quarteirões do apartamento. Digo isso a ela, agradeço muito e começo a andar na direção oposta, não quero voltar para casa. Pego a Avenida Brasil e subo até a Praça da Liberdade. Sento em um banco de frente para um chafariz e fico olhando para os jatos de água subindo, os pingos descendo.

Acho que nem a mamãe sabe que a vovó teve um filho com o Pretinho. Os urros da vovó quando tiraram o bebê dela não me saem da cabeça.

Levanto e vou em direção à rodoviária. Não aguento mais ficar nessa cidade. Tenho que ir para a Iaguara.

Ana e Isabel

Desço do ônibus em Ibituruna no final da tarde. Tenho de me apressar para conseguir chegar à Fazenda antes do anoitecer. Escuto a correnteza do rio. Ele me acompanha, escondido atrás da densa vegetação. O ar está fresco. Ando a passos largos e rápidos. A estrada de terra é plana. Por ela passava a antiga linha do trem. A tarde está tranquila, uma brisa balança de leve os galhos das árvores esparsas e o capim-gordura.

Avisto a cabana do Preto Velho e tenho um choque. Nessa hora, a gente costuma ver uma fumacinha contínua saindo da sua chaminé. Mas hoje não. A cabana a essa hora sem a fumacinha é como se não fosse a cabana. Falta algo. Olho ao redor e essa paisagem tão familiar fica um pouco estranha, como se eu estivesse em uma realidade paralela, em que tudo se parece com o original, mas falta a essência. Então começo a rir de mim mesma. Esqueci que o Preto Velho está em Lavras com a Luzia. É só isso, Preto Velho não está em casa. Continuo a caminhada, mas não consigo me livrar desse estranhamento.

Paro ao pé da ladeira que sobe até o pátio. O sol já desapareceu do horizonte, deixando para trás apenas um rastro vermelho-alaranjado que começa a ser engolido pela noite. Olho para a carpintaria, para a casa grande lá em cima. Minhas mãos suam frio, a sensação de formigamento na ponta dos dedos está de volta.

Quando chego ao pátio, fico mais calma ao ver o Pedro sair do curral carregando um balde de leite. Seu cavalo na frente da charrete está esperando por ele.

— Ana! Sua mãe tá muito preocupada procurando ocê. Tá tudo bem?

Asseguro a ele que estou bem, só quero ficar sozinha na casa grande. Ele me pergunta se preciso de algo, diz que pode pedir para a Cida fazer a janta. Respondo que só preciso de um pouco de leite. Ele conta que está morando na cabana do Preto Velho, mas, precisando de qualquer coisa, é só ligar.

— Na cabana do Preto Velho? — pergunto, surpresa.

— É, eu e Cida tamo separado.

A notícia não me causa espanto. De acordo com o que Carlos tinha me falado, eles já deveriam ter se separado há muito tempo.

Já Cida, que aparece na janela quando me vê passando, não consegue esconder o susto. Pergunto se está tudo em ordem na casa grande, ela gagueja que sim. É ela quem fica com a responsabilidade da limpeza da casa quando Luzia está de folga.

Passo ao lado do jacarandá e faço a volta na casa grande. Tenho que entrar pelos fundos porque só carrego comigo a chave da cozinha. Já anoiteceu, ando praticamente no escuro, mas, ao chegar aos fundos da casa, vejo que a luz do alpendre está acesa. Encontro as flores dos vasos ao lado da entrada murchas, o chão coberto de folhas secas. Está na cara que a Cida não veio aqui nem uma vez. Fico revoltada ao ver a entrada nesse estado. Abandonada. Antes mesmo de abrir a porta da cozinha, deixo minha mochila e o vasilhame de leite na mureta, pego o regador e águo as flores. Levanto o capacho, me afasto da entrada e dou umas boas sacudidelas nele para tirar a poeira, varro o alpendre.

Destranco a porta, abro, mas não entro, fico parada na soleira. Lá dentro, tudo escuro, só um facho da luz do alpendre deixa à vista os contornos do fogão a lenha e da bancada. Mas não consigo entrar.

Fico imóvel na soleira da porta por um instante. Até que tomo coragem, respiro fundo, levanto o braço direito e bato a mão no interruptor, que acho na primeira tentativa. Tudo fica iluminado. Mas não dou conta. Apago a luz de novo e me sento no piso da cozinha com as costas apoiadas na parede ao lado da porta, aos prantos.

Depois de um tempo, as lágrimas param de cair, os soluços silenciam. Dobro as pernas, deixando as coxas bem junto ao peito, coloco os braços ao redor e apoio a testa nos joelhos. Não sei quando tempo fico assim. Até que o ar frio entrando pela porta e o gelo dos ladrilhos subindo pelas pernas e chegando à base da coluna me despertam desse estado inanimado.

Está muito frio. Percebo que estou faminta. Não posso mais ficar sentada aqui. Levanto e acendo a luz, mas tento não olhar demais para os detalhes da casa. Em vez disso, faço um grande esforço para me concentrar nas tarefas a fazer. Coloco o leite na geladeira e lá encontro manteiga, queijo, geleia e ovos. Busco lenha no depósito ao lado da casa e acendo o fogão. Volto ao depósito e pego mais lenha para a lareira da sala.

Vou passando pelos cômodos e acendendo as luzes. Deixo a lenha perto da lareira e coloco a mochila no quarto. De volta à cozinha, acho farinha, fermento, óleo, sementes de girassol, de linhaça e de gergelim. Preparo uma massa de pão simples e coloco para crescer perto do fogão.

Pego uma lanterna na despensa e vou até a horta. Mesmo no escuro, não tenho dificuldade para encontrar a parte das ervas e logo acho o que procuro. Erva-cidreira. Tomo a infusão enrolada em uma manta, sentada no chão sobre almofadas em frente à lareira. Depois, checo se a água da serpentina já está quente e vou tomar um banho.

A água quente massageia minhas costas. Fico pensando que a qualquer momento a mamãe vai chegar correndo pela porta da cozinha. O Pedro com certeza ligou avisando que estou aqui. Não acho ruim, espero que ela venha. Gostaria que a mamãe pudesse ver o que se passa dentro de mim, assim com a vovó, porque eu mesma não sei. Só sei que quero ficar aqui na Fazenda Iaguara, cuidando das coisas que a vovó passou a vida construindo. Nada mais tem importância.

De roupão, vou até a cozinha olhar a massa. Cresceu bem. Enrolo os pãezinhos e coloco para crescer de novo. Visto uma roupa bem quentinha que encontro no armário, limpa, passada e delicadamente dobrada. Luzia é tão caprichosa. Seco o cabelo e faço um rabo de cavalo.

Arrumo a mesa de centro da sala para duas pessoas, como eu e a vovó costumávamos fazer de noitinha. Uso as melhores xícaras, os melhores pratos e talheres. Vou até a cozinha e coloco o tabuleiro no forno. Volto para a sala, que já está bem aquecida, e fico olhando para as chamas de novo à espera dos pãezinhos e da mamãe.

Tiro os pãezinhos do forno, faço chocolate quente e levo toda a comida para a sala. Escuto ao longe o motor de um carro e, logo depois, um par de faróis atravessa o pátio. O carro dá a volta pela casa e é estacionado nos fundos. A porta do carro é batida com força. Os sapatos de salto-alto da mamãe, apressados, estalam na tábua corrida. Ela vem correndo ao meu encontro. Me abraça e me beija no rosto todo. Aí se lembra de que, na verdade, está furiosa comigo. Segura firme meus braços, olha dentro dos meus olhos e diz:

— Nunca mais faça uma coisa dessas comigo, Ana, sumir desse jeito!

— Desculpa, devia ter avisado. Eu quero ficar aqui, mãe.

— É, eu sei.

Mamãe olha ao redor e fica impressionada com a mesa, com a lareira acesa, com os pãezinhos fresquinhos. Sentamos no chão sobre as almofadas e a mamãe, que segue uma dieta rígida, se esbanja de pão com geleia e chocolate quente. Ligamos a televisão e ficamos assistindo a uma comédia antiga enquanto comemos. Não falamos nada. Fico olhando para ela. Como é linda. Não sei direito o que sinto por ela. Raiva, admiração, medo. A vida me tirou a vovó, mas foi ela quem me tirou Carlos.

Por que me sinto tão pequena, tão fraca ao seu lado? A situação me incomoda. A televisão ajuda, preenche o espaço, mas o que quero é brigar com ela, culpá-la, xingá-la pela partida do Carlos. Mas fico quieta.

Quando a raiva está a ponto de me sufocar, faço um movimento brusco na tentativa de me levantar. Mamãe é mais rápida; pega minha mão e me obriga a sentar de novo. Ela me abraça e, ao mesmo tempo em que quero me soltar, livrar-me dos seus braços, não tenho força para resistir, me entrego ao seu cheiro, ao seu calor, deito a cabeça em seu colo.

Com as mãos no meu cabelo, ela diz:

— Sinto tanta falta dela. Acho que só você sabe do que estou falando. Filha, preciso de você, não fuja de mim.

Sempre tive pavor das desavenças entre a mamãe e a vovó. Agora percebo que as discussões não eram por desamor.

•••

Acordo com o cheiro de café invadindo o quarto. Pulo da cama. Vovó? Mamãe não sabe passar café no coador de pano. Ainda nem amanheceu. Quando chego à cozinha, a mamãe está de pé, olhando pela janela, segurando com as duas mãos uma xícara esmaltada. Ao seu lado, a garrafa térmica. Não usou o fogão a gás, tinha acendido o fogão a lenha. O coador cheio de borra está jogado na pia.

Percebe minha presença e vira-se. Está com um conjunto de moletom que não vejo há séculos. Os cabelos presos para cima sem nenhum cuidado, sem maquiagem. Tem a aparência cansada, não deve ter dormido muito. Ainda assim está bonita. Cuida-se tão bem que uma noite mal dormida e uma manhã desleixada não lhe tiram completamente o brilho. Olhando para ela, tenho a impressão de que está me esperando para uma conversa, que tirou todas as máscaras, que está aberta para mim. Fico com medo. Não estou pronta para isso, não quero conversar, não quero falar nada.

— Essa coisa deve ser mais velha do que eu. Sua avó não tinha jeito mesmo — diz ela, apontando para o coador de café e tentando sorrir.

— Mas você conseguiu. Até acendeu o fogão.

— Não vou deixar um coador de pano e um sistema de aquecimento de água do século passado ficarem entre mim, meu café e meu banho.

Ela me olha, parece que quer falar mais, mas se cala. Encho minha xícara de café e tomo um gole. Forte, encorpado, igualzinho ao da vovó.

— Ana, tem algo que preciso te contar.

Fico calada, segurando a xícara e olhando para ela, mas ela não sabe muito bem por onde começar. Vejo que é difícil, ela se atropela, começa a falar e para logo em seguida, toma um gole de café, tenta de novo, até que, por fim, desiste de tentar dar voltas e conta logo de uma vez.

— Há muito tempo, eu e o Pedro fomos apaixonados.

Quase caio de costas. Por isso eu realmente não esperava. Como poderia imaginar uma coisa dessas? Eles mal se cumprimentavam. Pensando bem, a maneira como se comportaram no enterro da vovó não deixa dúvidas. Mas um relacionamento entre os dois é algo tão inimaginável que isso nem tinha passado pela minha cabeça. Fico tão estupefata que não consigo dizer nada.

Pedro tinha acabado de voltar do sul do país e mamãe tinha a minha idade quando os dois começaram a se encontrar. Não foi difícil adivinhar que isso aconteceu depois de uma festa de São João na qual a mamãe, sendo a noiva, estava com o vestido branco. Pedro não foi o noivo, mas isso não impediu os dois de se apaixonarem. Quando vovô descobriu, não aprovou o namoro. Queria que ela se concentrasse nos estudos. Além disso, o Pedro era alguns anos mais velho, homem feito, viajado, vivido, com fama de mulherengo, sem estudos e sem ambição de obtê-los. Mamãe então foi mandada para um colégio interno em Lavras para terminar o ensino médio, o que sempre tinha sido o plano. E não se falou mais em Isabel e Pedro. Mas eles continuaram se encontrando.

Ele ia até Lavras para vê-la, encontravam-se escondidos na Fazenda quando ela vinha de férias. Eram cuidadosos, ninguém da família desconfiou. Pedro morava com o Preto Velho na cabana e fazia trabalhos para várias fazendas da região, não tinha emprego fixo. Depois de quase dois anos, resolveram fugir. Pedro queria levá-la para o sul. Mamãe concordou, mas queria terminar o ensino médio primeiro. Ela arrumou um emprego na escola, ajudante de cozinha na cantina nas horas vagas, para juntar dinheiro. Sabia que não poderia contar com a ajuda dos pais se fugisse com o Pedro.

— Mas ele não aguentou me esperar. Engravidou a outra. Aquela dissimulada conseguiu enganar o idiota direitinho.

— Mas, mãe!

— Não tem mas, Ana, é assim.

Vovó e vovô nem imaginaram que depois de tanto tempo eles ainda se encontravam. Quando Cida apareceu grávida e Pedro, sem emprego fixo, a vovó ofereceu a ele um trabalho na Fazenda Iaguara. Pedro não tinha escolha. Ganhou emprego e casa para morar. Se tornou um trabalhador exemplar. Mamãe aparecia na Fazenda raramente, e assim os anos foram passando.

— Sinto muito, mãe.

— Segui em frente, Ana, e você também vai seguir.

Fico pensando um instante e percebo a enorme injustiça que foi feita a mim e ao Carlos.

— Mas você não pode me proibir de namorar o Carlos por causa do que o pai dele fez com você.

— Não, não é isso. Você acha que eu e o Pedro tínhamos alguma chance? Nunca daria certo.

— Disso eu não sei, mas eu e o Carlos merecemos uma.

— Uma chance de quê? Uma relação dessas não tem futuro. Meu pai sabia disso. E agora eu também sei e não vou deixar você cometer o mesmo erro. Quero que você esqueça esse rapaz. Não fui eu que mandei ele embora. Mas, acredite, foi melhor para vocês dois ele ter ido.

Não respondo. Que diferença faz agora se ela proibiu ou não o namoro? Carlos resolveu ir embora e não há nada que eu possa fazer sobre isso.

Coloco os pães que sobraram de ontem no forno para ficarem quentinhos e frito uns ovos enquanto a mamãe lava as louças que deixamos sujas na noite anterior e arruma a mesa. Não sei direito o que pensar, não consigo mais ter raiva dela. E gosto de estar na cozinha ao seu lado. Nunca tinha me sentido tão próxima a ela. Nunca tínhamos cozinhado ou lavado louças juntas. Em Belo Horizonte é a empregada quem faz tudo, e a mamãe nunca ficava na Fazenda.

Mas, ao mesmo tempo, me sinto vazia. O Carlos me trouxe tanta coisa boa. E agora levou tudo embora partindo assim. E nem posso culpar mais a mamãe.

Depois do café da manhã, vamos as duas para a varanda. Cada uma enrolada em uma manta, ficamos olhando o dia amanhecer em silêncio. Nunca vi o pátio tão deserto, a Fazenda tão parada. Olho para a pulseira de couro. Mamãe me olha com um ar melancólico.

— Tudo passa, Ana. A minha pulseira foi parar no lixo, cortada a dentes. Meu Deus, quanto ódio eu senti!

Vemos Pedro chegando de mansinho a cavalo. Ele nos vê na varanda, acena e entra no curral. Conto para a mamãe que ele e a Cida estão separados, que ele está morando com o Preto Velho. Mamãe já sabia. Diz que o Pedro continua trabalhando aqui, mas que colocou seu cargo de caseiro à disposição. Cida vai tentar arrumar um emprego na cidade.

— Você ainda gosta dele?

Mamãe não consegue responder de imediato. Respira fundo, fecha os olhos, descansa a cabeça em uma almofada. É como se buscasse dentro de si, como se voltasse para dentro do seu corpo para achar a resposta nas suas entranhas. Abre os olhos, endireita a cabeça, fica olhando para o curral.

— Não. Mas agora, pela primeira vez, me sinto livre.

Não entendo o que ela quer dizer com isso. Gostaria tanto que ela continuasse falando. Mamãe se abre um pouco, mas preciso de mais, preciso que ela me deixe entrar, que divida as coisas comigo. E é exatamente isso que ela faz. Conta que o ódio, no início, foi o que lhe deu força. Traição é algo que dói muito.

— Mas mesmo com tanta coisa boa acontecendo depois – seu pai, você –, não consegui me livrar dessa raiva, dessa amargura.

Depois de uma longa pausa, ela continua:

— Tinha tanta raiva da minha mãe também...

Não consigo imaginar ninguém tendo raiva da vovó. E, para mim, a vovó tinha sempre razão. Estava sempre certa. Era assim e pronto. E agora escuto minha mãe dizer que tinha raiva dela.

— Mas por quê?

— Ah, filha, o que importa isso tudo agora?

— Não, me conta, mãe, por que você tinha raiva da vovó?

Mamãe nunca perdoou a vovó por ter empregado o Pedro na Fazenda. Vovô tinha sido contra, não gostava do Pedro e ainda não tinha esquecido os namoricos dele com a mamãe. Mas vovó disse que isso era passado, que Isabel era forte, decidida, não se interessava pela Fazenda e teria um futuro brilhante na cidade. Com certeza o Pedro já nem passava mais pela cabeça dela. O rapaz estava em uma situação difícil e merecia uma chance.

Mamãe ouviu aquilo tudo e confirmou com a cabeça, mas, por dentro, uma raiva gigantesca a corroía. Não conseguia conceber a ideia de que uma mãe conhecesse tão mal a própria filha. Fez de tudo para esconder o romance com Pedro dos seus pais, mas agora culpava a vovó por não ter visto tudo, por não ter entendido, por não ter conseguido enxergar a dor que ela sentia.

— Eu achava que sua avó só tinha olhos para a Iaguara, que não se importava comigo.

Sou tomada por uma enorme simpatia pela mamãe. Sei exatamente o que ela sente. A raiva, o desapontamento por ela, minha mãe, não ter nem ideia do que se passa aqui dentro do meu peito. Mamãe carregou essa raiva por tantos anos... Não quero que isso aconteça comigo. Acho um absurdo ela culpar a vovó, mas não é o mesmo que tenho feito com ela? Não converso, não falo, mas, no fundo, exijo que ela me entenda e me suporte.

Vejo o luto em todo o seu corpo, ela está triste. Mas, de certa forma, nunca a tinha visto tão calma e tranquila.

— É disso que você conseguiu se livrar, do ódio, da raiva?

— Redenção! Foi o que senti quando Pedro segurou minha mão daquele jeito. Pude ver claramente o seu amor por mim, o seu arrependimento e a sua imensa gratidão pela minha mãe. Um peso se foi. Não posso ter mais raiva desse homem. E minha mãe... Eu a amo, a admiro, ela sempre foi um exemplo.

Os olhos dela se enchem de lágrimas e ela não consegue mais falar. Choramos juntas. Vou até o banheiro e trago o rolo de papel higiênico inteiro.

— Bem, agora chega — diz ela, se levantando e me puxando. — Papai está nos esperando em BH. O que você acha de tirarmos o dia livre? Podemos ir os três almoçar naquele restaurante gostoso em Moeda.

Fico espantada. Meus pais sempre tiveram um relacionamento amigável depois da separação, mas não a ponto de tirar um dia livre para almoçar em Moeda. Mamãe percebe o espanto.

— Agora que essa amargura toda se foi, quem sabe? Foi minha culpa, Ana. Quando penso bem, seu pai sempre esteve lá por mim.

Pretinho e Pedro

As férias acabaram. Mesmo ocupada, com aulas praticamente o dia inteiro, sinto um vazio enorme, uma falta, uma ausência, um buraco, que tento ignorar o melhor que posso. E insisto em ir para a Fazenda quase todo final de semana. Sei que a mamãe não gosta, mas não se opõe quando pego o ônibus na sexta-feira.

No início, eu tinha a esperança de que o sumiço do Carlos seria temporário. Toda sexta-feira durante a viagem, ficava sonhando que ele voltaria e lutaria por mim, que tinha um plano para me "raptar", para fugirmos. Mas agora sei que ele me abandonou como o Pretinho abandonou a vovó e o Pedro, minha mãe. Luzia me contou que ele deu sinal de vida, ligou para o irmão para ter notícias do Preto Velho, ficou muito abalado ao saber da vovó, mas não disse onde está nem deixou telefone de contato. Carlos não quer voltar para a Iaguara e nem ficar comigo, e tenho que aprender a viver com isso, mas ainda não sei como. Olhar para a pulseira de couro é cada vez mais dolorido. Percebo que esperar por um milagre, por algo que não depende de mim, que está inteiramente nas mãos de outra pessoa, não tem sentido. E mesmo não querendo, não consigo evitar que um desânimo comece a tomar conta de mim.

Em um sábado de manhã cedinho, Luzia me encontra sentada na varanda com uma tesoura na mão. A pulseira de couro partida ao meio está caída aos meus pés. A foto da vovó e do Pretinho está sobre a mesa à minha frente. Achei que fosse sentir alívio ao cortar a pulseira, ao me livrar de qualquer esperança. Mas não, nada muda.

— Somos três gerações de mulheres abandonadas — digo quando percebo que Luzia está parada na soleira da porta me observando.

— Abandonadas não, amadas — diz Luzia.

— Amadas? Que diferença faz? Eles nos deixaram assim mesmo. Me desculpe, Luzia, mas, tirando o Preto Velho, os homens da sua família não prestam.

Luzia senta ao meu lado e pega a foto da vovó e do Pretinho. Com lágrimas nos olhos, ela diz:

— Ele nun abandonô a Sinhá.

— Como assim, você sabe o que aconteceu?

— Eu tava lá. A vó me fez prometê que nunca ia contá pra ninguém. Mas agora, com a Sinhá morta, acho que cê tem que sabê.

•••

Na época, Luzia tinha uns cinco anos e estava passando uma temporada na Fazenda junto com a Dora e o Preto Velho, seus avós. Desse fim de tarde, o que ela mais lembrava era a tensão no ar, como se a qualquer momento uma tromba d'água fosse desabar sobre a casa grande, mesmo o céu estando límpido, sem uma única nuvem. Dora estava apreensiva, andava de um lado para o outro na cozinha enquanto esperava um bule de água ferver. Preparou chá de camomila e saiu às pressas com a bandeja nas mãos.

Luzia escutou um grito, a bisavó pedindo a ajuda de Nossa Senhora, e, logo depois, a voz grave do bisavô Antônio exaltada, misturando-se aos prantos da bisa. Dora voltou à cozinha, ainda com a bandeja com o bule de chá e as xícaras intocadas nas mãos. Estava apavorada. Colocou a bandeja sobre a bancada e ficou parada por um instante, com a mão direita apertando o peito, a boca entreaberta. Luzia ficou tão assustada que nem teve coragem de perguntar o que estava acontecendo.

Dora chamou a menina para junto de si e lhe deu instruções. Pediu que Luzia corresse para o curral e avisasse o Pretinho que tinham descoberto e que ele tinha que fugir. Sem entender nada, a menina percebeu a gravidade da situação e fez o que a avó mandou, correu o mais rápido que pôde com estas duas palavras na cabeça: descobriram; fuja.

Encontrou o Pretinho terminando de arrumar o curral após a ordenha. A noite caía rápido, já estava ficando escuro. Ao ver a menina entrar, o tio abriu um largo sorriso, que logo se transformou em uma expressão de desespero, pois Luzia, assim que o avistou no fundo do curral, já foi logo gritando: "Descobriram, fuja, fuja!". Pretinho deu um beijo na testa dela, pegou uma trouxa que levava escondida atrás de um monte de feno, buscou seu cavalo no estábulo, um pangaré que tinha comprado a muito custo e que o bisavô Antônio tinha deixado que ele guardasse no estábulo a contragosto, jogou a sela por cima e sumiu, puxando o cavalo por uma trilha atrás do curral.

Quando Luzia voltou à casa grande, Dora choramingava em um canto da cozinha. O caseiro, homem de confiança do bisavô Antônio, estava saindo da casa às pressas. Ele arreou um cavalo e pegou a estrada de Ibituruna em disparada. O Preto Velho não estava na Fazenda, tinha viajado para comprar couro.

Luzia não se lembra de mais nada desse dia, nem mesmo se viu ou não a vovó. Assim que o Preto Velho voltou de viagem, ele e a Dora se mudaram da Fazenda, e o Pretinho nunca mais foi visto. Luzia só voltou à Iaguara já adulta para trabalhar na casa grande junto da vovó depois da morte do bisavô Antônio. Mas do que ela se lembrava muito bem era do sentimento de culpa. Tinha somente cinco anos quando tudo aconteceu, não sabia quem tinha descoberto o que e nem por que seu tio teve de fugir. Mas, com o desaparecimento do tio e a tristeza imensa do Preto Velho e da Dora, a pequena Luzia passou a achar que fora sua culpa, que por causa dela o Pretinho tinha sumido, que ela tinha dado a mensagem errada.

Essa culpa a perseguiu durante muitos anos, e só conseguiu se livrar dela quando a Dora, já muito doente, um pouco antes de morrer, resolveu contar à Luzia o que tinha acontecido naquela noite. Apesar de ter prometido ao Preto Velho nunca contar a ninguém, pois isso comprometeria a honra da vovó e só causaria mais ódio, Dora não queria que a atrocidade causada ao seu filho ficasse esquecida quando ela morresse. Ela sabia que o Preto Velho nunca diria uma palavra a ninguém, então resolveu contar tudo à Luzia.

Dora amava a vovó e a conhecia melhor do que ninguém. Antes mesmo de a própria vovó perceber, Dora já tinha visto os primeiros sinais da gravidez em seu corpo. E Dora não tinha dúvidas, o pai só podia ser o Pretinho. Ela não conversou com a vovó nem com seu filho sobre sua descoberta, mas passou a observá-los com atenção, e ficou desconfiada de que preparavam uma fuga. O filho viajara sem dar explicações e, quando voltou, anunciou que tinha arrumado um emprego no Espírito Santo e que partiria em breve. Dora encontrou no quarto da vovó uma discreta mala onde ela tinha guardado todas as suas joias e umas poucas mudas de roupa. Dora não pôde fazer nada a não ser esconder um pedaço de rapadura, de goiabada e de carne seca entre as roupas da vovó e rezar pela sorte dos amantes.

Suas rezas não foram atendidas. A bisavó descobriu a gravidez e a tragédia se precipitou. Dora escutou a conversa entre bisavô Antônio e o caseiro. Bisavô Antônio ordenou ao empregado que procurasse um capataz para acabar com a vida do Pretinho. Vovó foi levada embora no dia seguinte. A honra da família foi salva, Pretinho provavelmente morreu e a vovó teve que passar o resto da vida com uma ferida aberta.

Ninguém sabe o que se passou com a vovó na época, suas esperanças, suas amarguras. Talvez tenha pensado que o Pretinho a tinha abandonado, talvez tenha tido a esperança de que ele iria encontrar ela e o bebê em Belo Horizonte. Talvez tenha desejado, depois de seu retorno da Franca, que ele a tivesse esperado e fosse buscá-la. Muitas vezes Dora teve vontade de contar tudo a ela, mas o Preto Velho a convenceu do contrário. Contar que seu grande amor, o pai do seu filho, tinha sido assassinado a mando do seu próprio pai? Isso não traria o Pretinho de volta e só criaria mais uma ferida profunda e sem cura no seu coração.

Já com o Pedro foi diferente. De acordo com Luzia, seu irmão mais novo era mesmo um mulherengo e um jovem descabeçado que adorava beber e jogar. Vovô tinha toda a razão de não gostar dele e proibir o namoro. Mas Pedro sempre amou Isabel. Quando percebeu que seus sentimentos por ela eram recíprocos e que Isabel estava disposta a passar a vida junto a ele, endireitou e não tinha olhos para outra mulher. Luzia fez tudo o que pôde para ajudar o casal, contou muitas mentiras e encobertou muitos encontros. Pedro estava mesmo decidido a fugir com Isabel e ser fiel a ela. Mas Cida conseguiu destruir os planos dos dois.

Ela era apaixonada por Pedro desde a adolescência, quando eles tiveram um namorico passageiro. Apesar de Pedro e Isabel terem conseguido esconder o relacionamento da família, muitos na vila e nas redondezas sabiam, ou pelo menos desconfiavam. Pedro não aparecia mais nos bares nem nos bordeis, e só tinha tempo para o trabalho. Cida estava disposta a fazer qualquer coisa para acabar com o namoro e tinha planejado tudo minuciosamente. Paciente, esperou e percebeu que sua grande chance seria durante a comemoração de Ano Novo.

Isabel tinha viajado com os pais, a casa grande estava vazia. Com Isabel longe, a chance de Pedro ir a Ibituruna participar das comemorações era grande. Ele tinha mudado sim, mas não passaria o Ano Novo sozinho na cabana dos avós, já que até o Preto Velho e a Dora iriam para a vila. Cida foi ajudada pelos irmãos, que não deixavam o copo de Pedro ficar vazio e, assim, conseguiram embriagá-lo. O caminho de lá até uma cama perfumada foi curto. Cida era uma bela mulher.

Luzia lembrava bem da angústia do irmão ao contar que, no dia primeiro de janeiro, tinha acordado explodindo de dor de cabeça ao lado do corpo nu de Cida. Ele estava desolado, mas disse que a Cida prometeu a ele não dizer uma palavra a ninguém.

— Coitado! — comentou Luzia.

Três meses depois, Cida foi à cabana do Preto Velho. Ela entrou para conversar com Pedro. Do lado de fora, seu pai e seus quatro irmãos a esperavam. Pedro não teve escolha a não ser casar com ela. Era um homem que arcava com as consequências de seus atos, e não queria perder a vida aos 25 anos.

•••

Escutar as histórias do Pretinho e da vovó e do Pedro e da mamãe é como ler um livro ou assistir a um filme. É difícil acreditar que pessoas tão próximas a mim tiveram que passar por tudo isso. É tão triste, vidas e amores despedaçados por acontecimentos que nenhum deles pôde controlar. Ao repensar os detalhes do que Luzia me contou, fico, primeiramente, triste, e, depois, revoltada. Meu ódio por Cida aumenta ainda mais, e agora tenho ódio também do meu bisavô Antônio. Tenho, correndo nas veias, o sangue de um assassino. Me pergunto qual é o sentido de tudo. Que erro vovó, Pretinho, mamãe e Pedro cometeram para terem que pagar tão caro? Por que não puderam ficar juntos?

Sinto muita falta da vovó e do Carlos. Tenho raiva de Deus, da vida, dos céus, ou sei lá de quem, por ter nos tirado a vovó tão cedo. Não sei o que fazer com a decepção por Carlos ter me abandonado. Saber agora o que realmente aconteceu com a mamãe e com a vovó acaba comigo de vez. Sou consumida por um cansaço extremo e, quando volto para Belo Horizonte no domingo de tarde, caio de cama.

A febre é tão alta que tenho delírios. Vejo Carlos ao meu lado, secando minha testa e minha nuca encharcadas de suor, me dando sopa. Sinto sua mão segurando a minha, me dando banho, me fazendo carinho. Contraí pneumonia e fico nesse estado delirante por quase uma semana. Mamãe e papai me dão toda a atenção do mundo. E, quando o antibiótico finalmente vence a infecção e a febre cede, percebo, pelo carinho que demonstram um ao outro, que estão juntos de novo.

Minhas forças voltam devagar e começo a ver as coisas com mais clareza. Converso muito com a mamãe e ela me conta que papai sabia do Pedro, que ela nunca escondeu nada dele. Também descubro que a mamãe não sabe que a vovó teve um filho com o Pretinho, mas tem conhecimento da grande amizade e do amor entre os dois, do início de romance interrompido pelos meus bisavós e que a vovó foi mandada para a França para ser afastada dele.

Quando criança, a mamãe também achou a fotografia dos dois, bem escondida no armário da vovó. Na época, vovó falou que ele era seu melhor amigo. Só quando mamãe era adolescente foi que conversaram mais abertamente e vovó contou do namoro, do sumiço do Pretinho e sua provável morte, já que nunca mais entrou em contato nem com ela nem com os pais. Mamãe se lembra bem que ficava imaginando o Pretinho voltando ao pôr do sol em cima do seu cavalo, não um pangaré, mas um belo Mangalarga Marchador, para buscar a vovó. Aí aparecia o vovô na varanda e a vovó era colocada diante de uma escolha impossível. Uma bela cena de novela.

A vida real já tinha sido dramática o suficiente, mas pelo menos a vovó foi poupada dessa escolha cruel. A foto do Pretinho tinha sido colocada no porta-retratos só depois da morte do vovô.

Decido não contar o resto da história para a mamãe. Concordo com o Preto Velho. O mal já estava feito, não tem como consertar. Causar mais ódio na família não levaria a nada. O melhor é eu tentar me livrar do ódio e desse vazio que tenho no peito.

Nos momentos que fico sozinha, tento olhar para dentro desse buraco que carrego. Não quero deixar que ele me consuma como um buraco negro consome o espaço. Lá dentro tem a saudade da vovó. Sem ela, fico sem rumo. Mas não é só isso. Vovó e Pretinho e mamãe e Pedro tiveram uma longa história juntos. A mim e ao Carlos foi negado até isso. Sinto falta do que não vivi, do que talvez nunca viva. E ainda não tenho a menor ideia de como lidar com isso. Mas, depois de duas semanas de cama e curada da pneumonia, tento seguir o conselho da Julia e pensar de uma forma um pouco mais positiva.

Mamãe ainda está muito abalada pela perda da vovó, mas vejo que está mais tranquila, que gosta de ficar comigo e de conversar, que fica feliz quando o papai está por perto. Tem vários planos para suas clínicas, inclusive expandir a rede para o interior. Acho que finalmente conseguiu deixar o passado no passado.

Conto para a Julia a história do vestido branco e dos romances impossíveis, mas a ela também omito a parte do bebê e do provável assassinato do Pretinho. Mesmo assim, ela fica muito impressionada e admite que isso tudo é muito especial. Pergunto se ela acredita que fomos vítimas de uma maldição, que o sangue da Dora no vestido branco sem querer uniu nossos destinos aos de seus descendentes e nos condenou a uma vida de amores impossíveis. Julia não acredita nisso, acha que foi coincidência termos nos apaixonado por três gerações de homens da mesma família. E me lembra que nem a vovó, nem a mamãe foram condenadas a uma vida de amores impossíveis. As duas encontraram a felicidade com outros homens, e o mesmo aconteceria comigo.

Fico pensando nisso e acho que a Julia tem razão. Nunca, em nenhum dos inúmeros momentos que passamos juntas, vi na vovó algum sinal de amargura. Agora que sei um pouco mais da sua história, fico imaginando como ela conseguiu ser uma pessoa tão boa e feliz. Vovó não estava fingindo, tampouco tentando esconder o sofrimento por trás de uma máscara sorridente. Não. Ela estava realmente de bem com a vida. Como é possível? Qual é o segredo?

Quero me sentir assim também, me livrar dessa tristeza toda, desse peso, dessa saudade do que se foi e do que nunca teve a chance de ser. Então, na segunda-feira, acordo cedo e vou para a escola. Me encontro com a Julia e começo até a sair junto com a turma dela, mas ainda passo na Iaguara a maior parte dos finais de semana. Vou sempre com o tio Toni e não desgrudo dele quando está lá. Decidi aprender tudo sobre a administração da Fazenda. Vou continuar o trabalho da vovó.

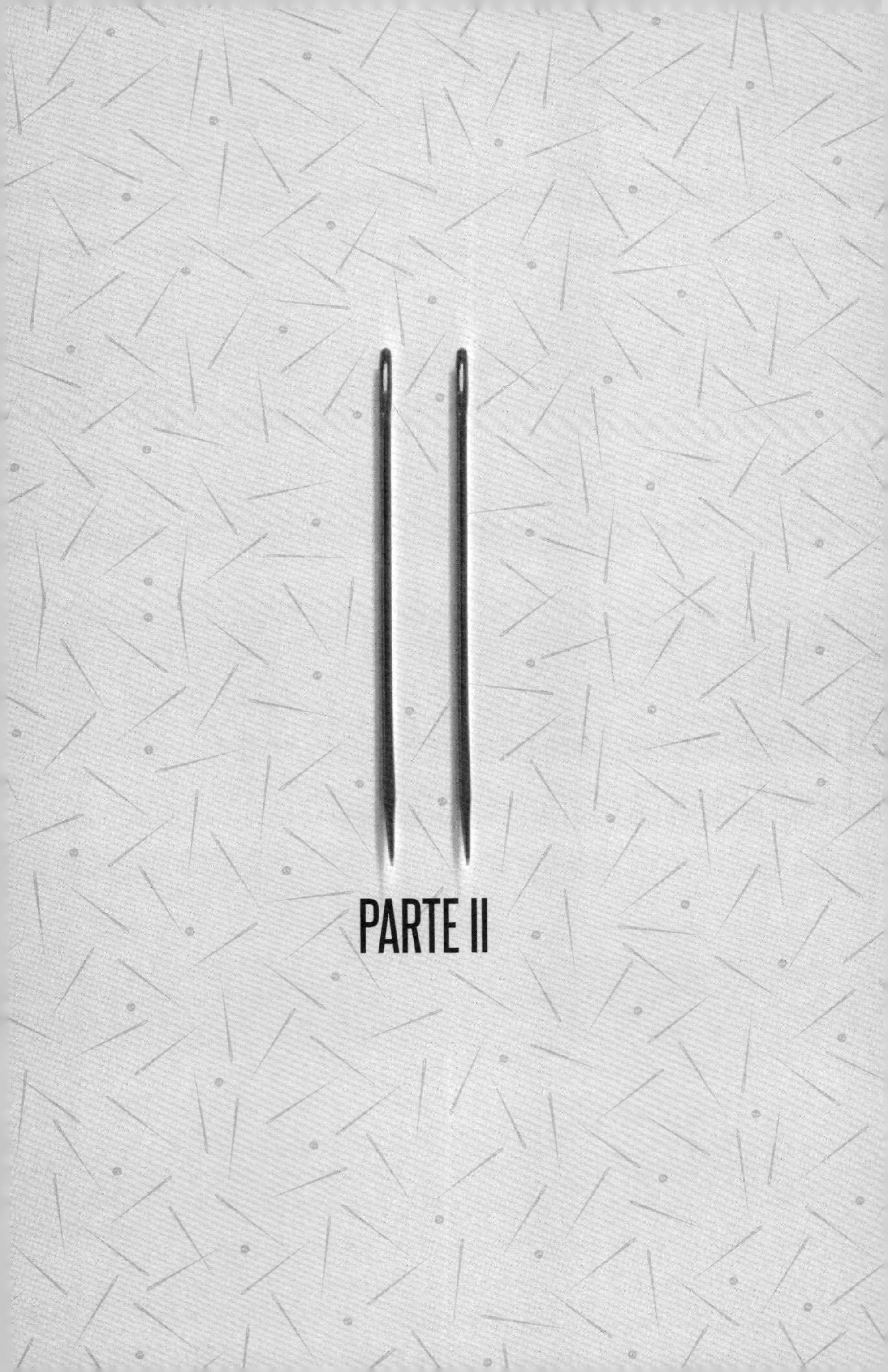

PARTE II

A fazendeira quitandeira

Passo a semana toda seguindo minha rotina e dizendo sim para as oportunidades que aparecem, como um convite para o cinema ou um passeio pelo parque. Tenho momentos bons, não vou negar, mas fico mesmo esperando pelo final de semana para poder ir para a Fazenda. Nunca perco a ilusão de que, chegando lá, me sentirei melhor. Mas, assim que o carro cruza a ponte sobre o Rio das Mortes, percebo que o vazio e a falta não vão me largar. Ainda não.

Trabalhar na horta ou enrolar rosquinhas sempre ajuda. Acabo entrando em um transe. Mas estar na Fazenda já não me dá mais aquela sensação boa de antes. Não sei se gosto ou não de estar rodeada pelas coisas da vovó. Às vezes, encontro consolo, outras vezes, desencantamento. A casa, os móveis, as fotos, às vezes é demais, não consigo, saio correndo.

Fico assustada quando tenho aquela sensação de estranhamento, a mesma que senti quando avistei a cabana do Preto Velho sem a fumacinha saindo da chaminé. A cabana era a mesma, a paisagem, tudo, mas a falta da fumacinha... Tenho essa sensação às vezes andando pela casa, ou até mesmo a observando de longe. E isso me faz mal, me deixa angustiada.

A cozinha é o único lugar onde me sinto bem. É triste fazer quitanda sem a vovó, mas a cozinha é um pouco minha também, tem rastros meus, deixei minhas marcas junto com as da vovó. Já o resto da casa é a vovó. É a vovó sem a vovó.

Geralmente vou para a Fazenda na sexta logo depois da aula. Vou com o tio Toni, e, quando ele não vai, mamãe me leva ou pego o ônibus. Chego a tempo de fazer uma ronda e checar se o trabalho planejado foi feito. De tardezinha, sento com o Pedro e o novo caseiro para discutir como foi a semana e o que deve ser feito na semana seguinte. Para tomar as decisões importantes, como qual lavoura plantaremos e quando, qual é a hora de começar a colheita, essas coisas, tio Toni está sempre presente. Mamãe assumiu a contabilidade e passa alguns finais de semana lá comigo.

Gosto do novo caseiro, filho do caseiro da tia-avó, e da sua jovem esposa. Com a ajuda do Pedro e da Luzia, logo se inteiraram de suas responsabilidades e de todo o trabalho a ser feito. Como nunca conviveram com a vovó, trouxeram força nova e pouco a pouco foram tirando os outros trabalhadores e a Fazenda do luto que tinha se instalado sobre tudo, cobrindo cada pedacinho da Iaguara com uma membrana cinza e sufocante. Devagar, as vacas voltaram a mugir e a produzir leite, as galinhas, a cacarejar e a botar ovos, as flores do jardim, a exalar seu perfume agradável, os trabalhadores, a rir e conduzir seus afazeres assobiando.

Nos dias em que o tio Toni está na Fazenda, fico o tempo todo atrás dele. Por mais que acompanhasse um pouco o trabalho da vovó, eu não tinha ideia do que realmente significa cuidar de uma fazenda do tamanho da Iaguara. E vovó gostava tanto de sair a cavalo e dar ordens aos trabalhadores quanto de ficar uma tarde inteira na cozinha fazendo rosquinha de nata. Ela amava tudo.

Não é assim comigo, mas tenho certeza que é apenas uma questão de tempo. Quando estou no meio da coisa, andando pelas lavouras com o Pedro, o caseiro e o tio Toni, até que não penso muito. Quando o tio Toni não está lá é um pouco pior, mas Pedro me dá segurança, me mostra com carinho o quanto, na realidade, eu já sei e me dá orientações precisas sobre o que eu não sei, então também consigo fazer o que tem de ser feito. Mas tenho de admitir que já chego à Fazenda rezando para que todo mundo tenha feito seu trabalho direito, para que tenha chovido quando as plantas precisavam de chuva, para que as pragas tenham ficado longe de nossas plantações.

Pedro vai nos deixar em breve, e isso me assusta. O seu Sebastião, da fazenda vizinha, vai investir no seu rebanho e, assim que ouviu a notícia de que Pedro não era mais nosso caseiro, ofereceu o trabalho a ele. Nós, ao contrário, vamos reduzir o nosso rebanho de vacas leiteiras, e o que o Pedro realmente gosta de fazer é trabalhar com as vacas. Quero liberá-lo da Iaguara logo. Ele faz o que pode para esconder, mas vejo como é dolorido para ele ver a mamãe com tanta frequência. Ele merece ter a chance de começar uma nova vida, agora um homem divorciado e livre, com os filhos já criados. Mas tenho medo do dia em que chegarei à Fazenda e terei de fazer a ronda sem ele.

Meu amor pela Iaguara não mudou, mas percebo que não tenho interesse pelas grandes plantações, pelas cotações do mercado, se está na hora de comprar um novo garanhão, ou se deveríamos diminuir o rebanho e produzir leite somente para o consumo da Fazenda. Isso sem mencionar uma praga que anda ameaçando cafezais inteiros no sul do estado. O que gosto mesmo é do sábado à tarde, depois que o planejamento para a semana seguinte já está pronto e todas as decisões já foram tomadas. Aí sei que terei o resto do sábado e o domingo para me dedicar às minhas geleias e rosquinhas.

Mas, ao mesmo tempo, sei que, se eu não der conta disso, se não começar a assumir mais responsabilidades e realmente ajudar o tio Toni para ele não precisar vir aqui com tanta frequência, vamos ter que acabar vendendo tudo. A Julia me contou que o tio Toni anda muito cansado, irritado, mal tem tempo de descansar ou de ficar com a família. E, apesar da dedicação dele, do meu empenho e dos nossos bons trabalhadores, somente três meses após a morte da vovó, já é possível notar alguns sinais de decadência. Uma cerca quebrada que já deveria ter sido consertada. Atraso na colheita das laranjas e na descoberta de uma doença que está atacando as goiabeiras. O telhado do curral, que deveria ter sido trocado há meses e que todo mundo esqueceu. Agora, com a chegada da época chuvosa, teremos problemas.

Nos últimos tempos, a vovó tinha passado para o tio Toni a responsabilidade pela economia e contabilidade, mas, de todo o resto, era ela que tomava conta. E eu não sabia que esse "resto" era tanta coisa. Descobri que ela fazia rondas quase diárias pela Fazenda e dava instruções detalhadas. Acho que não é exagero dizer que notaria a falta de uma vaca do rebanho ou até mesmo de um pé de café.

Mamãe gostaria que eu deixasse todas essas preocupações de lado e só viesse para a Fazenda junto com ela, uma vez por mês. E, mesmo assim, só para descansar e fazer minhas quitandas. Ela reconhece que tenho mesmo jeito para a cozinha e que deveria pensar em seguir uma carreira na área da culinária, quem sabe estudar Gastronomia. Tenta me convencer que estou perdendo uma fase tão boa da vida enfurnada na Iaguara, tentando resolver problemas que não são meus. Por mais que nosso relacionamento tenha melhorado muito, que conversemos bastante, ela ainda não consegue entender que a Fazenda é tudo para mim.

Um dia, depois de me encontrar cochilando no sofá em uma segunda-feira à tarde e de ver o quanto estou exausta, ela fala que talvez esteja na hora de começarmos a pensar na possibilidade de vender a propriedade, pois não sabe por quanto tempo poderemos continuar assim. Faço um escândalo, e ela também começa a gritar:

— Já pensou no quanto isso tudo é difícil para o seu tio, manter essa fazenda?

— "Essa" fazenda? Estamos falando da Iaguara! — replico, revoltada.

— A Iaguara foi um projeto de vida da sua avó, não seu! E nem meu, e nem do Toni!

— Como você pode falar assim? Está falando da vida da vovó e da minha!

Mamãe dá um suspiro profundo, fecha os olhos e, quando os abre de novo, olha para mim com um sorriso terno.

— Estamos discutindo como eu e a sua avó. Isso não leva a nada. Vamos dar mais um tempo.

E, com isso, ela vai para a cozinha tomar um café.

•••

No sábado seguinte, vamos todos – eu, a mamãe e o tio Toni – para a Iaguara. Ela vai direto para o escritório fazer a contabilidade e eu e o tio Toni fazemos a ronda e a reunião com o caseiro e o Pedro, como de costume. Com o trabalho feito, sentamos os três na varanda para tomar o café da tarde; Luzia tinha feito uma deliciosa broa de fubá cremosa.

— Olha quem tá chegando aí — diz o tio Toni.

Um homem a cavalo chega ao pátio e se aproxima sem pressa do jacarandá. Veste um chapéu grande, calça jeans e esporas, mas se vê logo que não é um vaqueiro ou um trabalhador. É um fazendeiro de posses, como as pessoas da roça se referem aos grandes proprietários. Isso é fácil de perceber olhando para seu cavalo, seu chapéu, suas botas e sua sela, que logo reconheço como uma das selas do Preto Velho. Ele desce do cavalo, o amarra debaixo do jacarandá, e é só então que eu vejo quem é.

Trata-se do primo Zé Henrique, filho mais velho da tia-avó. Um homem para quem não há tempo ruim ou problema sem solução, como a vovó dizia. Gosto muito dele. Dos seus cabelos já grisalhos, mas ainda com tons de ruivo, da barriga proeminente, do seu bigode grosso, da sua risada contagiante. De todos os sobrinhos da vovó, ele é o mais próximo. Enquanto os outros se mudaram para a cidade e levam uma vida urbana, ele voltou para o Vale do Rio das Mortes depois de estudar Agronomia e é o único que virou fazendeiro. Tem uma fazenda nos arredores, e me lembro que a vovó sempre gostava de pedir sua opinião quando tinha que tomar uma decisão importante ou resolver um problema difícil. Ele ajudou muito a vovó depois da morte do vovô.

Mamãe e tio Toni levantam, sorridentes, para cumprimentá-lo, e eu vou logo buscar uma xícara e um prato para o visitante ilustre. Depois do café, ele vai ter com o tio Toni e a mamãe no escritório enquanto eu ajudo a Luzia a preparar o jantar. Adorei conversar com o primo Zé Henrique, ele realmente tem o dom de deixar todos ao seu redor de bom humor. Mas, ao mesmo tempo, fico inquieta, pensando do que realmente essa sua visita inesperada se trata.

Assim que termina a pequena reunião familiar e o primo Zé Henrique se despede, o tio Toni volta para Belo Horizonte e a mamãe me pergunta se quero dar um passeio, a tarde está tão bonita. Adoro dar passeios ao entardecer, mas o convite da mamãe só faz aumentar mais minha ansiedade. Ela nunca passeia ao entardecer, e tem até que pegar um dos meus tênis emprestados. Está sempre em forma graças à ginástica na academia, sob condições climáticas controladas, nunca ao ar livre.

Quando ela vê que estamos andando em direção ao grande carvalho, começa a sorrir.

— Nossa, há quanto tempo não venho aqui!

Percebo logo que o carvalho é um velho conhecido da mamãe também. Ficamos as duas sentadas em silêncio, as costas encostadas contra o tronco da árvore, olhando a paisagem, sentindo a brisa refrescante. Mamãe tira os tênis, coloca os pés descalços em cima de uma das raízes que atingem a superfície, depois diretamente no solo.

— O primo Zé Henrique veio conversar sobre a Iaguara. Ele e a tia querem ficar com a Fazenda.

Não sei por que, mas não fico surpresa. É como se meu coração tivesse percebido isso assim que avistei o primo atravessando o pátio em nossa direção. Mas, mesmo assim, não consigo me conter, começo a chorar. Mamãe ignora meu choro, certamente já tinha se preparado para a minha reação, e continua a falar:

— A proposta é muito boa, eles não querem que a Iaguara saia da família.

Ela espera um pouco, como que para me deixar absorver tudo devagar, e prossegue:

— Ele não está com pressa, não precisamos responder agora, temos tempo para pensar. Foi uma ótima notícia, Ana, saber que estão interessados na Iaguara e que, aconteça o que acontecer, a Fazenda e seus trabalhadores serão bem cuidados.

Não digo nada. Fico olhando para o pasto, as vacas, não consigo conceber a ideia de que a mamãe queira se desfazer disso tudo.

Mamãe calça os tênis e se levanta. Apoia umas das mãos contra o tronco do carvalho.

— Não pense que isso é fácil para mim. Não é. Isso tudo também é parte da minha história. Foi aqui — diz ela, batendo com as mãos no tronco. — Foi aqui, debaixo desta árvore, que eu...

Mas aí ela fica quieta, encarando as raízes. Depois levanta a cabeça e olha para o horizonte.

— Como eu disse, não precisamos resolver isso agora, o primo sabe o quanto a Iaguara é importante para todos nós. Você vem? — pergunta, já pronta para começar a caminhada de volta.

— Não. Vou esperar pelo pôr do sol. Belo Horizonte não tem horizonte e nem pôr do sol.

•••

Acordo bem cedo no domingo e vou para a cozinha fazer rosquinhas de nata e amanteigados de goiabada. Essas horas que passo na cozinha valem todo o trabalho duro na escola e na Fazenda. Desta vez, estou sozinha. Luzia foi passar o domingo com a filha em Lavras. Mamãe sempre dorme até mais tarde quando estamos aqui e depois passa horas na varanda, lendo. Costumamos voltar para Belo Horizonte só de tardezinha.

Amasso uma porção de cada bolachinha e me sento à mesa da sala de jantar para enrolar. Ao colocar o último tabuleiro no forno e ver as vasilhas vazias, sinto meu coração palpitando, as mãos suando frio, aquela sensação esquisita nas pontas dos dedos. Não suporto o fato de que o trabalho está quase terminado. Me apresso a fazer mais uma porção de cada e recomeço tudo. Só paro quando mamãe me chama para irmos almoçar. Ela gosta de comer em uma restaurante-fazenda perto daqui. Depois do almoço, mamãe volta para seus livros e eu, para minhas quitandas.

Sempre fui cuidadosa na cozinha e gosto que tudo que faço fique bonito. Mas desta vez até eu mesma me surpreendi com o esmero. Todas as bolachinhas tinham o mesmo tamanho, a consistência e a cor ideais. Nunca tinha feito tantas bolachinhas em um só dia, todas tão lindas.

Quando Luzia chegou, já no final da tarde, eu estava tirando o último tabuleiro do forno, e acho que só não fui tomada pela angústia de mais uma vez ver o trabalho chegar ao fim porque o cansaço era maior. Luzia levou um susto ao ver bandejas e mais bandejas cheias de rosquinhas. Tanta quitanda assim só mesmo quando várias mulheres se juntavam ao redor da mesa. Eu tinha passado praticamente o dia inteiro enrolando rosquinhas e nem percebi.

Luzia olha para as minhas pequenas obras de arte.

— Sim, tão lindinhas, mas que cê vai fazê com tanta rosquinha?

É uma boa pergunta. A minha urgência era fazê-las, e, agora que estão prontas, não sei o que fazer com elas. Eu mesma fico satisfeita com umas duas na hora do café da tarde, mamãe também, e nossos potes, tanto em Belo Horizonte quanto aqui na Fazenda, ainda estão cheios das rosquinhas de amendoim e das bolachinhas quebra-quebra que tínhamos feito nas semanas anteriores. Julia também já avisou que, para as próximas semanas, eles não precisam de quitanda. Recebem tanta, toda semana, que a tia Rita já deu de presente para todas as suas amigas e para as empregadas. Acho que ninguém mais da família, ou que trabalha para alguém da família, ou até os amigos da família, ninguém aguenta mais rosquinhas, mesmo sendo tão deliciosas.

Dou de ombros e respondo que o jeito é distribuir na escola. Acho uns saquinhos de celofane em que costumamos colocar beijinhos quentes na época da festa junina, fitas e etiquetas. Encho os saquinhos com amostras das bolachinhas, faço laços de fita e, nas etiquetas, escrevo com canetinha preta: "Delícias da Iaguara". Coloco tudo em duas cestas de vime que usamos para piqueniques e levo para a escola na segunda-feira.

Os saquinhos somem no primeiro intervalo. Todo mundo de boca cheia, mastigando as "Delícias da Iaguara". Até na mesinha da sala dos professores minhas rosquinhas chegam. Quando a professora de Português entra na sala para a próxima aula, vai até minha carteira e diz:

— Ana, você tem talento. Devia vender essas rosquinhas. Se você tiver mais, traga um pacote grande para mim, vou visitar meus sogros e não se acha mais quitandas assim, eles vão adorar.

Ao chegar em casa, faço um cálculo rápido do custo das rosquinhas. E, depois de uma pesquisa de preço em padarias, supermercados e lojinhas especializados em produtos chamados de "caseiros", decido o quanto vou cobrar por um pacote de mais ou menos 200 gramas. Passo em uma loja de embalagens e compro tudo que preciso. Na segunda-feira seguinte, apareço na escola com a cesta de vime cheia de rosquinhas para vender. Antes do final do recreio, a cesta está vazia.

Os professores fazem vaquinha e encomendam dois pacotes por semana. Meu novo negócio mantém minhas mãos e minha mente ocupadas, e tento não pensar na proposta do primo Zé Henrique. Mamãe me dá uma trégua e não toca mais no assunto.

Para o Natal, recebo vários pedidos, e, no sábado anterior à última semana de aulas antes das férias, tenho de recrutar Luzia e a esposa do caseiro para dar conta. Julia me ajuda a levar as encomendas para a escola na segunda-feira, e aviso que, depois das férias, quem fizer pedido vai ter que buscar no apartamento depois da aula.

Só que, depois das férias de verão, não retorno à escola em Belo Horizonte e ninguém me acha mais no apartamento da Savassi.

A loja que não existe mais

Chegam as férias de final de ano. Faço minhas malas e vou para a Fazenda. O plano é ficar lá até perto do Natal, depois tenho que voltar para Belo Horizonte para fazer os preparativos da ceia. Este ano, eu e a Julia somos responsáveis pela comida.

Ao chegar à Fazenda, recebo uma notícia que causa outro grande impacto na rotina da Iaguara e no meu coração. O fechamento da carpintaria. Do topo da ladeira, depois da ponte sobre o Rio das Mortes, já dá para avistar a carpintaria, e quando o carro da mamãe alcança esse ponto, nós duas notamos que algo está mudado. Ao passar em frente à carpintaria, fechada em uma manhã de quinta-feira, me arrepio toda, o mesmo que senti quando cheguei para o enterro da vovó.

Como só venho nas sextas à tarde, não notei que o Preto Velho, a cada semana que passava, ficava menos tempo lá. Luzia chegou a comentar que ele estava cansado, mas, como o Preto Velho, para mim, era feito de aço, não pensei na possibilidade de ele querer se aposentar. E, sem o Preto Velho e o Carlos, não há como manter a carpintaria aberta.

Ao entrarmos na cozinha, encontramos o Preto Velho sentado em seu banquinho, esculpindo, como de costume. Fico feliz ao vê-lo, sem saber que sua presença não é como de costume, que ele não está lá para passar tempo junto da neta e de mim. Está me esperando para dar a notícia. Mamãe o cumprimenta com carinho, enche sua xícara de café e vai direto para o escritório. Luzia entra na cozinha tentando sorrir, me dá um forte abraço e começa a descascar alho. Percebo logo que Luzia está meio estranha, mas não dou muita importância, encho minha xícara de café e me sento ao lado do Preto Velho para saber como andam as coisas.

Ele me conta com orgulho que mais dois aprendizes terminaram seus estágios e saíram de lá com emprego acertado, o que sempre o deixa satisfeito. Noto com o canto dos olhos que Luzia está inquieta, balançando a cabeça como se não concordasse com o que o Preto Velho está falando. A sua impaciência é tanta que ela acaba saindo da cozinha. Aí sim tenho um pressentimento ruim.

O Preto Velho começa a falar que finalmente sente o peso da idade e que não vai mais aceitar aprendizes. Agora quer ficar na sua casinha, cuidando de seus legumes, de suas frutas e flores. Entendo perfeitamente o Preto Velho e, a princípio, não vejo as consequências do que ele está dizendo, nem o motivo da inquietude de Luzia. Fico até aliviada, porque, por um instante, achei que ele fosse anunciar mais uma tragédia. Desde pequena, escutava vovó dizer "agora ele aposenta" toda vez que uma dupla de aprendizes terminava o estágio. Mas aí dois novos aprendizes chegavam, e assim os anos iam passando.

Pedro chega para buscar o avô e os dois vão embora. Encontro Luzia chorando na horta, arrancando uns matinhos que insistem em crescer entre as ervas. Assim que me vê, enxuga os olhos e fica lá parada, olhando para a hortelã.

— Que foi, Luzia?

— Nada não, fia.

— Como nada não, você tá aí chorando!

Dou um abraço na minha querida Luzia e falo para ela parar de ser tão sentimental só porque o Preto Velho está se aposentando. Se tinha uma coisa que todo mundo esperava era que o Preto Velho se aposentasse.

Isso é fácil falar, o difícil é ficar na Fazenda durante a semana e não escutar o barulho das serras e serrotes. Ver a carpintaria vazia, tudo parado, dia após dia. Não precisar levar o cafezinho para o Preto Velho. Não vê-lo caminhar com seu andar sossegado pelo pátio, não apanhar mexericas com ele no pomar, não vê-lo apoiado na cerca observando os cavalos. Vou visitá-lo com frequência, o que sempre é muito agradável. Mas a verdade é que a ausência do Preto Velho na rotina da Fazenda afetou a todos e a tudo, parece que até os passarinhos, os cavalos, as galinhas e o jacarandá sentem sua falta.

A cada dia sinto uma angústia enorme tomar conta de mim. Aquela sensação de que a Fazenda não é mais a Fazenda, só uma cópia. Uma cópia quase perfeita. Uma representação, uma foto. A casa, o pomar, a horta, o curral, cada árvore, cada flor, tudo está no lugar de sempre. Mas, ainda assim, falta algo no ar, no espaço entre as coisas. Falta a vovó, falta o Preto Velho. E não é só da presença física deles que estou falando. O espaço que eles ocupavam era muito maior do que aquele que seus braços e pernas alcançavam. Será que aquilo que eles davam à Iaguara, que preenchia esse espaço entre as coisas, alguém algum dia poderá trazer de volta?

•••

Pela primeira vez em toda a minha vida não passamos a ceia de Natal na Fazenda. A família se reúne na casa do tio Toni, e eu e a Julia ficamos com a responsabilidade de preparar a ceia. Até Luzia, que, dessa vez, pode descansar e passar o Natal com a filha e os netos, sai da Iaguara tristonha. Sei que o que me salva da saudade é o trabalho. Os preparativos para a ceia de Natal e a produção de rosquinhas. Recebo várias encomendas, o carro vai cheio quando mamãe me busca no dia 21.

Fico um pouco nervosa com a ceia. Nunca precisei pensar nisso antes. Eu sempre ajudava, mas eram a vovó e a Luzia que cuidavam para que tudo saísse perfeito. Mas Julia me ajuda muito, e ela tem um talento especial para acalmar as pessoas com seu jeito despreocupado de ser. Ela se encarrega da mesa e da decoração, me ajuda a decidir o que será servido e a fazer as compras.

Planejo e penso nos mínimos detalhes. Tudo que pode ser preparado com antecedência é feito. Convenço a mamãe e a tia Rita a dar folga para as empregadas no dia 24 e eu e a Julia ficamos sozinhas na cozinha. Canapés e patês de aperitivo, pernil, salpicão, arroz com amêndoas. De sobremesa, *cheese cake* com maracujá. Há lágrimas e gargalhadas, e, muitas vezes, vovó e vovô são lembrados e saudados. Depois da ceia, fazemos um mutirão para arrumar a cozinha. Até papai, tio Toni e Gustavo entram na jogada.

Observo o papai e o tio Toni secando e guardando as travessas entre goles de conhaque e frases inflamadas sobre a crise política do país. Mamãe e tia Rita estão em pé na frente da pia, uma lavando o que não coube na máquina, a outra enxaguando, as duas com luvas de borracha nas mãos para não estragarem as unhas e com enormes aventais para não sujarem seus caros vestidos. Parada na soleira da porta da cozinha, segurando as últimas louças sujas que estavam na mesa e olhando para minha família, reconheço com certo espanto que é possível estar triste e feliz ao mesmo tempo.

Logo depois do Natal, eu, a mamãe e o papai viajamos para a praia, e foi durante um passeio à beira-mar que mamãe veio com a ideia.

Ela se mostra preocupada comigo, vê que não estou bem e finalmente percebe que Belo Horizonte não ajuda. Admito que faço o que posso, mas morar em Belo Horizonte não torna as coisas fáceis para mim. Não consigo relaxar, fico em um estado de tensão permanente e não durmo bem. É o zumbido constante do tráfego como pano de fundo, a ideia de morar em apartamentos empilhados uns em cima dos outros como prateleiras de supermercado, sem contato com o chão, a poluição que irrita meus olhos, é como se o ar estivesse sempre embaçado. E as pessoas. Exalam estresse e correria. Caras amarradas olhando para baixo ou robôs dirigindo carros, olhando somente para frente. Sei que exagero. Gosto de arte, de ir a exposições e a concertos, ao cinema, a uma boa livraria. Isso tudo não se encontra nas proximidades da Fazenda. Mas um final de semana a cada dois meses em Belo Horizonte já seria o suficiente, da mesma forma que a mamãe descobre que um final de semana de vez em quando no campo ajuda a recarregar as baterias.

Como é uma mulher prática, acostumada a usar energia com aquilo que pode mudar e a lidar com aquilo que não pode controlar, mamãe quer me ajudar a achar um modo de resolver o único dos meus problemas que tem solução.

— Por que você e a Luzia não se mudam para Lavras? Ouvi dizer que a escola em que estudei está tão boa quanto as melhores aqui de BH. Podemos alugar um apartamento aconchegante para vocês duas. Acho que ela vai gostar, vai ficar perto da filha e dos netos. E vai ficar mais fácil para você ir para a Fazenda, pelo menos até resolvermos a situação.

Mamãe também pensa em seu negócio. Considera seriamente ampliar a rede de clínicas para o interior, e, para ela, Lavras é uma escolha natural. Não gosto quando ela menciona a situação da Fazenda, isto é, traz à tona de novo a possibilidade da venda. Mas escolho me concentrar em Lavras. Sempre gostei da cidade. A universidade, a Rua Santana, o Jardim, a Rua Direita movimentada, com suas calçadas apertadas. Vovó e eu íamos lá com certa frequência. Ela gostava de fazer compras em Lavras quando não tinha tempo nem paciência para ir até Belo Horizonte. Uma cidade de tamanho ideal, onde dá para fazer tudo a pé e ao ar livre, em vez de se enfurnar dentro de um shopping.

A ideia de morar lá cria raízes em mim instantaneamente, e já consigo me ver andando para a escola, atravessando o Jardim vestindo a camiseta branca com detalhes verdes na ponta das mangas e ao redor do pescoço do Instituto Presbiteriano Gammon. Até o uniforme escolar lá é mais interessante. O da minha escola em Belo Horizonte é cinza. Mamãe começa a contar histórias de seu tempo na cidade. Apesar do Pedro, ou talvez por causa dele, foi uma época boa da vida dela, que tinha deixado lembranças alegres.

Voltando da praia, resolvemos parar em Lavras e só seguir viagem para a Fazenda no dia seguinte. De Lavras até a Iaguara não dá nem uma hora, mas estamos cansados e queremos ter tempo de passear pela cidade com calma. Papai nunca tinha ido a Lavras, e eu e a mamãe temos vontade de andar pelas ruas do centro, nossas antigas conhecidas, e pensar se a ideia da mamãe poderia mesmo dar certo.

É início de janeiro e a cidade ainda está com aquela preguiça característica das férias. Em pouco mais de duas semanas, estará lotada de estudantes e no seu ritmo natural, um vai e vem constante pela rua que sobe e pela rua que desce, com o Jardim como ponto de conexão, o centro de tudo. Não é a quantidade de pessoas que me incomoda em Belo Horizonte. E talvez nem mesmo os carros. Lavras tem um trânsito às vezes infernal. Acho que é a impessoalidade e o tamanho. Em Lavras, as pessoas também podem estar com pressa, mas até o andar com pressa é mais tranquilo e gentil.

Vamos primeiro até o *campus* da UFLA, de onde se tem uma bela vista de toda a cidade, com a Serra da

Bocaina ao fundo. Na ida ao centro, descemos primeiro até a estação, subimos pela rua principal, passando pelo Gammon e pela Praça São Jorge. Estacionamos o carro perto do Colégio de Lourdes. De lá, subimos a Rua Santana a pé e, logo antes de chegar ao Jardim, sentamos para tomar um lanche em uma padaria que fica de frente para a Casa Rosada.

Muitos dos casarões antigos da cidade foram demolidos e substituídos por prédios e construções de mau gosto, mas, na parte alta da Rua Santana, alguns deles sobreviveram, foram restaurados e transformados em lojas exclusivas, restaurantes e na padaria onde estamos. A Casa Rosada também é uma sobrevivente de outros tempos, linda e majestosa, mas esquecida. Nunca a vi aberta. Sempre que venho aqui, fico aliviada ao vê-la ainda de pé.

Depois do nosso lanche, vamos dar uma volta pelo Jardim. Os ipês, que, por muito tempo, foram a marca registrada da cidade, não existem mais, mas o Jardim, mesmo com o chafariz estragado, ainda mantém o seu charme com suas árvores centenárias. Rodeando a praça, há prédios importantes para a cidade. A Igreja do Rosário, uma das primeiras construções do povoado que um dia receberia o *status* de cidade. Todos os bancos, o Hotel Vitória, o Clube de Lavras, onde são realizadas as festas de casamento e bailes de Carnaval, o Kemper, que faz parte do Instituto Gammon e era, antigamente, o colégio interno das meninas. Foi onde mamãe morou e estudou. Não é mais um internato. Hoje abriga o ensino médio e os cursos superiores, e é onde terei aulas se realmente vier estudar aqui.

Sentada no Jardim, observando o movimento do final da tarde ao lado da mamãe e do papai, de frente para o Kemper, me sinto bem. Algo bom se mexe dentro do meu peito. Uma vontade. Mamãe se vira e olha para o outro lado da praça.

— Hoje vou realizar um sonho. Vamos ficar hospedados no Hotel Vitória!

O Hotel Vitória é o mais tradicional da cidade. Fica em uma linda construção barroca de frente para o Jardim. Mamãe, uma mulher que adora viajar e que já ficou hospedada em famosos hotéis na Europa, sonhava desde a adolescência em ficar no Hotel Vitória.

No outro dia, vamos para a Fazenda logo depois do café da manhã. Mamãe e papai me deixam lá e seguem viagem para Belo Horizonte. Não consigo parar de pensar na possível mudança para Lavras e faço a proposta para a Luzia na primeira oportunidade que tenho, sem a menor ideia de como ela vai reagir. Vejo Luzia sorrir e seus olhos se iluminarem. Há quanto tempo não vejo essa expressão em seu rosto?

— Oh, fia, verdade?

— É, o que você acha?

Luzia me abraça, chorando, e não sei se ela gosta ou não da proposta. Enxuga os olhos e o nariz no lenço que sempre traz no bolso e olha para mim.

— Num aguento mais ficá aqui, é tudo tão triste.

A prontidão da Luzia em deixar a Fazenda me causa um certo desconforto. Eu tinha esperado outra reação, um pouco mais de resistência, uma pontinha de dúvida, talvez. Quero mudar para Lavras. E as razões estão claras na minha cabeça. Não gosto de Belo Horizonte. Gosto de Lavras e tenho vontade de tentar algo novo. E vou ficar mais perto da Fazenda. Mas tive a impressão de que, se Luzia nunca mais precisasse colocar os pés na Iaguara, ela não o faria. Me sinto um pouco traída. Parece que só eu realmente me importo com o lugar, que tenho de lutar sozinha para manter meu lar de pé. De qualquer forma, a decisão é tomada, e, a partir daí, tudo acontece muito rápido.

Mamãe faz minha matrícula no Gammon e, uma semana depois, me pega e seguimos para Lavras para achar um bom apartamento. As imobiliárias estão cheias de jovens estudantes e seus familiares. Jovens que logo ingressarão na universidade, mas que ainda trazem expressões inseguras e esperam impacientes até que os pais lhe arranjem um lugar para morar. Achamos um apartamento em um prédio recém-construído, bem próximo ao Jardim, de onde eu e Luzia poderemos fazer tudo a pé, mas em uma rua lateral, mais tranquila e sem muito barulho de trânsito. A casa da filha da Luzia fica um pouco mais afastada do centro, mas o ponto de ônibus é próximo ao apartamento. A cozinha é espaçosa, clara e arejada. São três quartos, um desejo da mamãe, que planeja passar temporadas com a gente, agora que está mesmo decidida a abrir uma clínica na cidade.

No final de janeiro, eu e a Luzia chegamos a Lavras com nossas malas e tranqueiras, e não tenho dificuldade para me sentir em casa. Julia vem logo depois para nos ajudar com a arrumação e vai ficar conosco até o início das aulas. Ela tinha estado em Lavras umas poucas vezes comigo e a vovó e não conhecia bem a cidade. Usamos os primeiros dias para limpar e arrumar tudo e andar pelos arredores. Julia também se apaixonou pelo lugar, e começou a considerar seriamente tentar entrar na UFLA no final do ano. Com Julia por perto, fica tudo mais fácil, e chego a esquecer que terei de enfrentar os primeiros dias de aula em um lugar em que não conheço absolutamente ninguém. E, ao conversarmos sobre isso, ela vem com uma de suas ideias loucas que geralmente funcionam.

— Já chegue lá com uma cesta de quitandas! O melhor nesses casos é chamar logo toda a atenção para você. E, dando rosquinhas para todo mundo, você vai poder puxar conversa e começar seu negócio aqui também.

Acho que ela está de brincadeira, mas, pela expressão satisfeita no seu rosto, de quem acabou de achar a solução para um problema difícil, percebo que ela fala sério. E eu penso comigo, por que não? É melhor do que me esconder no fundo da sala rezando para que ninguém me note, sabendo que todo mundo está me analisando da cabeça aos pés e cochichando: "Olha lá, achando que é melhor do que a gente só porque é de BH". Pois é claro que, apesar de eu não conhecer ninguém, todos lá certamente já sabem quem eu sou.

Então, no último final de semana antes do início das aulas, vamos para a Fazenda retomar a produção de rosquinhas. A diferença entre minhas quitandas e as que geralmente se acha para comprar não é só a alta qualidade dos ingredientes – fresquinhos, vindos da Fazenda, ovos, leite, manteiga –, mas também o fato de serem assadas no fogão a lenha. Então, para fazer quitanda, tem que ser na Iaguara.

Eu e Julia passamos o sábado fazendo as rosquinhas. Julia me ajuda a embalar tudo, escreve nas etiquetas, faz os laços. Em cada saquinho, uma seleção dos meus melhores quitutes; quebra-quebra, rosquinha de nata e casadinho de goiabada. Nem tenho tempo de me angustiar. No domingo, chegam o tio Toni para buscar a Julia e a mamãe para levar Luzia, eu e as rosquinhas para Lavras.

Antes de pegarmos a estrada, quando fico um instante sozinha com a Luzia, pergunto se ela não gosta mais da Fazenda. Apesar da excitação com a mudança para Lavras e o início de uma vida nova, não consigo me livrar da sensação ruim de que ninguém mais liga para a Iaguara. Ela diz que não é a mesma coisa sem a vovó. E que quer se concentrar no futuro, em mim e nos seus netinhos, na nova geração, em vez de ficar presa àquilo que não existe mais. Quero lhe responder: "Como assim, não existe mais? A Iaguara, com a sua terra vermelha, suas árvores, seus pastos, está tudo aí na nossa frente!". Mas Luzia se vira e começa a falar com a mamãe, que acabou de entrar na cozinha, sobre o faqueiro de prata que pertenceu à minha tetravó portuguesa e que talvez fosse melhor levar para Belo Horizonte.

•••

Segunda feira, dia três de fevereiro, seis e meia da manhã. Estou diante do espelho do banheiro. Coloco um elástico de cabelo no pulso direito, junto o cabelo atrás da nuca e, com a mão esquerda, tiro o elástico do pulso, passo ao redor do monte de cabelo e dou uma volta, fazendo um rabo de cavalo. É um movimento automático, rotineiro, que faço várias vezes ao dia sem pensar. Mas, hoje, uma mecha escapa. Tenho que soltar o cabelo todo e começar de novo. Me olhando no espelho, acho que hoje meus cachos estão com uma forma bonita, e fico com pena de esconder tudo em um rabo de cavalo. Ontem, eu e a Julia demos banho de creme no cabelo, e ela, mais uma vez, cortou umas mechas na frente, me dando ordens estritas para que, mesmo usando rabo de cabelo, eu deixe uns cachos soltos na frente. Resolvo ir mais longe. Passo umas gotinhas de óleo nas pontas e coloco uma presilha de lado, apenas para evitar que todo o cabelo fique caindo nos olhos. O resto, deixo solto.

Alguns minutos depois, atravesso a Praça Augusto Silva, mais conhecida como Jardim, vestindo calça jeans e a camiseta do Instituto Presbiteriano Gammon, de mochila nas costas e uma enorme cesta de vime nas mãos. Outros adolescentes com a mesma camiseta surgem de todas as ruas que desembocam no Jardim e andam na mesma direção que eu. Alguns sozinhos, outros em grupos. O sol ainda está baixo no horizonte, mas já faz calor. É tudo meio surreal, difícil entender que sou mesmo eu que estou aqui, agora, passando ao lado do chafariz sem água, esperando na faixa para atravessar a rua, subindo as escadas, passando pela portaria do Kemper. Tento não pensar em nada, sigo em frente, acho minha sala de aula, escolho uma carteira na primeira fila em um canto, coloco a cesta de vime no chão ao lado da parede e fico observando os outros alunos entrando, conversando, amigos que não se viam há quase dois meses.

Os que me notam, olham para mim sorrindo, como que me dando as boas-vindas. Todos parecem de bom humor. Logo entra uma menina muito bonita, de cabelos pretos, bem lisos, caindo sobre os ombros, e vem direto em minha direção. Flávia é a representante da turma, e vou com a cara dela assim que a vejo na porta. Ela se senta um instante ao meu lado, conversa um pouco comigo e fica impressionada com as rosquinhas. Todos conversam, riem, se abraçam. É um murmurinho sem fim. Flávia se levanta e vai falar com outras meninas que acabam de entrar. Elas olham para mim, vêm me cumprimentar, mas logo todos têm de achar seus lugares, pois a professora de Literatura entra. A sala fica em silêncio. Respiro fundo, aliviada, dizendo para mim mesma que tudo vai dar certo. A professora me cumprimenta e depois me apresenta para o resto da turma. A aula começa.

Quando vejo que a hora do intervalo se aproxima, meu coração dispara, a velha conhecida sensação de formigamento na ponta dos dedos chega e não sei como vou conseguir passar por isso. Mas, assim que o sinal toca, Flavia se aproxima com suas amigas e eu começo a distribuir minhas rosquinhas. Outros ficam curiosos e se aproximam. Até a professora, que certamente tinha notado a cesta de vime no chão, chega perto e ganha sua amostra. Como amo minha prima! Entre elogios e sorrisos, vou sendo apresentada aos outros alunos e, em menos de 10 minutos, tenho 30 rostos e nomes novos que terei de tentar combinar e acertar o mais rápido possível. Nem todos são tão simpáticos como a Flávia e sua turma, alguns simplesmente se apresentam, agradecem pelas rosquinhas e saem da sala de aula. Quando a cesta fica vazia, Flavia vai comigo até a cantina, compramos um lanche e nos sentamos junto com outros seis adolescentes para comer e conversar.

Ao atravessar o Jardim depois da aula para o almoço, levando minha cesta de vime vazia, estou leve e despreocupada. Cheia de apetite, vou andando para o apartamento, pensando no almoço delicioso que certamente me espera.

•••

A turma da Flávia me aceita de braços abertos, e, já na primeira semana, sou convidada para ir comer pizza com eles no sábado. Então resolvo não ir para a Fazenda no final de semana. Não quero recusar o primeiro convite e estou mesmo com vontade de conhecer a turma melhor, fora da escola. Mas a escolha não me dá paz.

Durmo mal de sexta para sábado, e, ao acordar no sábado de manhã e perceber que não estou no meu quarto na Iaguara, tenho um acesso de choro que me assusta. Ele vem inesperadamente, e não são só as lágrimas que não controlo, são também os soluços, a respiração apavorada, os movimentos involuntários do peito. Tenho uma crise histérica que a Luzia escuta lá da cozinha e faz com que ela entre correndo no quarto, toda preocupada. Quando os soluços diminuem e estou em condições de falar, digo que foi só um pesadelo, para não deixá-la ainda mais aflita.

Luzia prepara um chazinho de erva-cidreira, e, depois de tomar toda a xícara, me sinto um pouco melhor. Mas a pressão no peito me acompanha durante todo o dia. Fico pensando na Iaguara. Pedro já deixou a Fazenda e começou a trabalhar com o senhor Sebastião. Tudo correu bem, o novo caseiro e sua esposa são muito competentes. Mas, mesmo assim, imagino tudo que pode dar errado e a tristeza da vovó por eu e a Luzia termos virado as costas para tudo.

Tento ler um pouco, mas é impossível me concentrar. Vou para a cozinha, mas encontro bolo na bancada, massa de pão de queijo na geladeira, até salgadinho a Luzia tinha feito e congelado. Se eu fizer mais comida, não terei nem lugar para guardá-la. Então resolvo dar uma volta. Saio andando meio sem rumo. Lavras é feita de ladeiras. É um sobe e desce o tempo todo. A Rua Direita, que muda de nome no decorrer do seu percurso, é uma subida leve, mas constante, que sai da estação, passa pela Praça São Jorge, vira a Rua Santana e chega ao Jardim. O Jardim é relativamente plano, é como se fosse um pequeno platô com ladeiras íngremes dos dois lados. Depois do Jardim, a Rua Direita continua sua subida, passando em frente à Igreja Matriz e chegando até a Praça dos Trabalhadores. Ao chegar ao Jardim, escolho subir, já pensando no caminho de volta.

Subo pelo lado direito, passo em frente ao Hotel Vitória e continuo em direção à Matriz. Observo as lojas novas que abriram desde a última vez que passei aqui, uma de *lingerie*, uma de roupa infantil, uma padaria. Paro em frente à Matriz. É uma bela construção em estilo gótico, clara, leve, completamente diferente da Igreja do Rosário no Jardim. Sua torre, juntamente com as palmas altas do Kemper, pode ser vista da maior parte da cidade. Do lado oposto da rua, tenho uma boa visão das lojas que se seguem, uma do lado da outra, depois da Matriz. Olho cada loja e meu coração começa a bater mais forte ao não encontrar o que procuro. Estranho; não sabia que estava procurando alguma coisa. Mas agora sei o que é.

Subo até a próxima esquina. Atravesso a rua e começo a descer, fazendo o percurso de volta, dessa vez do outro lado da rua. Examino atentamente cada estabelecimento. Chego novamente na Matriz e tenho vontade de sentar nas escadarias e começar a chorar de novo, mas respiro fundo e me controlo. Não sei muito bem o que eu esperava. Talvez que o filho do libanês tivesse mudado de ideia e mantido a "Loja do Libanês". Mas não, a loja realmente não existe mais. É como se todo o lugar, juntamente com seus tesouros, tivesse se dissolvido no ar. O vovô, a vovó, o Pretinho, o libanês. Corpos sólidos, concretos, viram terra, se desintegram, viram nada. Isso não pode acontecer com a Iaguara.

Volto para casa desolada. É só mesmo quando chega a hora de me aprontar para encontrar meus novos amigos que me esqueço do peito apertado, dolorido, e a sensação de morte, de fim, me larga por um tempo.

•••

Mas só por um tempo.

A Casa Rosada

Retomo o hábito de ir para a Fazenda quase todo final de semana. Recebo muitas encomendas de rosquinhas e tenho um acordo fixo com a esposa do caseiro, que trabalha comigo nos sábados de manhã. Mamãe não gosta nada disso. Não tem nada contra as rosquinhas e já disse que tenho mesmo que investir nisso, quem sabe abrir uma loja de produtos caseiros, um café, quando terminar o ensino médio. Com fogão a lenha e tudo! Às vezes até sonho com o lugar. Mas o que ela gostaria é que, por enquanto, eu ficasse mais em Lavras, que me divertisse com meus amigos. Mas não consigo. Quando fico em Lavras, a Fazenda não me sai da cabeça, um medo insano de que tudo vai sumir.

Fica mais fácil quando a Julia vem nos visitar. Ela gosta muito de Lavras e vem mais ou menos uma vez por mês para passar o fim de semana comigo. Aqui, podemos sair e nos encontrar com os amigos, fazer tudo andando, sem se preocupar em pegar taxi ou depender de alguém para nos buscar. E sei que ela virá com mais frequência. Está muito interessada em um menino da minha sala. Ele faz parte da turma, gosto dele e espero que dê certo.

Já comigo, não sei se é por causa do meu cabelo, que agora uso solto, ou apenas com alguns cachos presos de lado com uma presilha, mas percebo que comecei a atrair a atenção dos garotos. É claro que fico lisonjeada, mas evito puxar muito papo com aqueles que se mostram interessados em mim. Não consigo imaginar outra boca que não a do Carlos se aproximando da minha pele. É como se eu pertencesse a ele, o que me irrita profundamente. Não quero mais pensar no Carlos, mas é algo involuntário.

Sinto muito sua falta. Essa é a verdade. Ainda não sei por que ele se foi. Tento ficar com raiva, às vezes fico com muita raiva, não quero ter esperança de que ele vai voltar, mas fico imaginando o dia em que vou sentir seu cheiro de novo, seu calor. O Preto Velho não fala nada, mas quando, um dia, perguntei diretamente se o Carlos tinha entrado em contato com ele, ele disse que sim, que o Carlos tinha ido à cabana. Bombardeei o Preto Velho com perguntas, mas ele disse que não sabia de mais nada, que tinha sido uma visita rápida, Carlos só queria se certificar que estava tudo bem com ele, ainda não queria se encontrar com o pai. Me arrependi profundamente de ter falado sobre o Carlos com o Preto Velho. Saber que o Carlos esteve na Fazenda, que talvez até more por perto e não me procura, é algo que me deixa às vezes irada, às vezes profundamente triste.

Se não fossem as rosquinhas, não sei como eu suportaria ficar na Iaguara. Tenho necessidade de estar lá ao mesmo tempo em que dói estar lá. Sentada na varanda, a única coisa que vejo à minha frente é o Carlos, parado debaixo do jacarandá, olhando para mim. Escuto a voz da vovó por onde quer que eu vá me dando instruções detalhadas. Mas, mesmo com meu empenho, as coisas estão sim sumindo, e não sei o que fazer.

Às vezes tenho vontade de largar a escola, de me dedicar à Fazenda. É o único jeito. Tio Toni faz o que pode, e a solução tem sido diminuir as atividades, mas onde isso vai parar? Toda vez que vou visitar o Preto Velho e avisto a instalação onde ficava a criação de porcos vazia e, ao lado, um enorme pedaço de terra sem ser cultivado onde, em anos anteriores, plantávamos milho, quero ligar para a mamãe e dizer que agora chega, quero ver a Iaguara a todo vapor de novo. Mas aí chego na cabana e vejo o Preto Velho tranquilo, cuidando de seu lindo jardim. A visão, a princípio, me incomoda. Será que ele não vê que o lugar onde morou e trabalhou por quase toda a vida está desaparecendo? Mas depois o Preto Velho vem ao meu encontro, sorrindo. Prepara chá de hortelã e sentamos na varanda. Ele sempre tem uma história nova para contar, do seu passado, dos seus antepassados, ou algo intrigante que lhe aconteceu, um mico que o seguiu durante um passeio, um passarinho que fez um ninho na árvore próxima à janela de seu quarto e o desperta toda manhã com seu lindo canto.

Isso tudo me dá paz e eu retorno para a casa grande tranquila. Mas não dura muito. Assim que avisto a casa, o peso todo volta. Especialmente hoje. Quando passo pelo curral, o novo caseiro está chegando com o rebanho. Essa é a última tarde que presenciarei essa cena. Amanhã cedo chegam os caminhões que levarão as vacas embora. Foram todas vendidas, só ficaremos com quatro. Se o silêncio dos berrantes tornou o entardecer irreconhecível, agora não teremos nem mais as vacas.

•••

Junho chega e, com ele, os preparativos para as festas juninas e quermesses. Mais uma parte importante da minha vida que não existe mais, porque nem eu, nem a mamãe, nem o tio Toni, nem ninguém tem vontade ou energia para organizar a festa de São João. A tradição foi enterrada junto com o caixão da vovó.

— Bobagem, Ana! — diz primo Zé Henrique quando falo isso na varanda da tia-avó.

Eu e a mamãe fomos visitar a tia-avó, o primo Zé Henrique e outros primos e filhos de primos também estão lá, e o assunto da festa acaba surgindo. O primo Zé Henrique diz que só precisamos de um pouco de tempo. A perda foi muito dolorosa, diz ele – e a tia-avó começa a chorar –, mas é uma bela tradição que será mantida, e no ano que vem teremos uma linda festa de São João. Fico quieta. Gosto muito do primo, mas o que penso é que isso só vai acontecer se for bem longe da Iaguara.

É uma tarde de domingo, e, depois da visita, eu e a mamãe iremos direto para Lavras. O filho mais novo do primo Zé Henrique, o Marcelo, está lá com a Clara, sua jovem esposa, cuja barriga começa a apontar. Tinha me esquecido complemente que ela estava grávida. De acordo com o que a mamãe me contou, a intenção do primo Zé Henrique em relação à Iaguara é dividir a propriedade. Ele quer ficar com a maior parte das terras, está interessado em aumentar seu cafezal. A casa grande e os arredores ficariam para o Marcelo, que tem vontade de se mudar para o campo. Agora que Clara está grávida, parece que vão esperar até o bebê nascer e crescer um pouquinho, por isso não estão com pressa.

Fico olhando para eles e me irrito ao imaginar os dois andando pela Iaguara, pela casa, como se fosse deles. Não consigo controlar, sinto ódio, o que me assusta muito. Sempre gostei de ver mulheres grávidas e os dois são muito simpáticos, mas agora estou olhando para eles e sentindo ódio. Falo para a mamãe que não estou me sentindo bem e voltamos para Lavras.

Festas juninas pipocam pela cidade. Todos na sala de aula estão animadíssimos, aguardando ansiosamente pelo festão que um colega dá todo ano no seu sítio. Por isso, ninguém entende nada quando pego meus livros, vou para Belo Horizonte na quinta-feira sem dar explicação nem mesmo para a Flávia e mato três dias de aula. Fico enfurnada no apartamento e só apareço no Gammon na terça-feira da semana seguinte, com a desculpa de que tinha pegado uma gripe muito forte.

Sobrevivi à temporada de festas juninas, mas as férias de julho se aproximam e minha angústia só aumenta. Serão somente duas semanas de férias. Eu mesma tenho insistido com a mamãe que ficarei o tempo todo na Iaguara, mas, a cada dia que passa, me sinto mais pesada toda a vez que penso na Fazenda. Vejo diante dos olhos cada árvore, cada folha, cada flor desaparecendo devagar, morrendo. E é por isso mesmo que tenho de ir, tenho de me certificar que tudo ainda está no lugar e me convencer que a redução das atividades é só algo temporário, até que eu termine o ensino médio e possa me dedicar à Fazenda. Aí sim tudo vai voltar ao normal.

•••

Mamãe quer concretizar seus planos de montar uma clínica em Lavras, mas ainda não encontrou o local ideal. Suas exigências são muitas. Local arejado e calmo, mas central, com facilidade de estacionamento. De preferência, uma casa. E não vai comprar, quer alugar. Digo a ela que será difícil encontrar um lugar que combine todas essas qualidades, mas ela não tem pressa. Então, de vez em quando ela vem a Lavras e fazemos uma ronda por todas as imobiliárias, visitando locais que poderiam atender as exigências da mamãe.

No início de julho estamos eu e a mamãe tomando um lanche na padaria, exaustas depois de termos visitado vários imóveis, nenhum deles nem perto de agradar. Estou sentada no meu lugar de sempre, em uma cadeira de frente para a rua, de onde tenho uma ótima vista da Casa Rosada. Costumo sentar nesse mesmo lugar com frequência, sozinha, com a Julia ou com a Flávia e outras amigas. Principalmente de tardezinha, um pouco antes do pôr do sol. Os últimos raios de sol do dia batem nas paredes da Casa Rosada, e fico imaginando como deve ser lindo lá dentro nessa hora.

A posição da casa é muito especial. Foi construída em um elevado e atrás tem um desbarrancado que acho que faz parte do terreno da casa. Dá para ver passando pela rua de trás, o que já fiz inúmeras vezes para tentar observar os fundos. O barranco vai até a rua de trás e as ruas perpendiculares são ladeiras em declive. Ou seja, como nada foi construído atrás da casa e as ruas perpendiculares continuam descendo, os fundos dão para uma bela vista. Somente um prédio muito alto poderia prejudicar essa vista, e, mesmo assim, só se fosse construído nesse barranco. É uma situação única para uma casa tão central.

Mamãe está sentada de costas para a rua, debruçada sobre seu celular, respondendo a *e-mails*, e eu, sonhando de olhos abertos diante da beleza da Casa Rosada banhada por raios dourados, quando noto algo que incrivelmente não tinha notado até agora. As janelas da Casa Rosada estão abertas e um homem, no alto de uma escada, prende uma placa na fachada: "VENDE-SE".

— Mãe!

Mamãe me olha, assustada. Aponto para a Casa Rosada.

— Nossa! Então finalmente decidiram.

— Você conhece os donos?

— Conhecer, não, mas já ouvi falar da família e dos conflitos em torno dessa casa. Não só da casa em si, mas de tudo que estava dentro dela.

— Temos que entrar lá, mãe.

— Deve custar uma fortuna, filha.

— Só por curiosidade. Sempre tive vontade de entrar lá.

Convenço a mamãe a ficar mais um dia em Lavras e, no dia seguinte, logo depois do almoço, vamos até a imobiliária e pedimos para ver a casa, mamãe fingindo que está interessada.

A entrada principal, no largo onde ficava a parada do bonde, dá em uma sala muito ampla, na verdade um salão, que dá em outra sala espaçosa, que dá em uma sala menor, que deve ter sido usada como escritório ou biblioteca. A cozinha é enorme, maior do que a da Iaguara, com janelões para os fundos e um fogão a lenha. A saída dos fundos dá para um alpendre com escadas para o pátio. A casa tem cinco quartos, um deles com uma varanda para os fundos e saída para o pátio. O pátio contorna toda a casa e oferece muito espaço para estacionamento. Carros podem entrar pelo portão lateral na Rua Santana. Atrás do pátio, um pomar abandonado. O barranco faz mesmo parte do terreno da casa, mas está um matagal só.

A casa está fechada há muito tempo e, sem dúvida, precisa de uma grande reforma. Mas, ao olhar para a cozinha, com tudo caindo aos pedaços, o que vejo é o espaço onde é possível instalar uma bancada que contorne metade da cozinha, formando um L. Uma ilha de mármore que pode ser colocada no meio, a quantidade de pães e quitanda que pode sair do forno. Presto atenção na boa luminosidade em todos os cômodos, nas jabuticabeiras escondidas pelo mato, na terra vermelha boa para uma horta.

Enquanto ando pela casa, maravilhada, mamãe conversa com o corretor, exaltando tudo que precisa ser feito antes da casa ficar habitável. O corretor concorda e diz que a família espera que algum empreendedor, alguém que queira transformar a casa em uma pousada, restaurante ou algo do tipo, demonstre interesse. Mas sabem que o terreno em si tem mais valor do que a casa. Ao escutar isso, entro em pânico. A casa certamente será vendida e demolida, e um prédio horrível será construído no seu lugar.

Saio de lá tristonha, arrependida de ter entrado. Só me serviu para arrumar mais uma preocupação. Agora, não só quero salvar a Fazenda como também a Casa Rosada. Sozinha comigo, mamãe, apesar de só ter se concentrado nos aspectos negativos ao conversar com o corretor e no capital necessário para reformar o lugar, fala que também notou todas as possibilidades.

Tanto espaço para estacionamento no centro da cidade não é fácil de encontrar. Os quartos dão para os fundos, e, apesar de a casa ficar em uma das ruas mais movimentadas da cidade, é um pouco afastada e protegida pelo largo, o que não deixa o murmurinho de fora entrar. Vejo que mamãe também sonha, mas, ao se despedir de mim para voltar para Belo Horizonte, diz que realmente espera que um empreendedor visionário, alguém que veja as potencialidades da casa, e não só do terreno, compre o lugar. Seria uma pena demolir a casa, faz parte do cenário da cidade.

A casa realmente custa uma fortuna, além do custo de uma possível reforma, e sou obrigada a admitir que meu desejo secreto de que a mamãe fosse esse tal empreendedor nunca irá se realizar. Conheço bem sua situação financeira, seu dinheiro está todo investido nas clínicas e ela nunca pega empréstimo, só investe quando tem o dinheiro. Observando o desenvolvimento da cidade e os outros lindos casarões que já foram ao chão, percebo que nem mesmo muita reza ou a magia negra dos antepassados do Preto Velho conseguiria salvar a Casa Rosada.

•••

Durante toda a semana, discutimos mitologia grega na aula de Filosofia e a busca incessante dos seres humanos por identidade e para dar sentindo à sua existência, desde a Pré-História. Hoje, no último dia de aula antes das férias, a professora nos contou o mito da Fênix, a ave que morre no meio de chamas para renascer de suas próprias cinzas. Morte e renascimento, um tema recorrente na natureza – nascer e pôr do sol, estações do ano –, em manifestações artísticas, culturais e religiosas.

A imagem desse lindo pássaro se consumindo em chamas e renascendo, esplêndido e dourado, de suas cinzas não me sai da cabeça. Quando ele morre e tudo se apaga, só restam cinzas no chão. Mas é exatamente dessas cinzas que ele renasce, envolto em um esplendor de luz. Acho, dentro da mochila, o pássaro de madeira esculpido pelo Preto Velho. Levo ele sempre comigo, onde quer que eu vá. Está a ponto de abrir as asas, a cabeça já virada para cima, mas os pés ainda fincados no chão. Será que o Preto Velho já ouviu sobre o mito da Fênix?

Ao sair do Gammon, passo em frente à Casa Rosada para ver se a placa de "vende-se" ainda está lá. Isso virou um hábito diário, e não sei como conseguirei ficar duas semanas sem saber se ela foi vendida ou não. Desde criança tenho uma fascinação pelo lugar. Quando entrei lá e bati o olho no salão, pude ver meu café cheio de gente, todos conversando e comendo alegremente, porque comida boa, feita com carinho, traz sim felicidade. A cada passagem diante da casa, acrescento mais um detalhe na minha imagem mental da Estação do Bonde. Já dei até nome ao meu sonho; o café e casa de produtos caseiros que construí na cabeça.

Imagino o salão cheio de mesas de madeira com cadeiras diferentes umas das outras, no estilo daquelas que eram feitas pelo Preto Velho na carpintaria. Visitei um café em Londres, em uma das minhas viagens com a mamãe, que era todo mobiliado assim. Achei lindo e queria fazer o mesmo na Estação do Bonde. Mesas de quatro lugares, de dois, e, no meio, uma grande mesa comprida, assim como a que está na sala de jantar da Iaguara. Toda a parede esquerda é coberta por prateleiras de madeira cheias de vidros com geleias, compotas, doces. Em uma bancada de madeira na frente dessas prateleiras, cestas enormes de vime com os saquinhos de rosquinhas.

Nos fundos, o balcão com uma máquina de expresso, o caixa e, embaixo, uma prateleira com tampo de vidro, onde estão expostos os bolos do dia. Atrás do balcão, um quadro-negro grande, onde estão listados as bebidas, os sanduíches e seus respectivos preços, tudo escrito com giz. Ainda não decidi os preços, é a única coisa que falta escrever no meu quadro-negro imaginário. As demais paredes são decoradas com fotografias antigas da cidade, aquelas tiradas pelo libanês. Imagino até os copos, xícaras e pratos usados para servir os clientes.

É nesse estado de sonho, pensando em pássaros dourados saindo de cinzas, raios de sol flamejantes, mesas de madeira, pratos e copos, cheiro de café e quanto deveria custar um sanduíche de peito de frango – com *pesto*, queijo, salada, tomate e *aioli,* tudo fresquinho, feito na nossa cozinha, é claro – que chego ao apartamento. A mamãe e a Luzia me esperam para o almoço.

Depois de comer, vamos as três para a Fazenda. Mamãe resolveu passar as duas semanas lá comigo. Além de estar cansada e precisar se desconectar do resto do mundo por um tempo, quer ficar junto de mim durante esse período delicado. Vai fazer um ano da morte da vovó.

Não demora muito até entrarmos no ritmo de férias. Mamãe liga o computador depois do café da manhã por uma hora. Responde a *e-mails* e dá os telefonemas necessários, depois desliga e não chega perto do computador até o dia seguinte. Dormimos muito, lemos muito e damos longos passeios juntas. Um dia, vamos até o Paraíso. Eu não ia lá há mais de um ano, desde que tinha ganhado a pulseira do Carlos e o Gustavo tinha sido picado por uma cascavel. O caminho é todo cheio de lembranças, tanto para mim quanto para a mamãe.

A última vez que a mamãe foi ao Paraíso ela tinha 17 anos, ou seja, há 33 anos. E algumas de suas lembranças parecem tão vivas quanto as minhas. Mas, enquanto eu ainda tento me agarrar às poucas horas que passei aqui com o Carlos e sofro com as lembranças, mamãe está leve e sorri a cada imagem de outros tempos que lhe vem à cabeça. Ela curte os momentos do passado que surgem aqui e ali. Também é assim durante outros passeios pela propriedade. Mamãe está triste por causa da perda da vovó, mas vejo que está bem. Já comigo é diferente. Estou incomodada, não encontro mais paz na Fazenda como antes e, sem a mamãe, não sei se suportaria passar as férias inteiras aqui.

•••

Hoje faz um ano que a vovó morreu e uma missa será rezada na capela. Pessoas começam a chegar de todos os cantos e o pátio em pouco tempo fica cheio. A capela é pequena e, como no dia do enterro da vovó, a maior parte dos presentes tem de ficar de fora, mas, mesmo assim, muitos fazem questão de estar aqui para homenagear a vovó e prestar seu respeito à família. Fico emocionada ao ver tanta gente.

A missa é realizada ao entardecer, hora em que a capela está mais bonita. Dessa vez consigo seguir a missa e escutar as belas palavras do padre sobre a vida e a morte, os mistérios da natureza e da existência humana. O padre conhecia bem a vovó. Apesar de ela não frequentar a igreja, eles trabalharam em muitos projetos comunitários juntos. Então, é um sermão cheio de experiências pessoais que ilustram bem a pessoa linda que a vovó era. Sinto muita saudade, os olhos ainda ficam embaçados, mas já penso nela com carinho e gratidão, sem aquela dor e o desespero de antes. Mesmo assim, fico inquieta durante toda a missa, esperando ver o rosto do Carlos a qualquer momento.

Ao sair da capela, o horizonte está em chamas, todo o pátio é banhado por fachos de luz intensa. Penso na Fênix, seus pés ainda enterrados em cinzas, mas seu corpo já envolto em uma áurea, suas asas brilhantes batendo, batendo, até conseguir se soltar das cinzas e levantar voo rumo ao céu infinito. A Fênix está livre. Fico imaginando como deve ser boa a sensação de liberdade, de ter todo o céu à frente e poder escolher que direção seguir. A Fênix desaparece entre as nuvens e eu olho ao redor do pátio na expectativa de encontrar Carlos.

Encostada no jacarandá está Clara, a esposa do filho do primo Zé Henrique, as duas mãos descansando em cima da barriga, que agora já não deixa mais nenhuma dúvida sobre a gravidez. Vou ao seu encontro, e ela, ao me ver, abre um largo sorriso.

— É um lugar realmente muito especial — diz ela.

— É, é sim. Para quando é o bebê?

— Dezembro.

— Menino ou menina?

— Menina.

Outras pessoas chegam para conversar comigo e eu e a Clara temos de interromper nosso curto diálogo. Mas, dessa vez, não é ódio que sinto por ela.

O rapaz da moto

As aulas recomeçam, e, com elas, a minha rotina de passar em frente à Casa Rosada todos os dias e o alívio ao ver que a placa de "vende-se" ainda está lá. Vou para a Fazenda todo final de semana, mas é mesmo só para fazer rosquinhas e para tentar acalmar meu coração. Com a redução drástica das atividades, não há muita coisa a resolver por lá, e o tio Toni aparece raramente. O caseiro cuida muito bem da horta e do pomar, mas ainda acredito que a presença frequente de alguém da família é importante. Não preciso ficar dando ordens, mas inspeciono tudo e nunca deixo de fazer uma ronda pelo cafezal, nosso grande orgulho.

No primeiro final de semana de setembro, resolvo ficar em Lavras. Estamos todos apertados na escola. Provas, trabalhos, simulados para o vestibular. Sábado de manhã vou para a casa da Flávia estudar Matemática. Enquanto estamos no quarto dela, sentadas uma ao lado da outra na cama, tentando resolver uma equação, a porta se abre e por ela entra Estevão. Ele está descalço, com a barba por fazer, veste uma camiseta velha e calça de moletom. Fica surpreso ao me ver, um pouco sem graça. Sua cara de sono, seus cabelos muito pretos, lisos e atrapalhados, sua expressão de quem não sabe muito bem o que fazer, tudo isso tem um efeito imediato em mim. Meu coração acelera, bombeando energia por todo o meu corpo.

Estevão é irmão da Flávia, três anos mais velho, e tenho de admitir que ele chamou minha atenção desde a primeira vez que o vi. Mas quem é que não gosta do Estevão? Bonito, simpático, gentil, inteligente, responsável. Está cursando Computação na UFLA e trabalha como entregador de pizza à noite. Os pais da Flávia são professores. Levam uma vida confortável, mas os filhos só puderam estudar no Gammon porque a mãe trabalha lá e filhos de funcionários recebem desconto. Além disso, tanto Flávia quanto Estevão ganharam bolsas que são oferecidas aos alunos que obtêm as melhoras notas. Flávia também pretende trabalhar meio período assim que passar no vestibular. Isso é raro entre outros alunos do Gammon. E, na minha escola em Belo Horizonte, acho que eu era a única que trabalhava um pouco, ajudando a mamãe nas clínicas.

Julia nota logo na primeira vez que saímos todos juntos que Estevão tem uma quedinha por mim, mesmo ele estando com a namorada. Eu digo que ela está imaginando coisas, mas, na verdade, também percebo, e, pior, sinto o coração disparar e as mãos ficarem dormentes. Não há como negar que a presença dele me afeta. Nada comparado ao que eu sinto por Carlos, mas Estevão me atrai sim. Tento não dar muito importância, não penso nele, apesar de que a lembrança de seu sorriso às vezes me invade a cabeça assim de repente. Fico assustada quando um dia me pego fantasiando um beijo e a maciez de seus lábios. Mas são as recordações dos momentos passados com Carlos que ainda não me deixam dormir, que me acordam no meio da noite ensopada de suor. Enquanto a imagem de Carlos me traz dor, raiva, falta, abre a ferida no meu peito, pensar em Estevão me traz uma sensação gostosa.

Logo depois das férias, Estevão termina o namoro sem dar muita explicação nem mesmo para a irmã, ninguém entende nada. Pareciam um casal perfeito, todos achavam que eles iriam se casar. Flávia me conta, chocada, sobre o fim repentino do namoro. Gosta muito da ex-namorada do irmão, que precisa até da ajuda de um psicólogo para se recuperar do choque. Me sinto uma pessoa má ao escutar o relato da Flávia e não conseguir identificar nem uma pontinha de tristeza ou compaixão no fundo do meu coração. Para ser sincera, fico é feliz. Uma gotinha de esperança surge.

Estevão, por sua vez, se isola, concentra todo o tempo livre nos estudos e só é possível vê-lo zunindo pela cidade em cima da moto da pizzaria. Flávia conta que ele passa o dia inteiro na universidade, às vezes nem almoça em casa, e que pegou turnos extras no trabalho. Agora, entrega pizza de terça a domingo, todas as noites. Antes ele tinha as quartas e os sábados livres.

Sentada na cama da Flávia, olhando para ele parado na porta olhando para mim, fica claro que Julia tem razão. Ele me olha de um jeito diferente, e, dessa vez, não disfarça. Nenhum dos dois desvia o olhar, como fazíamos quando ele estava com a namorada. Ele fica sem graça, não esperava me encontrar lá, passa uma das mãos nos cabelos, mas não tira o olho de mim. Eu não consigo respirar nem piscar. Flávia não nota nada. Ela fala que os pais foram fazer compras e pergunta se depois ele pode ajudar com um dos exercícios que nem eu e nem ela conseguimos resolver. Estevão diz que sim e vai para a cozinha tomar café da manhã.

— Você tá bem? — pergunta a Flávia ao olhar para mim.

— Sim... Só um pouco cansada.

Fazemos uma pausa e ficamos ouvindo música até o Estevão voltar. Dessa vez está de banho tomado, roupas limpas, barba feita, os cabelos molhados, todo fresquinho. Com toda a paciência do mundo, ele nos explica o exercício, mas tenho dificuldade em me concentrar. Ele fica o tempo todo ao lado da irmã, tenho a impressão de que evita chegar muito perto de mim, mas sinto seu olhar quando estou de cabeça baixa, tentando resolver a equação.

Os pais deles chegam trazendo carne e linguiças, vão fazer churrasco, e sou convidada para o almoço. Flávia me pede para amassar pão de queijo, dizendo para a mãe que os meus são os melhores que ela já comeu. Fico um pouco inibida no começo, especialmente com o Estevão por perto, mas o pão de queijo fica como gosto. E se é verdade que homem a gente prende pela barriga, julgando pela quantidade de pão de queijo que Estevão comeu e pela expressão de felicidade em seu rosto ao comê-los, ele será meu por toda a eternidade.

Passo uma tarde muito gostosa com a família da Flávia. Conversamos o tempo todo, e, quanto mais o Estevão fala, se abre e mostra um pouco mais de si, mais fico atraída por ele. Quando me despeço, Estevão segura de leve meus braços e me beija na bochecha. Sinto seu cheiro, seus lábios encostam na minha pele de leve, ele respira fundo e eu me arrepio da cabeça aos pés.

Voltando para casa, minha cabeça é um turbilhão. Gostaria de nunca ter colocado o vestido branco, que Carlos nunca tivesse me beijado, me tocado, me feito sua, pois não consigo fazer como o Preto Velho diz, deixar o passado no passado e olhar para frente. O passado me segue, me envolve, me prende, e, ao atravessar o Jardim, quero simplesmente apagar tudo, tudo que aconteceu entre mim e Carlos, quero ser livre.

•••

Quando estou sozinha, tenho crises de choro. Agradeço aos céus e deuses do Olimpo por ter tanto o que fazer na escola, pois assim tenho menos tempo para pensar. Meu coração está em guerra. É puro caos. Quero esquecer o Carlos, tirá-lo das minhas entranhas. Mas ele ainda me acompanha e me machuca ao mesmo tempo em que Estevão habita mais e mais a minha mente.

Nos vemos às vezes quando estou estudando com a Flávia. Ele também costuma estar em casa de tarde. Nós três fazemos lanche juntos, conversamos um pouco, e essas curtas pausas me fazem muito bem. Flávia e Estevão também adoram a Casa Rosada, e agora somos três vigiando o casarão e rezando para que, se ele for vendido, que seja para alguém que queira manter e restaurar a construção.

Nossos encontros são casuais, nada planejado, e a Flávia está sempre por perto. Mas Estevão não esconde o carinho que tem por mim, me trata diferente das outras amigas da irmã. Não tira o olho de mim, sorri, me dá atenção e, nas vezes que nossos corpos, nossa pele se toca por acaso, ele faz o acaso seu; prolonga o contato de nossos dedos na mesa, de nossos braços ao passar ao mesmo tempo por uma porta e, ao nos despedirmos, me beija na bochecha de verdade, em vez do típico beijinho no ar. Se demora no beijo, e, da última vez, ficou me olhando um bom tempo, sorrindo. Tenho uma vontade enorme de beijá-lo na boca, vejo essa mesma vontade em seus olhos, mas estamos no meio da sala dos pais da Flávia e ela já está se aproximando para se despedir também.

E assim, devagar, o Estevão vai entrando na minha vida. Uma noite, deitada na cama pensando no Carlos e sofrendo, escuto o motor de uma moto acelerando a distância. Som de moto para mim significa que Estevão pode estar passando por perto. Ele está sempre em cima de uma moto, a sua ou a da pizzaria. Fico em chamas, excitada, o coração disparado, até que o som desaparece na distância. Então me sinto vazia, sozinha, confusa, desejando o Estevão ao meu lado, não o Carlos.

Mais um final de semana passa e não vou para a Fazenda. Na quarta, durante uma aula na parte da tarde, escuto um forte estrondo. A professora para de falar e olha pela janela. Lá fora, tudo escuro, o sol quente que tinha brilhado desde a manhã está coberto por nuvens carregadas, escuras. O dia vira noite. E não demora muito até a chuva desabar e o ar lá fora virar uma cortina de água.

O som da chuva batendo no telhado, no chão, nas árvores... Não sei o que acontece comigo, fico sufocada, levanto de súbito e mal consigo segurar o choro correndo pelo corredor em direção ao banheiro. Me tranco dentro de um dos cubículos, sento sobre a tampa da privada, deixo as lágrimas rolarem e libero os soluços que me sufocam. As chuvas voltaram para valer depois da estiada. Para uma fazenda de café, não há nada mais importante do que essas chuvas. Em duas semanas, terei de ir à Iaguara checar o cafezal. Florido, é uma visão magnífica. A visão do futuro. Um futuro que já não tenho mais certeza se quero para mim.

•••

Não demora muito até a Flávia perceber que existe algo entre mim e o irmão e me perguntar diretamente se estou interessada nele. Eu respondo logo que sim. A Flávia se tornou uma grande amiga, mas não sabe nada sobre o Carlos. Só converso sobre ele com a Julia, mas até ela parou de falar sobre isso, por ver o quanto o assunto "Carlos" ainda me machuca.

No sábado, o Estevão tira folga e combinamos de assistir a um filme na casa deles. Eu faço salgadinhos, e mais um sinal de que o Estevão realmente mexe comigo é que fico toda atrapalhada na cozinha, mesmo estando sozinha. Ainda assim, consigo completar a tarefa. As empadinhas e esfirras não são as mais bonitas que já fiz, mas acho que o sabor compensa.

A turma toda é convidada e a sala fica logo cheia. Flávia coloca almofadões no chão e cada um começa a procurar o seu cantinho. Dessa vez, Estevão não deixa nada para o acaso; me puxa pela mão, me leva para o sofá e se senta ao meu lado. Ele não me abraça, noto que está avançando devagar, além disso, estamos cercados de gente. Adoro a determinação dele, mas não consigo curtir, fico tensa. Já fantasiei beijos e muito mais, inúmeras vezes, mas agora que percebo que estamos cada vez mais próximos de tornar concreto esse algo especial entre nós, esse carinho e essa atração, tenho medo. Fico em dúvida, quero e não quero. Não consigo tirar Carlos da cabeça ao mesmo tempo em que gosto de sentir o calor da coxa do Estevão colada na minha, do seu braço encostado no meu e desejo sentir seu gosto. Estou a ponto de explodir, acho que vou enlouquecer.

Felizmente, o filme é uma comédia que de maneira alguma convida a amassos ou outros atos românticos. As gargalhadas ao meu redor, principalmente as do Estevão, acabam me contagiando, e acho o filme realmente engraçado. Um pouco antes do final, Estevão segura minha mão e eu correspondo, aperto sua mão de leve, nos olhamos e sorrimos. Mas não consigo relaxar. Quero tanto ficar com ele, mas alguma coisa dentro de mim está me segurando, me impedindo de me entregar a ele, é como se eu estivesse acorrentada.

Logo depois do filme, falo para o Estevão que vou para casa, que estou cansada. Ele nota logo que tem algo de errado.

— Ok, eu te levo. Tá tudo bem?

Digo que sim e ele vai avisar a Flávia que vamos sair. Parada no meio da sala, envolta no burburinho de jovens cheios de coisas para dizer, é como se eu estivesse no olho de um furacão. Quero que Estevão me tire de lá e me beije e, ao mesmo tempo, quero fugir, me esconder.

— Vamos? Ana? Vam' bora?

Estevão está parado na minha frente, não sei quantas vezes já falou meu nome, mas é o calor da sua mão envolvendo meu braço que me desperta do transe. Saímos da casa e Estevão coloca os braços em volta de mim logo que viramos a esquina. Ele me pergunta de novo se estou bem. Eu digo que sim. Aí pergunta sobre como estou me sentindo em relação ao vestibular. Eu respondo que ainda não tenho certeza se vou prestar este ano porque quero me dedicar à Fazenda. Apesar de ser verdade, quando digo isso, é como se eu estivesse mentindo, o que só aumenta o estado de confusão em que me encontro. Estevão me aperta um pouco, me trazendo para mais junto de si, e eu descanso minha cabeça em seu peito.

Ao chegarmos ao Jardim, ele para. Ficamos de frente um para o outro e ele me olha intensamente. O seu olhar me fascina, sou tomada pelo desejo, quero seus lábios, sua língua, sim, quero beijá-lo. Ele segura minha nuca, decidido, mas delicado, fecho os olhos, sinto seu hálito quente contra o rosto, nossos lábios quase se tocam quando sou atingida por um pânico e viro o rosto um décimo de segundo antes dos lábios dele tocarem os meus. Desvencilho meu corpo do dele e dou um passo para trás.

Quando abro os olhos, vejo um homem desolado e confuso à minha frente.

— Não posso, desculpa.

— Mas... o que foi? Eu achei que...

Saio correndo, deixando o Estevão imóvel no meio do Jardim. Chegando ao apartamento, ligo para a Julia aos prantos. Julia, assim que consegue decifrar, entre meus soluços, o que aconteceu, não tem piedade. E nem tenta me consolar.

— Pirou, é? Você tá ficando doida? Como pôde fazer isso com o Estevão? Até parece que você gosta de sofrer! Ana, acorda! Já tem mais de um ano! O Carlos não vai voltar!

— Eu sei! Não sei o que deu em mim. O que eu faço agora?

— Agora, nada, é uma hora da manhã! Tenta dormir. Amanhã a gente pensa em alguma coisa.

Passo a noite em claro, entre crises de choro e momentos de apatia, e, quando pego no sono, já está amanhecendo. Sou acordada pelo interfone. Permaneço deitada, esperando que a Luzia atenda, mas o interfone continua tocando, e finalmente me lembro que Luzia passa os finais de semana na casa da filha. São nove horas da manhã e é a Flávia quem está lá embaixo. Tem cara de quem não dormiu bem e parece aflita quando entra no apartamento.

— O que aconteceu ontem? O Estevão voltou para casa nervoso, se trancou no quarto e não quis falar com ninguém. Hoje de manhã, quando acordei, ele já não estava mais em casa e nem atende o celular. Nossa! O que aconteceu com você? Você está com uma cara horrível!

Começo a chorar de novo e, quando me acalmo, resolvo contar tudo para a Flávia enquanto aplico uma compressa de gelo que ela preparou para tentar desinchar os olhos. Conto sobre a minha forte ligação com o Carlos e sobre a história do vestido branco que eu, a mamãe e a vovó vestimos. Conto sobre a proibição do namoro e o sumiço do Carlos. Falo que achei que nunca mais fosse sentir algo por alguém até aparecer o Estevão, que realmente gosto dele, que a última coisa que eu queria era magoá-lo, mas que ainda me sinto presa, de certa forma, ao Carlos, que é difícil deixar tudo isso para trás.

— Não sei mais de nada, Flávia. Eu tinha tudo tão claro na cabeça. Terminar o ensino médio, tocar a Fazenda, nunca mais namorar ninguém. Agora já não sei de mais nada. Quero me livrar do fantasma do Carlos e não sei mais se quero morar na Fazenda. E agora perdi o Estevão antes mesmo de ficar com ele!

Mal termino de pronunciar a última frase e estou aos prantos de novo. Flávia me abraça e tenta me acalmar. Já passa das onze da manhã quando escutamos alguém abrir a porta. Acho que é a Luzia, mas, quando vamos até a sala, encontramos a Julia e o Gustavo.

— E o que é que a gente não faz por você, hein, priminha? Acordar de madrugada em um domingo e ser obrigado a dirigir quase três horas. Tem alguma coisa para comer nesta casa? — diz Gustavo, a caminho da cozinha.

Corro e abraço a Julia com força, me sentindo a pessoa mais amada do mundo.

— Fiquei pensando a noite toda e já sei o que você tem de fazer. Você tem de queimar o vestido! — anuncia Julia com os olhos arregalados.

— Queimar o vestido? Virou supersticiosa agora?

— Vestido? Que vestido? — pergunta Gustavo com a boca cheia de empadinha.

— Não, mas, na dúvida, queime até não sobrar nem uma tirinha de pano daquela maldição. E você tem que contar sobre o Carlos para o Estevão. O coitado deve estar achando que a culpa é dele.

— Carlos? Então isso tem a ver com o Carlos? Se eu soubesse, não teria dirigido até aqui.

— Também acho que o Estevão tem que saber — diz Flávia.

Flávia sugere que ela converse com o irmão e que esperemos até eu e ele nos sentirmos prontos para nos vermos de novo. Ela vai contar sobre o Carlos e tentar explicar para o Estevão a minha reação. Não sei como ela vai fazer isso, porque nem mesmo eu entendo minha reação. De qualquer forma, peço para ela falar para ele o quanto gosto dele e da minha vontade de me livrar do passado.

Passo o resto do dia com a Julia e o Gustavo. O arrependimento me corrói por dentro, e estou convencida que o Estevão não vai querer me ver mais. Almoçamos fora, passeamos, tomamos sorvete; meus primos acabam conseguindo me distrair um pouco. Só voltam para Belo Horizonte de tardezinha. Mas, quando fico sozinha de novo no apartamento, volta a angústia, a tristeza, o desespero. Penso no Estevão e na burrada que fiz. Imagino o Carlos voltando. Como será que eu me sentiria? Não seria mesmo justo deixar o Estevão me beijar sem ele saber do Carlos. Eu devia ter conversado com ele sobre isso antes de deixar a situação chegar aonde chegou. Mas quando ele ficar sabendo do Carlos, não vai querer mais ficar comigo. Droga, dane-se o Carlos!

Não aguento mais esperar, pego o celular e ligo para a Flávia. Estevão ainda não voltou para casa. Estou angustiada e exausta. Acabo apagando sentada no sofá. Acordo assustada por causa de um pesadelo. Sonhei que estava amarrada sobre uma fogueira, como as mulheres acusadas de bruxaria durante a Inquisição, e que as chamas se aproximavam. Eu já podia sentir as ondas de calor, cada vez mais quentes e infernais.

Já passa das dez horas da noite. A Flávia tentou me ligar várias vezes. Ligo para ela com as mãos tremendo. Sim, ela conversou com o Estevão, mas não sabe o que se passa na cabeça do irmão. Ele escutou tudo calado, depois pegou a moto e foi para o trabalho. Flávia diz para eu tentar ficar tranquila, ele só precisa de um pouco de tempo. Levanto, tomo um banho e faço um lanche, mas não consigo comer. Sento na frente da TV, sabendo que não vou pegar no sono de novo tão cedo. Assim que ligo o aparelho, toca o interfone.

É o Estevão. Meu Deus, é o Estevão! Abro o portão, destranco a porta e a deixo entreaberta. Fico esperando por ele em pé, do outro lado da sala, mas ainda não consigo acreditar que seja mesmo ele. Mas é. É o Estevão que entra, fecha a porta e fica parado olhando para mim com as mãos na cintura. Não diz nada. Meu corpo treme da cabeça aos pés.

—Estevão, eu... sinto muito...

Ele levanta a mão, fazendo um gesto para eu parar de falar. Olha ao redor do apartamento e pergunta:

— Você tá sozinha?

— Tô.

Estevão está inquieto, dá pequenos passos para frente e para trás, olha para o chão, para os lados, até que para, olha direto nos meus olhos, respira fundo e diz:

— Eu nunca senti isso que eu sinto por você por ninguém. Eu nem sabia que algo assim existia.

Eu dou um suspiro e percebo as lágrimas chegando aos olhos. Não sei, achei que ele fosse me xingar, me dizer o quanto agi mal, que, se gosto de outro, não devia ter dado bola para ele daquele jeito. Mas não. Ele se abre. Completamente desprotegido, se coloca na situação mais vulnerável que se pode imaginar. Olhando para ele assim, com o coração e a alma escancarados, percebo que o que eu sinto por ele é algo muito maior do que atração, muito mais profundo do que paixão. Quero correr para os seus braços, mas ainda não me atrevo.

Ele baixa o olhar de novo, balança a cabeça de um lado para o outro. Vejo que ele está lutando consigo mesmo. Mas logo resolve sucumbir de vez. Olhando de novo dentro dos meus olhos, ele pergunta:

—Você quer ficar comigo? Agora, neste instante, você quer ficar comigo?

— Não há nada eu queira mais.

— Então sou seu e nada mais me importa.

Estevão atravessa a sala, me pega pela cintura, segura minha nuca e me beija. Nos beijamos até perder o fôlego. Até o cansaço pela falta de sono, pela tristeza e pela dúvida que nos perturbou durante todo o dia tomar conta dos dois. Peço para ele passar a noite ao mesmo tempo em que ele pergunta se eu quero que ele fique. Deitamos na minha cama. Cavalheiro, ele pergunta se pode tirar a calça jeans e dormir só de cueca. Uma paz maior que o universo me invade ao vê-lo tirar a calça e deitar ao meu lado. Estevão adormece primeiro. Embalada pela sua respiração tranquila, durmo um sono sem sonhos, com o corpo envolto em seus braços e a cabeça apoiada em seu peito.

Somos acordados pelo despertador. Dormimos tão profundamente que ainda estamos na mesma posição em que adormecemos. Ainda de olhos fechados, Estevão me abraça, me aperta. Encosta o nariz no meu pescoço e dá umas fungadas na minha nuca, como um cachorro rastreador, o que me faz arrepiar toda. Abre os olhos franzindo a testa, levanta um pouco o tronco e apoia os cotovelos na cama. Dá um sorriso com os olhos cheios de preguiça. Aquela cara dele de sono me enlouquece. Puxo ele de volta para a cama e o abraço com força, não quero soltá-lo, nunca mais. Ele responde ao abraço, está todo quentinho, todo gostoso. Está feliz, com um brilho lindo nos olhos. Pula da cama e se apressa em colocar a roupa, ainda tem de passar em casa para pegar uns livros antes de ir para a universidade. E eu vou para a aula em estado de graça.

A fogueira

Estevão dá um jeito de me ver todos os dias e assumimos o namoro. Junto a ele, tenho vontade de me virar do avesso para que ele possa me ver por inteira, por dentro e por fora. Sou honesta em relação ao Carlos. Não é uma conversa fácil, contar o quanto outro homem foi importante para mim. O quanto o último ano foi difícil. E sobre como eu achava que nunca mais seria capaz de gostar de outra pessoa até ele aparecer. Conto também sobre a Fazenda e como ainda me sinto presa a ela. Falo sobre o sonho que tenho de abrir um café, mas também do medo que sinto de a Iaguara, a vovó, tudo desaparecer se eu não assumir.

Não sei como o Estevão lida com o assunto "Carlos". Ele demonstrou compreensão quando conversamos sobre isso e depois não tocou mais no assunto. E nem eu. Mas ele percebe como, com a chegada de cada final de semana, fico angustiada. Não consigo esconder isso dele. Estevão me lê como ninguém. Acho que só mesmo o Preto Velho ganha dele. Já estamos em outubro e ainda não retornei à Fazenda. Apesar de não me arrepender da escolha de ficar em Lavras com o Estevão, não consigo me livrar da sensação de que estou fazendo algo errado, de que estou abandonando a vovó.

Um dia, quando estamos sentados no banco do largo em frente à Casa Rosada, Estevão olha para mim e diz:

— Ok, vamos supor que a Fazenda não esteja mais lá. Que não exista mais. Caiu uma bomba lá, deixando para trás uma grande cratera. É tudo o que resta da Iaguara. Uma cratera. A culpa não é sua. Foi uma bomba.

— Não fala assim.

— Não, sério! Não tem mais Fazenda, não tem mais nada lá.

— Para com isso, Estevão!

Começo a ficar irritada, e ele percebe. Nunca discutimos, e não me agrada para onde essa conversa está nos levando, mas ele continua:

— Ana, não tem mais Fazenda! Mais nada! Não tem mais cafezal, não tem casa grande, não tem pátio, não tem mais curral...

— Para, Estevão!

— Não tem mais nada! Agora, fecha os olhos.

— O quê?

Ele chega bem perto e sussurra no meu ouvido:

— Vamos lá, feche os olhos, eu estou aqui com você. Feche os olhos.

Fecho os olhos, mas não suporto a escuridão, então abro de novo e olho assustada para o Estevão. Ele segura minha mão, me dá um beijinho e fala para eu fechar os olhos novamente que ele não vai soltar a minha mão. Eu fecho os olhos e meu corpo todo começa a tremer, não consigo controlar, mas sinto também as mãos do Estevão e permaneço de olhos fechados.

— Bem, pense na Iaguara. O jacarandá está florido?

— Não.

— Mas ele está lá?

— Sim.

— E a casa grande?

— Também está lá.

— E o que mais?

— A capela.

— Como está o tempo? Está chovendo?

— Não, o sol está baixo. É de tardezinha.

— Dá para escutar alguma coisa?

— Um berrante. Não, dois.

— E a sua avó, cadê?

— Está sentada na varanda, sorrindo. Não, espera, está na cozinha, de avental, a mão lambuzada de massa de pão de queijo!

— E as vacas?

— Estão voltando para o curral.

Passa um ônibus barulhento e abro os olhos de súbito.

— E o que você está vendo agora, de olhos abertos?

Os olhos do Estevão, profundos, brilhantes e pretos, pretíssimos como o espaço sideral. Não falo nada, mas aperto sua mão e não tiro meus olhos dos dele.

— E o que você está vendo atrás de você?

Viro e vejo o muro da Casa Rosada, todo descascado, quase nem dá para ver que é rosa.

— O muro da Casa Rosada, precisando de uma pintura urgente.

— Pois é. Eu estou aqui, o muro está aí. Mas na Fazenda caiu uma bomba, ela não está mais lá. E mesmo assim você a viu, não viu? O mundo pode acabar, Ana, mas isso tudo você vai sempre levar com você. Mas quem está na sua frente agora sou eu, que quero te pegar e te beijar todinha.

Ligo para a mamãe e pergunto se ela pode ir para a Fazenda no sábado se encontrar comigo. Felizmente, ela diz que sim, mas só conseguirá chegar no final da manhã. Eu digo para a Luzia que ela não precisa ir dessa vez e, no sábado, cedinho, pego o primeiro ônibus para Bom Sucesso. O caseiro vai me buscar e conta, feliz, como o cafezal já está todo florido. É fácil notar como ele adora o trabalho.

Ao chegar, abro a casa e, depois, vou direto para o cafezal. Antes mesmo de avistar a lavoura, já sinto o cheiro de fruta cítrica no ar. A paisagem que me encontra é fascinante, sempre fico emocionada ao ver o cafezal florido. As flores brancas já começam a encher fileiras e mais fileiras de pés de café, como neve recém-caída sobre os pinheiros nos invernos europeus. As flores brotam bem junto ao caule e cobrem os galhos até a ponta, onde algumas folhas verde-claras e brilhantes dão um belo contraste à brancura. É o começo da floração, mas já dá para ver que teremos uma bela colheita.

Com o coração tranquilo, chego ao carvalho. Sento em uma raiz e fico observando a paisagem até ver nossas quatro vaquinhas chegando ao pasto, seguidas pelo caseiro. Coloco minhas mãos no tronco. É uma árvore impressionante, majestosa, que certamente já presenciou muitos corações aflitos e beijos apaixonados.

Decido ir até a carpintaria. Já tem muito tempo que não vou lá. Não é sem melancolia que olho para o galpão silencioso. Um lugar antes sempre cheio de movimento. Mãos, braços, serras e serrotes, tábuas transformadas em móveis, pedaços de couro, em estofamento de selas. Objetos informes e inúteis sendo trabalhados, cortados, polidos, juntados, virando pequenas e grandes obras de arte de uso rotineiro.

Concordo com a vovó, que tinha certa resistência à arte contemporânea. Não considero arte colocar uma cadeira ou uma sela no meio de uma galeria. Mas os móveis e as selas que saíam dessa carpintaria eram arte. Sempre tiveram algo de transcendental. Mais do que ensinar as técnicas aos seus aprendizes, o Preto Velho conseguia achar dentro de cada um aquela faísca, aquela força divina que existe dentro de todos nós. Ele os fazia conscientes dessa energia e os ensinava a usá-la em seu trabalho de transformação. E assim obras de arte eram criadas.

A banqueta em que o Carlos costumava sentar está esquecida em um canto. O seu martelo favorito, jogado em cima da bancada. As mãos, os braços, o amor do Carlos transformando tudo que tocava em algo especial. Aqui, nesse lugar. Agora, tudo parado, imóvel, paralisado. Junto à parede dos fundos, uma pilha de tábuas de jacarandá juntando poeira. Elas permanecerão madeira; nem árvore, nem objeto, apenas tábuas inúteis, lixo.

O Preto Velho não gosta de me ouvir falar assim. Diz que saudade é uma coisa. É bom parar e sentir um pouco de saudade de vez em quando. Mas nostalgia é outra coisa bem diferente. E ele não gosta de nostalgia. O passado, levamos com a gente, pois ele contém ensinamentos e momentos felizes que devemos recordar. Mas temos de olhar para frente, não para trás. O Preto Velho já me disse isso tantas vezes, acho que estou começando a entender o que ele realmente quer dizer, mas ver a carpintaria vazia é como ser confrontada com tudo que perdi na vida.

Aí penso no Estevão e em tudo de bom que ele tem me trazido. Sim, caiu uma bomba aqui, a bomba do tempo. Essa Fazenda não é mais a minha Iaguara. Esta eu trago sempre dentro de mim, é só minha. Nela, a carpintaria está movimentada durante o dia, os berrantes anunciam o crepúsculo enquanto mais de quarenta vacas seguem para o curral. Eu e a vovó fazemos pão de queijo, geleias e quitandas, o olhar do Carlos me segue por onde quer que eu vá, o Preto Velho esculpe pedacinhos de madeira sentado em seu cantinho na cozinha. Já a Fazenda Iaguara da vovó, de acordo com o que ela me contou, são duas. Uma tem a Dora mexendo no tacho, o Pretinho correndo pelo pátio. A outra tem o vovô saindo cedo de terno e sapato engraxado e polido no seu Ford para ir para Bom Sucesso, tem eu dormindo na sua cama e meus dedinhos roubando massa de bolo. Essas Iaguaras nenhuma bomba, nem mesmo a do tempo, pode destruir.

Saio da carpintaria, passo na cozinha da casa grande, pego um pedaço de bolo de cenoura que a mulher do caseiro acaba de tirar do forno e vou visitar o Preto Velho. Encontro ele no jardim podando alguns arbustos. Ele termina o trabalho, que faz comentando, me mostrando quais galhos retirar, quais deixar, me ensinando, assim, um pouco sobre poda. Entra na cabana, lava as mãos, faz café e vamos nos sentar na varanda para comer o bolo.

— Já viu como o cafezal tá bonito, Preto Velho?

— Sim, fia, tá lindo, vai ser um ano bão.

Prefiro os chazinhos ao café do Preto Velho, muito fraco e muito doce. Quando ele ia até a nossa cozinha, Luzia sempre misturava um pouco de água com açúcar na xícara dele. Mas não me importo, é tão bom sentar nesse alpendre ao lado dele, olhar para o jardim e para a mata que circunda a cabana.

— Não é fácil, Preto Velho.

— E quem disse que vivê é fácil?

— E o que é que eu faço?

— Ocê sabe, Ana. Ocê sabe.

— Mas e a vovó? Ela amava tanto isso tudo...

— É verdade. Mas quem foi que te colocô na cabeça que sua vó queria que ocê ficasse aqui?

— Mas, Preto Velho...

— Oh, Ana, pode pará. Tem hora de chorá, e ocê já chorô. Agora vai e faz o que teu coração qué.

Enxugo as lágrimas depressa e fico olhando para o Preto Velho, um pouco surpresa, um pouco aliviada. Ele lê corações e almas e sabe melhor o que se passa comigo do que eu mesma. Uma borboleta passa voando bem na minha frente e prende minha atenção. Voa tranquila entre as flores, tão leve. E o peso que tenho carregado durante tanto tempo nos ombros vai se dissipando, como se a leveza da borboleta me tornasse leve também.

— Você vai ficar bem, Preto Velho?

— Vô, fia. Vai em paz.

Dou um abraço no meu querido Preto Velho e fico em pé olhando um pouco mais para o seu jardim.

— Ah, Preto Velho, antes de eu ir, você tem arruda?

•••

Do jacarandá, vejo a mamãe deitada na rede pendurada em um canto da varanda da casa grande, lendo. O suor escorre pelas minhas costas, vim andando rápido desde a cabana do Preto Velho. Subo as escadas de dois em dois degraus. Mamãe escuta meus passos e levanta a cabeça. Fico parada em pé, ao lado da rede, olhando para a mamãe, segurando um enorme ramo de arruda. Mamãe olha para mim, para o ramo de arruda, joga o livro no chão e fica de pé.

— Ué, vamos tomar banho de descarrego?

— Vamos! E hoje à noite, vamos fazer uma enorme fogueira e queimar o vestido.

— Queimar o vestido? O vestido branco?

— O vestido branco.

Mamãe fica me olhando, surpresa, mas logo vejo um sorriso nascendo no canto da sua boca.

— Ótima ideia!

Entro no quarto da vovó, abro o baú e pego o vestido branco. Acho uma tesoura e levo tudo para a sala. Mamãe vem e senta ao meu lado. Começo a abrir a costura na barra do vestido.

— A mancha de sangue? — mamãe pergunta, curiosa.

— É. Você sabe da história?

— Sei, mas esse vestido já foi lavado várias vezes, então, mesmo se for verdade, a mancha não deve mais estar aí.

— Pelo que a vovó contou, não tiveram tempo de tirar a mancha, lavaram rápido, secaram e fizeram a bainha por cima, rezando para que a costureira não notasse. Mancha de sangue, se não é tirada na hora, não sai mais.

Tiro toda a costura da barra do vestido e o examinamos debaixo da luz do abajur.

— Não pode ser! Olha aí, não é que a danada da mancha existe mesmo! — surpreende-se mamãe.

Está bem fraquinha, mas está lá, a mancha da gota de sangue da Dora que caiu quando ela ajudava a costureira a alinhavar a barra do vestido branco.

— Você acredita, mãe?

— Em quê?

— Que, sem querer, a Dora acabou amarrando o nosso destino ao destino dos herdeiros de seu sangue. Será possível algo assim?

— Acho que não. Acho que teríamos nos apaixonado por eles mesmo sem o vestido. Mas, ao mesmo tempo, não acredito em destino. Ah, sei lá! De qualquer forma, você querer queimá-lo talvez signifique que está pronta para uma nova fase da sua vida. Talvez seja isso. Eu fico querendo controlar as coisas e acreditei que pudesse evitar o seu sofrimento impedindo o seu namoro com o Carlos. Mas não adiantou nada, você tá aí, sofrendo. Só quero a sua felicidade, filha. Mas é como a vovó falava. A felicidade da gente, só depende da gente.

— Vamos acabar logo com isso.

— Sim, vamos!

Damos folga ao caseiro, que leva a esposa para visitar os pais em Ibituruna e só voltará amanhã à tarde. Antes do anoitecer, arrumamos a fogueira na parte de trás da casa. Acendo o fogão a lenha, e, quando temos água quente o suficiente, começamos o ritual. Lavamos os cabelos, enchemos a banheira com água bem quente e preparamos o banho de descarrego com pétalas de rosa e arruda. Entramos as duas juntas na banheira, uma de cada lado, e não conseguimos parar de rir ao olhar uma para a outra no meio de toda aquela arruda. Mas não demora muito até o cheiro da erva e das flores, a água quente e o vapor fazerem efeito. De olhos fechados, encostamos a cabeça no canto da banheira, cada uma concentrada em sua própria vida e em seus desejos, em tudo aquilo de que queremos nos livrar, em tudo que queremos conquistar.

Só saímos da banheira quando a água começa a esfriar. Deixamos o cabelo secar naturalmente. Mamãe tem o cabelo ondulado, mas só o usa escovado. Dessa vez, deixou as madeixas em paz. Eu também. Escolhemos dois vestidos da mamãe, rodados, da época em que era mais nova. Pintamos as unhas e os lábios de vermelho. Duas bruxas indo brincar com fogo.

Entrego o vestido para a mamãe. Ela me olha, séria.

— Estou pronta. E você?

Eu confirmo com a cabeça. Vamos até a cozinha. Pego uma caixa de fósforos, mas, antes de sair, mudo de ideia. No depósito de madeira, acho um pedaço de pau comprido e enrolo bastante papel de jornal na ponta. Apago todas as luzes da casa e saímos pela porta da cozinha em direção à fogueira. Quero acendê-la com uma tocha. É uma noite clara e estrelada. Assim que nossos olhos se acostumam, não temos dificuldade em andar no escuro. Sinto os morcegos voando entre as árvores e o telhado da casa. Grilos cantam por toda a parte. Vaga-lumes piscam à nossa frente, dos lados, um segundo de luz, e se confundem com a noite de novo.

Paramos em frente à fogueira. Mamãe olha para mim e joga o vestido em cima do monte de lenha e gravetos. Acendo a tocha. O rosto da mamãe fica iluminado pelas chamas, a boca vermelha, o cabelo solto, selvagem.

Sinto nosso sangue correndo pelas veias. Sendo maldição ou não, quero me livrar de qualquer amarra, quero me entregar ao Estevão com tudo que tenho e deixar o resto no passado. Quero que os momentos com o Carlos se tornem meras lembranças boas, nada mais. Mamãe sorri. Respondo ao sorriso, mas minhas mãos tremem. Aproximo a tocha da fogueira, olhando para o vestido branco no topo, mas hesito. Não consigo, sou incapaz de botar fogo no vestido. É como queimar tudo pelo que vivi até agora. Depois de acabar com tudo, o que sobrará de mim?

A imagem do pássaro de madeira me vem à cabeça. Ele se transforma em Fênix e sai voando. Olho para o céu estrelado. Vejo os olhos do Estevão, negros e brilhantes.

Mamãe segura meu braço, me dá um beijo na bochecha e diz:

— Você não está sozinha.

Respiro fundo e coloco a tocha ainda mais perto da base da fogueira, mas puxo o braço de volta mais uma vez. Fecho os olhos e avanço o braço com raiva, dessa vez, não deixando a possibilidade de voltar atrás. A palha estala. Abro os olhos. As chamas avançam sem piedade e começam a subir. Mamãe toma o que resta da tocha da minha mão e joga em cima do vestido instantes antes de o fogo chegar na minha mão. Ela me abraça e, juntas, observamos as chamas se aproximarem do vestido. Em segundos, ele começa a queimar e logo é consumido pelo fogo.

Ficamos em silêncio, com os olhos fixos nas chamas. Além das ondas de calor, não sinto mais nada. Nem medo, nem tristeza, nem alegria, nem excitamento. Nada. É como se eu estivesse em um vácuo entre dois lugares. Nem aqui, nem lá. No meio. Quando só resta brasa ardendo entre pedaços carbonizados de madeira que se desintegram em cinzas, penso na Fênix de novo. Ela surge do meio de cinzas mortas, não de brasa ardente. Ando até o alpendre, pego um balde, encho de água e jogo sobre a brasa. Chiado e fumaça, cheiro de queimado e noite. Mais nada.

— Mãe?

— Sim, filha?

— Amanhã cedo você liga para o primo Zé Henrique.

A Estação do Bonde

A Fazenda Iaguara é vendida. Com a nossa parte da herança, a mamãe e eu compramos a Casa Rosada. Mamãe não faz nenhuma objeção quando eu digo que quero comprar o casarão, apesar do preço e dos custos da reforma. Pelo contrário. Enquanto eu analisava as possibilidades de transformar a cozinha e as duas salas maiores em um café, mamãe, logo na nossa primeira visita, viu que a parte dos quartos poderia ser transformada em uma elegante clínica de beleza.

Tento me concentrar na Casa Rosada, em todo o trabalho a fazer por lá, em como ficará linda depois da reforma. O Estevão e o casarão da Rua Santana são a luz no final de um longo túnel escuro. Mas ainda estou dentro desse túnel, mais próxima do outro lado, quase lá, mas a escurão da qual tento me livrar mantém suas garras em volta de mim. Dou uns passos adiante e a escuridão me puxa para trás, me faz parar, às vezes até recuar um pouco.

Apesar do entusiasmo com a Casa Rosada, não sinto alívio por finalmente ter conseguido abrir mão da Fazenda. Pelo contrário, parece que entreguei a vida da vovó e parte do meu ser a outras pessoas. Mas a outra parte de mim quer viver como nunca antes. E, ao olhar para o Estevão no domingo depois de voltar da Fazenda, tenho vontade de me jogar em cima dele e fazer amor ali mesmo no meio do Jardim.

Não comento sobre o ritual da queima do vestido com ele, mas o Estevão enxerga as chamas dentro dos meus olhos. A primeira coisa que diz ao me ver é que estou com um ar de feiticeira, dessas que preparam poções mágicas no meio da floresta em dias de lua cheia, evocando as forças da natureza. O beijo que me dá é um beijo mais atrevido, segura minha cintura com mais firmeza, com impaciência.

Nossos carinhos têm se tornado mais íntimos a cada dia, mas, até agora, tudo de roupa. Ele sabe que sou virgem, apesar de minhas experiências com o Carlos terem ido bem longe. Ele é mesmo um cavalheiro e nunca vai além do que eu permito. Mas, ao se despedir de mim depois do beijo, diz que, se eu continuar assim, com esse fogo nos olhos, ele não vai aguentar.

Na mesma semana, completo dezoito anos. Não quero festa e resolvo comemorar somente com os meus pais, o Estevão e a Luzia no apartamento em Lavras.

Luzia prepara um jantar delicioso, e, depois dele, recebo três surpresas enormes. Meus pais me dão um carro, um Palio Mile vermelho. Como eles disseram, não posso administrar um café sem um carro. Da Luzia, ganho algo que me deixa muito emocionada, um dos tachos de cobre que pertenceram à Dora. E o presente do Estevão me faz acreditar de vez em destino, anjos e deuses. Ele me dá reproduções de fotos antigas de Lavras em lindas molduras de madeira para decorar as paredes do café.

Tenho uma sensação forte de *déjà-vu* quando começo a desembrulhar os quadros. E perco o fôlego de vez ao ver a última das reproduções, uma foto do bonde parado na Estação do Bonde, com a Casa Rosada aos fundos. Não é *déjà-vu* coisa nenhuma, são as fotos que vi quando criança na "Loja do Libanês" logo antes de ser fechada. Estevão conta que viu as fotografias na casa de um amigo da universidade e, assim que eu falei para ele como tinha imaginado o café, ele pensou logo nelas. Tinham sido tiradas pelo bisavô do rapaz, um libanês que viajava pelo estado com sua máquina fotográfica e suas bugigangas. A vida dá mesmo voltas, como a querida vovó gostava de dizer. Nunca nem imaginei que fosse ver essas imagens de novo.

No final de semana seguinte, Estevão me leva para acampar perto de Carrancas dirigindo meu Palio vermelho. Para o papai, digo que estamos indo com a turma toda. Mamãe finge que não escuta, para não me pegar mentindo, pois sabe muito bem que estamos indo sozinhos.

Já é de tardezinha quando chegamos. Montamos a barraca e juntamos toda a lenha necessária para a fogueira antes de ficar escuro. Assim que vemos que já temos o suficiente, largamos tudo no chão e nos agarramos um ao outro, não há mais como esperar. Amo Estevão do fundo do meu coração e sinto seu amor por mim. Nos despimos com certa impaciência, entre beijos, lambidas e mordidelas apressadas. Mas, ao nos livrarmos das roupas, começamos a nos acariciar devagar. Temos todo tempo do mundo. Sou tomada por uma felicidade divina, maior do que qualquer sentimento que já havia vivenciado. Sem culpa, medo, vergonha. E percebo que essa felicidade surge porque compartilho o momento com o Estevão, porque estamos em sintonia. Perco a noção de tempo e espaço, nossos corpos nus e suados levitam entre o céu e a terra, e meu último pensamento antes de me desligar completamente da razão é que talvez isso seja morrer, ou, quem sabe, nascer.

Sentados na frente da cabana, abraçados, nus e enrolados em um enorme edredom, olhando para o fogo, com a escuridão ao nosso redor, os estalos da fogueira e os sons da noite, pergunto ao Estevão: o que é a vida vivida? Onde ela está? Para onde vai? Porque não consigo largar a ideia de que a vida da vovó está impregnada nas paredes e no piso da casa grande, que corre junto com a seiva de cada árvore da Fazenda Iaguara. Conto a ele que outra coisa que me incomoda, que não me deixa em paz é que, depois da morte da vovó, não me senti mais em casa lá. Não me sentir em casa em um lugar onde está a vovó e tudo de bom que vivi lá é algo que tem me machucado muito. Não me arrependo da venda da Fazenda, mas às vezes me sinto uma traidora, uma ingrata.

Estevão não sabe me responder para onde vai a vida já vivida, nem a nossa, nem a vida de alguém que já se foi.

Visivelmente comovido, ele fala de um primo que morreu há três anos. Tinha a mesma idade que ele, eram amigos, e ele morreu de repente, teve um aneurisma cerebral. Um dia, estava dando gargalhadas. No outro, estava morto. Estevão diz que ainda não entende, não sabe onde foi parar as gargalhadas do primo, seus momentos bons, seus medos, seus desejos, seus planos. Simplesmente não sabe.

— Mas acho que não está dentro de nenhuma parede, nem corre junto com a seiva da jabuticabeira que meus tios têm no jardim. Uma vez, caímos os dois lá de cima. Eu quebrei a perna, ele, os dois braços. Imagina, ele teve de ficar com os dois braços engessados.

— Nossa! Verdade?

— Verdade, tenho foto! Mas, mesmo se não tivesse, lembro da coceira. Eu tinha de coçar minha perna e os braços dele, e fazia isso enfiando um canudinho debaixo do gesso. Aquela sensação gostosa, sabe? Aquela coceirinha fugindo da ponta do canudinho. Você precisava ver a cara de satisfação dele. Lembro do cheiro de chulé quando tiramos o gesso, do sorriso dele quando minha tia dava sorvete na boca dele. Ganhava sorvete todo dia, e chocolate, e bala!

Ficamos em silêncio, cada um virando seu longo pedaço de pau com queijo coalho espetado na ponta sobre a fogueira.

— Sabe o mito da Fênix? Achei interessante quando você me contou e li um pouco sobre isso. Fiquei pensando nas cinzas. Cinzas são ricas em nutrientes, podem ser usadas como adubo — diz o Estevão de supetão.

— E daí? — pergunto, sem entender muito bem aonde ele quer chegar.

— Não sei se é besteira, mas, olha, a Fênix renasce de suas próprias cinzas. De um monte de cinzas sem vida, renasce a Fênix.

— Sim...

— As cinzas parecem sem vida, mas contêm nutrientes. Li que as cinzas da madeira contêm tudo que a planta precisa para se desenvolver e podem ser usadas para enriquecer a terra.

— E daí, Estevão?

— E daí que a Fênix, ao renascer, esplêndida, dourada, cheia de energia, ressurge de suas cinzas, leva consigo um pouco daquilo que foi. O pássaro renasce, se desenvolve, cresce, fica lindo a partir daquilo que foi. Faz sentido?

— Ué... Até que faz!

— Pois é, a Fênix é você!

— Como assim, eu?

— Você tem de se soltar das amarras de suas cinzas e voar. Mas isso não significa que esteja deixando tudo para trás. As cinzas são parte de você. Parte daquilo que te faz tão linda.

— Estevão!

— Vem cá, minha linda, é isso mesmo. Você não está deixando nada para trás. A Fazenda, sua avó e tudo que você viveu lá faz parte de você, de quem você é. Mas agora você tem que voar!

Estevão enxuga minhas lágrimas e me enche de beijinhos.

— Mas me leve com você, viu?

Acordo sentindo o calor da pele do Estevão. Seus braços em volta de mim, eu grudadinha nele, nossas pernas entrelaçadas. Nossos corpos estão quentes, mas não suados. Pela respiração dele, noto que ainda está dormindo, e eu fico quietinha, presente nesse instante, atenta ao conforto do meu corpo, à tranquilidade, à felicidade.

•••

A primeira coisa que faço ao assumirmos o casarão é remover todo o mato do pomar e cuidar das árvores frutíferas sobreviventes; duas jabuticabeiras, duas goiabeiras, uma laranjeira, uma mexeriqueira, um limoeiro. Aproveito também a época de chuvas para plantar duas mudas de jabuticabeira trazidas da Fazenda. Tirei enxertos das jabuticabeiras da Fazenda há algum tempo e preparei as mudas pensando em plantá-las lá mesmo. Geleia de jabuticaba é um produto exclusivo, já que a fruta praticamente só é encontrada em pomares caseiros e uma jabuticabeira nova demora anos até frutificar. Agora, farão parte da Casa Rosada.

Ver o pomar surgindo pouco a pouco no meio de tanto mato, enquanto o suor desce pelas minhas costas e minha testa, me enche de satisfação, interrompida somente pelo barulho irritante das máquinas usadas para acabar com o matagal no barranco ao lado. Para limpar toda essa área, tivemos de contratar dois trabalhadores. Pretendo cobrir boa parte do barranco com uma vegetação rasteira. Nas partes que não são tão íngremes, já pedi para fazerem alguns terraços planos, onde farei minha horta de ervas. Também será construída uma escada de pedra que dará acesso a esses terraços de sabores.

Espero o ar mais fresco do entardecer e o silêncio das máquinas para plantar as jabuticabeiras. O céu está nublado, carregado, sinto que, a qualquer momento, a chuva vai começar a cair. Cavo os buracos, largos e profundos, na terra do quintal da Casa Rosada. Misturo a terra retirada com esterco. Coloco as mudas com cuidado, arvorezinhas que já alcançam mais de 50 centímetros de altura. As mudas são envolvidas com a terra adubada. As primeiras gotas de chuva chegam ao chão. É uma chuva tranquila, gostosa, nada de estrondo. Uma chuvinha como que encomendada para saudar meus pezinhos de jabuticaba, como para dizer "sejam bem-vindos". Fico em pé, apoiada na enxada, olhando para as folhas das mudas balançando de leve a cada gota que as toca. Olho para a terra, de onde saem os caules, ainda tão fininhos. É um pedacinho da Iaguara que planto nessa terra. Espero que suas raízes cresçam firmes e profundas.

Parada no meio do pomar, olhando as jabuticabeiras e deixando a chuva me molhar, penso no Carlos. Trabalhar com a terra sempre me lembra do Carlos. Ainda fico triste quando penso nele, mas não é como antes. A ferida parece que fechou, deixando apenas uma cicatriz.

A chuva para, a noite cai e volto andando para o apartamento, ensopada da cabeça aos pés. Debaixo do chuveiro, com a água quentinha batendo nos meus ombros, fico pensando no sentido dos lugares. O pomar da Casa Rosada, com suas jabuticabeiras, é talvez tão antigo quanto o da Iaguara. Os alicerces e as paredes do casarão poderiam com certeza contar histórias. Guardam segredos, assim como os fundamentos da casa grande. Quantas vidas foram vividas entre as paredes e árvores do casarão no alto da Rua Santana? Mas, para mim, é tudo novo. É o começo.

A parte do Colégio Sagrado Coração de Jesus onde mora a freira anciã é, hoje, um lugar tranquilo e de paz, onde idosos podem passar a última fase de suas vidas sendo cuidados com carinho. As mesmas paredes, o mesmo chão, as mesmas árvores ouviram os urros da vovó ao lhe tirarem o bebê.

A Iaguara, que, para mim, sempre foi o paraíso, foi o inferno para o Pretinho, um lugar que trouxe sofrimento para a minha mãe, que presenciou amores, alegria, morte, tristeza, desespero, angústia. A Fazenda já está ficando no meu passado, e isso dói. Dói no peito, aperta. Mas sinto também algo bom, que alivia o aperto no peito, ao imaginar a menininha que lá vai crescer correndo para o curral, puxando Clara e o primo Marcelo pela mão. Tudo novo.

Começamos a reforma pela parte dos quartos, pois a mamãe quer ver a clínica pronta o mais rápido possível. Eu ainda tenho de me preocupar com as provas finais e em tirar a carteira de motorista. O vestibular, deixarei para o ano que vem. Já no início dos trabalhos de renovação, notei o quanto faz falta eu não poder dirigir, e a mamãe me ordenou dar prioridade a isso e às últimas provas no Gammon.

Um novo ano chega e a vida de todos ao meu redor toma novos rumos. Termino o ensino médio, tiro carteira de motorista e logo abrirei meu próprio café, a Estação do Bonde. Lá, todos poderão vivenciar um pouquinho de felicidade ao comer as gostosuras da Dora, da vovó, da Luzia e minhas.

A Julia, depois que começa a namorar o Rodrigo, da minha sala, muda de planos completamente. Consegue entrar na UFLA, vai fazer Nutrição e morar comigo.

Luzia também se mudará em breve. Vai continuar trabalhando com a gente, tanto no apartamento quanto me dando uma mãozinha no café, mas comprou uma linda casinha na mesma rua da sua filha. Depois de tanto tempo, vai finalmente morar na sua própria casa de novo. A Flávia também passa no vestibular, vai fazer Administração de Empresas e trabalhar meio período comigo na Estação do Bonde assim que for inaugurada.

Papai e mamãe estão morando juntos de novo. Papai também se apaixona pela Casa Rosada. Seus projetos de arquitetura são ultramodernos, mas ele adora casarões antigos. Mamãe reserva uma das suítes da Casa Rosada e a salinha adjacente, que tem saída própria para o pátio, para os dois. Fazem um belo cantinho onde irão morar quando estiverem em Lavras.

Pensar na vovó não me traz mais tanta dor. Sinto muita saudade, mas já me lembro dela com alegria. Visito a Fazenda de vez em quando e estou me acostumando com a ideia de que a Iaguara não é mais minha. Ainda não entregamos as chaves nem retiramos as coisas da vovó. O bebê da Clara e do primo Marcelo já nasceu, uma princesinha, mas só se mudarão para a Fazenda em abril.

Tento pensar no Carlos com carinho em vez de raiva. Passamos momentos tão bons juntos, e ele deve ter tido seus motivos para ir embora daquele jeito.

A clínica fica pronta, será inaugurada em duas semanas. Só faltam os últimos equipamentos e produtos chegarem. Mamãe já fez as contratações e treinamentos necessários. Chega a hora de reformar a cozinha e, depois, as salas onde funcionará a Estação do Bonde. Mamãe fica impressionada quando lhe explico o que quero fazer e como imagino o café. Tenho tudo na cabeça, nos mínimos detalhes. Ela gosta das minhas ideias e logo os pedreiros começam o trabalho.

Da Iaguara, vou trazer todas as mesas e cadeiras, inclusive a mesa longa da sala de jantar. Mas, mesmo assim, não será o suficiente. Aí me lembro das tábuas de jacarandá esquecidas na carpintaria. Pergunto ao Preto Velho se ele pode desenhar as mesas e as cadeiras que preciso e me indicar um bom carpinteiro, talvez um de seus antigos aprendizes, que possa seguir suas instruções e fazer o trabalho. O Preto Velho me conta que um de seus melhores aprendizes tem uma carpintaria em Bom Sucesso. Vou até lá conversar com ele e ele não só fica feliz em fazer os móveis como também diz que adoraria trabalhar mais uma vez na carpintaria da Iaguara, assim não precisamos transportar a madeira e fica mais fácil para o Preto Velho supervisionar o trabalho.

O barulho da serra ligada me atinge como um tiro certeiro, e não consigo ficar dentro da carpintaria. A minha reação me irrita, mas tenho de admitir que ver e escutar a carpintaria em movimento de novo sem o Carlos é pior do que encontrar o lugar quieto, vazio. Saio de lá às pressas, mas não há onde me esconder. O barulho é ouvido do curral e até da varanda da casa grande. E mesmo embaixo do carvalho, onde o som não chega, percebo que ele foi acordado dentro de mim, que ele está lá, que não há como evitar.

Na hora do café da tarde, embrulho pão de queijo, bolo e café, busco o Preto Velho de carro e o levo até a carpintaria. Ao entrar e ver o João, seu antigo aprendiz, lixando um pedaço de madeira, Preto Velho solta uma gargalhada que vem mesmo de suas entranhas. João se levanta e abraça seu antigo mestre. Ficamos lá durante uma hora. Depois do lanche, o Preto Velho dá instruções e recomendações ao João, sorri o tempo todo, está mesmo muito feliz por estar lá e fazer o que está fazendo. Na volta, pergunto a ele como ele consegue ficar tão alegre ao ver o lugar onde trabalhou a maior parte da sua vida sendo usado agora só por um tempo, se não lhe machuca o fato de que as coisas passam e não voltam.

— É bão que as coisa passa e não volta, é assim que tem de sê.

— Mas você não fica nem um pouquinho triste também? Não sente falta do Carlos?

— Sinto falta do Carlos, mas triste não fico não. E trabalhá um pouquinho com o João é uma alegria! Brigado, fia.

— Mas como você consegue se sentir assim? Eu não consigo, fico triste mesmo sem querer.

— Tive cem anos pra aprendê! — E, com isso, Preto Velho solta mais uma de suas gargalhadas.

As cadeiras e mesas ficam lindas. A Estação do Bonde fica exatamente como eu tinha imaginado. Rústica, simples e acolhedora, assim como as receitas da Dora. O livro de receitas ficará sempre exposto ao lado das rosquinhas e geleias. Da Iaguara, trouxe também pratos, xícaras e talheres. Até a porcelana da Fazenda, que era de uso diário, é muito bonita, e resolvi usá-la no café. A porcelana de festa foi dividida entre a mamãe e o tio Toni.

Assim que a cozinha fica pronta, eu e a Luzia testamos todas as receitas e escolhemos os produtos que serão vendidos. Além das rosquinhas e geleias, serão servidos bolos, pão de queijo e sanduíches com pães fresquinhos assados todos os dias na nossa cozinha. Compro uma máquina de café expresso e eu e a Flávia vamos a Belo Horizonte fazer um curso para aprender a mexer nela. A Flávia será a responsável pelo treinamento dos outros que trabalharão no balcão e servindo as mesas da Estação do Bonde.

•••

Finalmente, o dia da inauguração se aproxima. Estamos arrumando os últimos detalhes da decoração. A semana que vem será dedicada à produção dos doces, rosquinhas e geleias que serão vendidos e das amostras que serão distribuídas quando abrirmos as portas no sábado da próxima semana. Julia está comigo, o sol poente entra pelas janelas dos fundos, batendo nas prateleiras onde estão os primeiros potes de geleia. Estou em pé na frente do balcão, mas virada de costas para a porta de entrada, enchendo um grande vidro de rosquinhas de nata que será usado como enfeite, quando escuto alguém entrar pela porta que deixamos entreaberta. Estamos esperando o Estevão chegar com o restante dos pratos, xícaras e centros de mesa que encomendei em Tiradentes. Por isso, presumo que seja ele. Mas, quando começo a me virar, vejo a expressão de espanto no rosto da Julia e escuto ela dizer:

— Oh, meu Deus! O que você veio fazer aqui?!

Antes mesmo de ver quem acaba de entrar, pressinto quem é e o desastre que está prestes a me atingir. Perturbada, ao virar meu corpo de frente para a entrada, esbarro no vidro cheio de rosquinhas em cima do balcão. O vidro balança e cai. Carlos avança em um movimento instintivo em direção ao vidro para tentar evitar a queda, mas não o alcança e tudo se espatifa no chão. Agora ele está tão perto de mim que eu poderia tocá-lo se esticasse o braço. Mas eu não o faço, nem ele. Ficamos de frente um para o outro, mas é como se eu tivesse saído do meu corpo, não consigo me mexer, não consigo abrir a boca, não consigo falar. Os olhos cor de mel do Carlos, sua respiração apressada, sua expressão de, não sei bem, de apreensão, talvez.

Julia se aproxima e empurra o Carlos para longe de mim.

— O que é que você veio fazer aqui? — ela repete, agressiva, e não para de empurrá-lo até chegarem perto da porta.

Carlos não sabe muito bem o que fazer, tenta parar a Julia, mas não quer usar força contra ela, e acaba sendo levado.

— Calma, Julia, eu só quero conversar.

— Conversar? Você não acha que agora está um pouco tarde para conversar?!

Tudo se passa na minha frente, observo tudo, mas não consigo interferir. Não sinto nada. E percebo que agora também já não escuto mais nada, estou no meio de um silêncio absoluto. Vejo a expressão agressiva da Julia, ela gesticula, está a ponto de agredi-lo fisicamente. Pelo movimento de seus lábios, o cenho franzido, certamente está lançando insultos. Carlos se desespera, olha para mim, olha para a Julia, não sabe como se defender nem o que fazer. Os dois se viram para mim. Agora minha cabeça está a ponto de explodir. O silêncio é cortado por um zumbido, que começa lá no fundo e fica mais e mais alto, até atingir um nível insuportável, ensurdecedor, como se eu estivesse dentro de um liquidificador.

Com um tranco forte, tenho a sensação de ser jogada de volta ao meu corpo e, com isso, todo o peso do mundo cai sobre meus ombros. Um peso que não consigo carregar. Preciso de ar, estou sufocada. Viro as costas e saio correndo pelos fundos. Lá fora, a cidade está envolta na algazarra do entardecer. Trânsito, pontos de ônibus lotados, faróis que ficam amarelos, vermelhos, verdes, arrancos de carros, postes de luz acendendo, buzinas, pessoas apressadas, em todas as direções, para todos os lugares. Eu ando para lugar nenhum, para longe de tudo.

Gosto de sal e saliva

Quando volto para casa, a cidade já está calma. Julia está sentada no sofá com cara de choro e segurando um celular em cada mão. Tinha me procurado por toda parte, ligado para todos os nossos conhecidos, não sabia mais o que fazer e estava considerando contatar a polícia. O outro celular era o meu. O Estevão tinha ligado, mas apenas uma vez, e não tinha mandado nenhuma mensagem depois.

Escutando a Julia, percebo o quanto estou exausta, minhas pernas latejam. Ela vê que estou a ponto de cair e me ajuda a andar até a cama. Julia manda uma mensagem para o Estevão do meu celular, escreve que eu tinha esquecido o aparelho no café, que estou muito cansada e vou tentar dormir mais cedo.

Sentada ao meu lado na cama, Julia conta o que aconteceu depois que saí correndo. Carlos quer conversar comigo. Estará na cabana do Preto Velho até amanhã à tarde e vai me esperar do amanhecer ao pôr do sol na beirada do riacho. Se eu não aparecer, ele nunca mais vai me procurar.

Estevão entrou no café todo sorridente bem na hora que o Carlos estava saindo. Carlos chegou a segurar a porta para ele passar carregando uma caixa. Estevão parou na soleira com o Carlos bem à sua frente, segurando a porta aberta. Ficaram cara a cara por uns segundos, Estevão agradeceu, mas Carlos não respondeu, saiu sem falar nada. Estevão olhou para a Julia com ar desconfiado e viu o vidro de biscoitos espatifado no chão. Já não estava mais sorrindo. Perguntou onde eu estava. Julia disse que não sabia, que eu tinha saído sem dizer para onde ia. Estevão não disse mais nada. Não quis saber quem era o homem com o qual acabara de cruzar, nem como o vidro de biscoitos foi parar no chão em mil pedacinhos. Simplesmente ajudou a arrumar tudo e foi embora.

Acordo no meio da madrugada em pânico, encharcada de suor. Tomo um banho e fico sentada na cama olhando o céu mudar de cor, a escuridão, devagar, mas constante, cedendo lugar à luz. O negro do firmamento virando azul-escuro, tons mais claros surgindo no horizonte. Mais um dia chegando. Um dia que eu desejei nunca viver. Qualquer coisa que eu faça hoje estará errada. Não há saída.

Amanhece. Faço um café bem forte e tomo minha decisão. Acordo a Julia e pergunto se ela pode ir comigo até a Fazenda. Ela tenta me convencer que não preciso fazer isso. Que Carlos nunca mais vai me procurar. Que Estevão não precisa saber de nada. Que tudo vai voltar ao normal. Mas tanto ela quanto eu sabemos que não é assim. No fundo, tanto eu quanto o Estevão sabíamos que esse dia ia chegar. Agora o dia está aí, entrando por todas as janelas, por todos os meus poros. E eu tenho medo. Não quero ferir nem o Carlos nem o Estevão, mas o mais provável é que machuque os dois.

Mando uma mensagem para o Estevão contando que eu e a Julia estamos indo para a Fazenda, que voltaremos de tarde. Ele responde na hora. O som da mensagem chegando me deixa ainda mais desolada. O dia mal amanheceu. Estevão só acorda cedo quando não tem outra saída e sempre desliga o telefone antes de dormir. Deve ter passado a noite em claro. Escreve que precisamos conversar, que é para eu entrar em contato assim que voltar. Não sei como é possível, mas ele sabe que Carlos voltou. Percebo isso pela ausência de mensagens e telefonemas, pela maneira como escreve essa última mensagem, direta, impaciente, sem carinho. Ele não é assim. Ele sabe.

Julia vai dirigindo. Fazemos a viagem em silêncio. Ela nem ousa me perguntar o que vou fazer. Nem eu mesma sei. Só sei que tenho de me encontrar com o Carlos de novo. Tenho de olhar para ele sem o choque de ontem.

Estacionamos o carro nos fundos da casa grande, como de costume. Enquanto a Julia abre a casa, eu faço mais café. Julia enche uma xícara, me dá um abraço e vai para a varanda com um livro. Eu tomo o meu de um gole só e saio em direção ao curral.

Pego a estradinha para a cabana do Preto Velho. A entrada da trilha que vai até o riacho é escondida, e acabo passando direto. Só depois de alguns metros percebo o erro e volto, mas, mesmo assim, tenho de procurar com atenção pelas marcas na estrada para encontrar a trilha. Já faz mais de um ano que não vou ao riacho. Antes, encontraria o caminho até de olhos vendados.

Tive quase a madrugada inteira para me recuperar do choque de ver o Carlos na minha frente e me preparar para esse encontro. Revi a cena dele parado no meio da Estação do Bonde, ao alcance da minha mão, inúmeras vezes. Tão perto que pude sentir seu cheiro. Mas, a cada passo que dou, percebo que não há como se preparar para algo assim.

Estou tremendo. A sensação estranha na palma das mãos e na ponta dos dedos não me dá trégua desde que saí da casa grande. O coração bate tão rápido e tão forte que o peito está dolorido. Estou no meio da mata, a caminho do riacho, indo me encontrar com o Carlos. Repito isso várias vezes, mas é irreal, não faz sentido. O Carlos na minha frente ontem não passou de uma alucinação, e revê-lo hoje não passa de loucura. Mesmo assim, não paro até escutar o borbulhar da água correndo entres as pedras.

•••

Carlos está sentado em uma rocha na beira do riacho. Segura um pedaço de pau com o qual risca a superfície da água. Está vestindo calça jeans, camisa xadrez em tons azulados e botas, mas não uma calça surrada e uma camiseta velha, herdada de um dos patrões, ou botas desgastadas e furadas. Agora vejo que suas roupas são novas, bem cuidadas. Está de perfil, mas dá para ver que deixou a barba e o bigode crescerem um pouco. Já os cabelos estão bem mais curtos. Ontem, não vi nada disso, essas mudanças. Mas a maneira de sentar, o jeito que segura o graveto e brinca com o espelho d'água ainda são do Carlos menino.

Ele vira o rosto de supetão e me vê. Joga o graveto no riacho, se levanta e começa a andar na minha direção com um largo sorriso no rosto. Fico parada no mesmo lugar. Carlos para a alguns metros de mim, não sorri mais, vejo que está confuso, não sabe se deve se aproximar ou não. Como eu não me mexo nem falo nada, ele decide ficar parado onde está.

— Ana... desculpe. Me perdoa.

Continuo parada, olhando para ele. Carlos começa a falar. Parece que cada palavra está na ponta da sua língua há séculos, esperando ansiosamente para ser pronunciada. E, finalmente, depois de mais de um ano e meio, fico sabendo o porquê do seu sumiço repentino.

Carlos estava na cabana do Preto Velho quando a mamãe apareceu na Fazenda furiosa depois de descobrir sobre nós dois. Luzia tinha mandado uma mensagem avisando que a mamãe tinha me levado embora e proibido o namoro. No caminho de volta da cabana, Carlos decidiu me convencer a fugir com ele e começou até a planejar uma fuga.

Chegando ao pátio, já tinha um plano detalhado na cabeça, mas, ao se aproximar da porta dos fundos de sua casa, escutou os pais discutindo e não entrou, decidiu esperar até que se acalmassem. O que ouviu o deixou chocado. Pedro estava furioso com a mulher por ela ter dedurado o próprio filho. No meio de acusações e frases inflamadas, o passado dos dois acabou vindo à tona e Carlos descobriu, da pior maneira possível, sobre o relacionamento entre Pedro e a mamãe e a gravidez inesperada de Cida.

Quando Pedro percebeu a presença do filho, Carlos já tinha escutado o suficiente para entender o tinha acontecido e estava com ódio da mãe. A história lhe causava enjoo, não só pelo fato de ter sido a própria mãe que nos delatara, o que resultou na proibição de qualquer relacionamento entre nós dois, mas também porque Pedro tinha acusado Cida de ter planejado a gravidez do primeiro filho para separá-lo da mamãe. Naquele momento, Carlos entendeu o motivo da aversão da mamãe à sua família e ao namoro. Sempre achou que era porque ele vinha de uma família de trabalhadores rurais. Pedro pode até ter caído em uma cilada armada por Cida, mas, mesmo assim, traiu a mamãe. Como ela poderia deixar a filha namorar o filho de quem a traiu de uma maneira tão sórdida?

Pedro conseguiu afastar Carlos de casa e lhe contou toda a história: seu amor pela mamãe, os planos que tinham juntos, como estava embriagado quando dormiu com a Cida. Mas isso não diminuiu a revolta do filho. Carlos espatifou o celular que ganhou do pai no chão e foi embora vestindo a roupa do corpo e prometendo nunca mais voltar. Ao andar pela floresta em direção à cabana do Preto Velho, onde pretendia passar a noite, percebeu que, ao planejar fugir comigo, estava a ponto de cometer o mesmo erro que o pai teria cometido se Cida não tivesse interferido no destino dos amantes com seu jogo sujo. Pedro contou que eles fugiriam assim que a mamãe terminasse o ensino médio, já estava tudo planejado. Carlos então percebeu que seria um grande erro. Quem era seu pai para tirar uma moça como a mamãe de dentro de casa? Que tipo de vida ele poderia oferecer a ela? Um peão de Fazenda, sem estudos, sem emprego. E quem era ele, Carlos, para tirar uma moça como eu de dentro de casa? Assim, antes mesmo de terminar os estudos, me obrigando a romper com toda a minha família?

— Por isso resolvi ir embora. Te amo demais pra fazer uma coisa dessas com você. Mas agora não, agora já não sou mais um peão que não tem onde cair morto.

Carlos gesticula, está nervoso, impaciente, fala rápido, está claro que esperou muito tempo para poder me contar tudo isso. Vejo que quer se aproximar, mas não se atreve. Eu continuo parada, calada. É tão estranho. Coisas acontecem, viram nossa vida do avesso e não há nada que possamos fazer a não ser lidar com as consequências e, de uma forma ou outra, seguir em frente. Como pode algo que aconteceu com nossos pais muito antes de nascermos ter tanto impacto em nossas vidas? É loucura, uma estupidez. Não sei muito bem como entender, como aceitar isso tudo.

Carlos continua contando, diz que foi para o sul do estado e arranjou emprego em uma fábrica de selas. Ficou vários meses sem entrar em contato com a família e só o fez para ter notícias do Preto Velho. Ligou para seu irmão. Só então ficou sabendo da morte da vovó. Foi uma grande tristeza, ele teve muita vontade de voltar, diz que não parou de pensar em mim, mas achou que seria falta de respeito com a família voltar só para causar mais confusão em um momento de tanta dor e luto.

Em pouco tempo, o dono da fábrica percebeu seu talento e começou a lhe dar mais responsabilidade. Carlos acabou ficando amigo de um dos filhos do seu chefe, que tinha uma loja de equipamentos exclusivos de hipismo, roupas e botas de *cowboy*. Quando o rapaz ficou sabendo que Carlos aprendera o ofício com seu bisavô, o lendário Preto Velho, encomendou uma sela artesanal. Ficou tão impressionado com o trabalho do Carlos que fez uma proposta de negócio: vender as selas artesanais por encomenda na sua loja. As selas que o pai fabricava eram padrão, sem nenhum ornamento. As do Carlos eram completamente diferentes, e ele tinha certeza que iriam agradar a clientela da loja. Os clientes poderiam, por exemplo, escolher a cor, o tamanho e o tipo de ornamento.

Ele disse que ajudaria Carlos a montar uma oficina. Depois que pagasse o empréstimo, Carlos poderia ficar com 90% do valor da venda. Carlos aceitou na hora. As selas custavam mais do que o dobro de uma sela normal, mas logo Carlos descobriu que havia muita gente, com muito dinheiro, pronta para pagar o que fosse por uma sela que não se parecia com nenhuma outra. Não demorou muito, teve que contratar um funcionário e um aprendiz para lhe ajudar. Já quitou a dívida, comprou uma caminhonete e agora está juntando dinheiro para um rancho.

Fico feliz ao ouvir sobre o sucesso do Carlos e, quando ele termina o relato e se aproxima, meu coração vai a galope. Ele pega minha mão e me puxa para junto de si. O calor da sua pele, sua respiração quente, seu cheiro, eu estava com muita saudade. Saudade do seu rosto, dos seus olhos. De escutar sua voz, seu forte sotaque mineiro. Ele aproxima seu rosto ainda mais do meu e encosta a testa na minha.

— Estou tão orgulhoso de você! O seu café ficou lindo, vai dar muito certo. Não vejo a hora de comer suas quitandas. O seu pão de queijo! Que saudade, que saudade de você! — ele sussurra.

Ao dizer isso, Carlos me abraça, me aperta, como que para ter certeza de que estou realmente lá.

— Como sonhei com você assim, juntinho de mim.

Ele se afasta um pouco para poder me olhar nos olhos.

— Eu te amo, Ana, eu te amo, eu te amo!

Carlos toca de leve meus lábios com os dedos e me beija. Apenas um beijinho, rápido, leve, carinhoso. Mas não consigo retornar seu carinho. Na verdade, nem me mexo. Meu coração está atormentado, minha mente, atordoada. Como posso estar tão perto de Carlos e não querer beijá-lo, abraçá-lo? É como se eu não fosse eu e ele não fosse ele. Nem o riacho parece mais o riacho. Carlos percebe que tem algo que não bate. A Ana que ele tanto conhece nunca agiria assim.

— O que foi, Ana? Eu sei que não devia ter aparecido assim, sem avisar, depois de tanto tempo. Mas não sabia como fazer.

— Carlos...

Mas ele não me deixa falar, ignora que tem algo comigo, que tem algo com ele, que tem algo no ar que faz tudo ficar diferente. Ele está determinado e faz o que veio fazer. Pega um objeto no bolso, uma caixinha de joias. Abre a tampa, coloca a caixinha na palma da mão e me oferece o presente. Um magnífico anel de brilhantes.

— Agora posso chegar diante dos seus pais com a cabeça erguida para pedir sua mão em casamento.

Olho para o brilhante translúcido e é como se eu estivesse sendo esfaqueada. Uma dor extrema cresce no meu peito e se espalha por todo o meu corpo, cobre tudo, o riacho, a mata, a terra, o céu. Cobre Carlos e preenche o espaço entre mim e ele. E, junto com a dor, uma certeza. Olhando para o Carlos na minha frente, segurando a caixinha, finalmente fica claro para mim o que me trouxe até aqui, porque eu tinha de me encontrar com ele de novo. Vim para me despedir. Para dizer adeus. Não poderia deixar de vir. Ele é importante demais para mim para simplesmente ignorar seu chamado.

Balanço a cabeça, recusando o presente.

— Ana, por favor, me perdoa.

—Não é isso.

— Então é o quê? Você... você não me ama mais?

Carlos começa a se exaltar.

— Responde, Ana, você está com outra pessoa?

— Carlos...

— Responde, pelo amor de Deus! Você ama outro?

Começo a chorar. Não tem jeito, não consigo segurar. Parece que o mesmo acontece com Carlos. Ele passa a mão com violência nos olhos, irritado por ter deixado uma lágrima escapar, e me encara de novo.

— Você... não quer mais ficar comigo?

Carlos pergunta, mas parece que não quer ouvir a resposta. Se afasta, chega perto da água e fica lá, olhando para a caixinha de joias na palma da mão. Percebe que nada será como ele tinha planejado. Depois de um tempo ele me pergunta, ainda com o olhar fixo na caixinha:

— Por que você veio até aqui? Se não quer mais ficar comigo, por que você veio?

— Eu vim... Eu vim para dizer adeus. Para te dizer o quanto o tempo que passamos juntos foi especial. Mas acabou, Carlos. Acabou.

Carlos levanta a cabeça, olha para mim e se aproxima de novo. Dessa vez, não tenta esconder as lágrimas. Ele fica me olhando e vejo que tem um milhão de perguntas, mas decide não perguntar mais nada. Nada mais importa.

— Fica com o presente, pelo menos isso. Aceite, é seu, sempre será seu.

— Não, Carlos, não posso.

Olho para seu rosto, tão lindo, tão querido. Viro as costas para ele e começo a andar em direção à trilha.

— Ana?

É muito difícil virar para ele de novo. O que eu quero é sair dali o mais rápido possível. Mas paro e olho para Carlos uma última vez.

— Me perdoa. Me perdoa por ter te deixado sozinha.

— Não foi sua culpa. Acho que não é culpa de ninguém.

•••

Não sei como chego à casa grande. Não me lembro da caminhada, das árvores, da cantoria dos pássaros, do céu ou de tudo o mais que sempre acompanha esse passeio que eu tanto gostava. Chego ao pátio sem saber como ou quanto tempo levei.

Julia me vê passando da varanda e vem correndo se encontrar comigo no carro. Ela destranca a porta, entramos no carro, mas ela não liga o motor, fica lá me olhando. Como não digo nada, ela resolve perguntar:

— E aí?

— Aí nada.

— Como assim, nada? Ana, olha pra mim.

Olho para fora da janela. Tenho um caroço enorme na garganta, sei que, se me virar para a Julia, não vou conseguir respirar.

— Ana, olha pra mim.

Julia pega minha cabeça e me obriga a olhar para ela.

— Julia...

— Vem cá, você não precisa falar nada.

Julia me dá um pacotinho de lenços de papel e fica abraçada em mim até os soluços cessarem e as lágrimas pararem de jorrar. Quando percebe que estou mais calma, tira da bolsa um potinho cheio de rodelas de pepino e me entrega. Não posso deixar de sorrir. Julia sorri de volta e liga o motor. Contornamos a casa grande, cruzamos o pátio, descemos a ladeira, passando em frente à carpintaria, e pegamos a estrada rumo à ponte sobre o Rio das Mortes. Peço para a Julia parar o carro antes de atravessar a ponte. Quero olhar e escutar a correnteza do rio. O vento traz outro som além da luta das águas. Um berrante ao longe. Carlos está se despedindo. O som é triste, mas forte, decidido, e acaba me consolando, me dando força. Vi no olhar dele, atrás de suas lágrimas. Ele caiu de uma altura muito grande, mas percebeu logo que estava vivendo de uma ilusão. Carlos não está se despedindo só de mim. Está dando adeus à Iaguara. E, agora, ele também está livre para seguir seu caminho.

Julia liga o carro e atravessamos a ponte sobre o Rio das Mortes. Nossa passagem levanta poeira e, logo, já não escutamos mais a correnteza e nem o berrante. A Fazenda Iaguara vai ficando para trás. E, a cada quilômetro, vou ficando mais perto de Lavras e do Estevão. Ele está lá, sozinho, imaginando mil coisas, e não sei como vai reagir quando eu confirmar o que ele certamente já sabe, que fui me encontrar com o Carlos.

Mando uma mensagem para ele avisando que já deixamos a Fazenda. Ele responde que estará me esperando na UFLA, no lugar onde costumamos sentar para ver a paisagem.

Os morros verdes do sul de Minas sempre acalmam a minha alma. Mas, hoje, nem o céu azul sem nuvens, nem os pássaros, nem os montes cheios de vacas pastando me dão alívio. Estevão está sentado em uma mureta com o tronco inclinado para frente, as mãos sobre os joelhos, a cabeça baixa. Não está bem.

Chego perto dele, ele endireita o tronco, mas não se vira para mim.

— Era ele, não era? Ontem, na Estação do Bonde? — pergunta, antes mesmo de eu encostar no concreto da mureta.

— Era.

— Você foi à Fazenda se encontrar com ele?

— Fui. Ele apareceu do nada. Não tinha entrado em contato, eu não fazia ideia. Levei um susto, acabei saindo de lá sem conversar com ele. Eu tinha de me encontrar com ele, acabar com isso, você entende?

— Eu tinha tanto medo que isso acontecesse, que ele te procurasse. Imaginei essa cena várias vezes, perdi noites de sono pensando em vocês dois juntos ou fantasiando a porrada que eu daria no meio da cara dele. Um rosto sempre nas sombras, sem traços. Ontem, olhei ele nos olhos. Não sou de ter premonições ou coisas do tipo, mas percebi logo que era ele. E constatei que não vai ser tão fácil assim nocauteá-lo.

— Estevão...

— Não consigo, Ana. Me desculpe, mas não consigo. Ele sempre vai estar entre a gente.

Estevão se levanta, não sabe o que fazer com as mãos, anda para frente e para trás. Eu vou até ele, o seguro pelo braço, começo a ficar apavorada, preciso fazê-lo entender que não tem mais nada entre mim e o Carlos. Mas Estevão se solta com um movimento brusco e se afasta de mim. O que eu tinha mais medo está acontecendo e não sei o que fazer para impedir. O Estevão está se distanciando de mim.

Se eu pudesse me rasgar ao meio para mostrar para ele o que está aqui dentro, o quanto eu o amo e que Carlos realmente está no meu passado, eu o faria. Mas como posso mostrar a ele algo que eu mesma só entendi hoje? Eu estava morrendo de medo que o Carlos aparecesse. Não sabia como reagiria. Me apaixonei pelo Estevão no dia em que o vi com cara de sono parado na porta do quarto da Flávia. Desde esse dia, as lembranças dos momentos passados com Carlos foram perdendo espaço, o Estevão foi entrando na minha vida, no meu coração, na minha alma. Mas, mesmo assim, tinha medo de como me sentiria diante do Carlos. Só hoje, olhando para ele, pude constatar, com cada célula do corpo, que nosso tempo ficou mesmo para trás. A sombra que me rondava se dissipou. Mas como fazer o Estevão ver isso?

— Estevão, me escuta! Fui dizer adeus, acabou!

Estevão finalmente olha para mim. Está chorando. Esfrega o nariz com a mão.

— Acredito em você, viu? Mas preciso de tempo. Não estou sabendo lidar com isso. É como se eu tivesse dividido você com ele todo esse tempo, mas não posso mais, não consigo mais dividir você com ele aqui, sabe? — ao dizer isso, aponta para a cabeça e depois bate no peito.

— Você sabe que nunca me dividiu com ninguém. Estevão, não faça isso.

— Desculpa, Ana, não consigo.

Estevão sai andando em direção à sua moto, estacionada uns poucos metros adiante. Coloca o capacete, liga o motor depois de algumas tentativas frustradas e some entre as alamedas do *campus*.

•••

Não sei o que dói mais. A falta que o Estevão me faz, o medo de que ele não volte ou imaginar o que ele pode estar passando. Ontem, estava extremamente triste, confuso e equivocado. Não consigo parar de pensar na expressão do seu rosto. Ele tinha guardado no peito muito mais do que eu suspeitava. O reaparecimento do Carlos precipitou uma tempestade, mas ela chegaria mais cedo ou mais tarde.

Sempre critiquei a mamãe por sua dureza, que, muitas vezes, identifiquei como indiferença. Hoje, é a imagem dela que me vem à cabeça quando, diante do espelho do banheiro, molho o rosto com água fria, tentando amenizar os rastros de uma noite mal dormida, passada aos prantos. É pensando nela e me perguntando de onde ela tira força para nunca deixar a peteca cair que me enxugo, coloco a roupa que mais gosto, passo batom e vou, junto com a Julia, para a Casa Rosada, aonde em breve meu time de competentes profissionais chegará. A inauguração da Estação do Bonde será dentro de alguns dias e temos muito a fazer.

Mamãe teve uma ótima ideia para a inauguração; fazer uma tarde de portas abertas, com todos os nossos produtos sendo oferecidos de graça para quem quiser provar. Café à vontade, bolos, roscas, pão de queijo, doces, geleias e rosquinhas. Sairá caro, mas é uma oportunidade única para as pessoas entrarem, conhecerem o café e experimentarem as nossas guloseimas. A Estação do Bonde está praticamente pronta para abrir as portas, agora só resta recheá-la com tudo que sai de mais gostoso dos nossos fornos e tachos.

Mais uma vez, as quitandas me salvam. Estar em uma cozinha clara e arejada, medir ingredientes, amassar, enrolar, tirar do forno, tudo isso me coloca em estado de graça. Fico cem por cento concentrada no trabalho. As prateleiras, com seus vidros e cestas, vão ficando cheias, e ver meu sonho virando realidade me dá um sentimento de satisfação delicioso. Mas, de noite, sozinha no meu quarto, o desespero de não poder mais tocar no Estevão volta.

As manhãs são igualmente pesadas. Tirar os pés da cama e colocá-los no chão se tornou uma tarefa que exige toda a minha força de vontade, infinitamente mais difícil do que estar à frente de um café às vésperas da inauguração. Quando estou na Estação do Bonde, sei exatamente o que fazer, não tenho medo do desafio nem do que pode dar errado, tenho convicção de que conseguirei resolver o que quer que venha pela frente. Além disso, tenho a mamãe, a Julia, a Luzia, a Flávia. Mas acordar, levantar e enfrentar mais uma manhã é quase uma tarefa impossível. Só começo a me sentir melhor depois que tomo um cafezinho e entro debaixo do chuveiro.

•••

Sexta-feira de tardezinha. Tudo arrumado. Prateleiras cheias. As mesas desenhadas e feitas sob a supervisão do Preto Velho enfeitadas com flores. Cada detalhe no seu lugar. Flávia e Julia querem me esperar para irmos embora juntas, mas digo a elas que podem ir. Quero ficar um instante sozinha no meu café. Chega a ser estranho ver tudo pronto. É surreal pensar que amanhã abriremos as portas aos clientes. Ficou tudo, tudinho do jeito que eu queria.

Chego uma das cadeiras mais um pouco para a esquerda. Endireito uma flor em um dos vasos, arrumo um pouco mais as amostras de rosquinhas colocadas em cestos espalhados pelo local e finalmente decido que está na hora de ir para casa tentar descansar antes do grande dia. Nesse momento, escuto a porta da frente, que só estava encostada, ser aberta. Por ela entra Estevão, que fica parado no meio da Estação do Bonde com as mãos na cintura. Tem, estampada no rosto, a mesma expressão do dia que apareceu lá no apartamento e me beijou pela primeira vez. Igualzinho à outra vez, é como se ele dissesse "sou seu e nada mais me importa". Mas, dessa vez, ele diz apenas "eu sou um idiota" e vem para junto de mim.

•••

E meu riso tem gosto de sal e da saliva dele.

Capa e projeto gráfico: Marco Cena
Revisão: Bianca Diniz
Coordenação editorial: Maitê Cena
Produção editorial: Jorge Meura e Maitê Cena
Assessoramento gráfico: André Luis Alt

Dados Internacionais de Catalogação na Publicação (CIP)

B749v Botrel, Fabiana
O vestido. / Fabiana Botrel. – Porto Alegre: BesouroBox, 2018.
264 p. ; 14 x 21 cm

ISBN: 978-85-5527-076-5

1. Literatura infantojuvenil. 2. Literatura brasileira. I. Título.

CDU 82-93

Bibliotecária responsável Kátia Rosi Possobon CRB10/1782

Edições BesouroBox Ltda.
Rua Brito Peixoto, 224 - CEP: 91030-400
Passo D'Areia - Porto Alegre - RS
Fone: (51) 3337.5620
www.besourobox.com.br

Impresso no Brasil / Março de 2018